# 介護士K

久坂部羊

角川書店

# 介護士K

装画：西川真以子
装丁：國枝達也

△

四階のベランダから落ちて、ふつう、首の骨を折るだろうか。

飛び降り自殺は怖いので、たいていは足から飛び降りる。七、八階以上の高さなら、落ちている間に重い頭が下向きになって、脳や頸髄《けいずい》を損傷して即死できる。だが、それ以下では、足か腰から落ちて、重傷は負うが一命を取り留めることが少なくない。

朝倉美和《あさくらみわ》は、テレビのニュースに思わず耳をそばだてた。大田区《おおた》蒲田《かまた》の有料老人ホーム「アミカル蒲田」で、入所していた八十四歳の女性が、深夜に四階のベランダから転落して死亡したというのだ。アミカル蒲田はつい一カ月前、美和が取材で訪れた施設だった。

アナウンサーが昼間の報道番組に似つかわしくない深刻なトーンで伝えた。

『転落死した女性には認知症があり、ふだんから「死にたい」と洩《も》らしていたことから、事故と自殺の両方の可能性があると見られています』

画面に女性の部屋らしいベランダがアップになる。カメラがパンすると、ブルーシートで囲われた落下現場が映った。

『女性の死因は頸髄損傷で……』

その説明を聞いて、美和はうん？　と首を傾げたのだ。

女性は四階から落ちたのだから、それで頸髄損傷を負ったということは、頭から飛び込むように落ちたということだ。いくら〝死にたい願望〟があっても、そんな恐ろしいことができるだろうか。

事故だとしても、とっさに何かにつかまろうとすれば上向きに手を伸ばすから、頭から落ちるのは不自然に思える。それなら、この女性はいったいどんな落ち方をしたのか。

まさか、だれかに投げ落とされた……？

そんな不穏な思いがよぎったのは、美和が今、高齢者の虐待をルポのテーマにしているからだ。

この施設では、一年前に介護士による暴行事件があり、施設長が交替して独自の改善策が実施された。その内容を介護専門誌「ジョイン」で記事にすることになり、友人の編集者、南木《なぎ》京子《きょうこ》とともに取材に行ったのだ。

美和はＬＩＮＥで京子に連絡した。

〈テレビ見てる？　先月取材したアミカル蒲田で、入居者の転落死があったみたい。自殺にしてはおかしいと思うんだけど〉

京子からすぐ返信が来た。

〈テレビつけた。どうして自殺じゃおかしいの？〉

〈だって、四階から落ちて頸髄損傷はふつうないもの〉

疑問の理由を書いて送る。

〈なるほど。じゃあ事故かもね〉

〈それも不自然だと思う〉

さらに理由を送ると、少し遅れて返信がきた。

〈じゃあ何が考えられる？〉

ふたたび先ほどの思いが浮かんだが、不用意には書けない。高齢者の虐待は、たいてい感情的になって行われる。しかし、いくら何でも腹が立ったから投げ落とすというような、簡単なものではないだろう。

画面では第一発見者だという介護士のインタビューが流れていた。顔は映っていないが、どこか聞き覚えのある声だ。

『居室の巡回をしていたら、ドサッという音が聞こえたんです。急いで見に行ったら、植え込みのところに××さんが倒れていて……。脈がなかったので、心臓マッサージをしました。××さんは元気な人で、よくいっしょに散歩に行ってたんです。それなのに、こんなことになって……』

亡くなった女性の名前はピー音で消されているが、職員が口元に手を当てたとき、手首に見覚えのあるブレスレットが映った。金茶色の猫目石が連ねてある。先月の取材で話を聞かせてくれた介護士、小柳恭平《こやなぎきょうへい》がつけていたものだ。

美和はさっきの質問も忘れて、ＬＩＮＥに書き込んだ。

〈第一発見者は小柳君よ。ビックリ〉

〈どうしてわかるの〉

〈猫目石のブレスレット。取材のときに聞いたでしょ〉

若いのに変わったのをつけてるなと思ったので、何か意味があるのかと訊《たず》ねたのだ。小柳はあっけらかんと答えた。

――パワーストーンですよ。邪気を払う効果があるんです。

施設長の久本貞子《ひさもとさだこ》によると、小柳は二十一歳で、アミカル蒲田に勤めてまだ八カ月とのことだった。愛くるしい顔立ちで、入居者たちのマスコット的な存在だという。久本が肩に手をまわすと、照れたように首をすくめた。

「小柳君は施設長に気に入られているみたいね」

君づけで呼んでみたが、不快そうな素振りは見せず、逆に唇の両端を持ち上げて媚《こ》びるように笑った。いわゆるアヒル口で、眩《まぶ》しげに微笑む二重の目と相まって、アイドルのような魅力を放っていた。

介護士になった動機を聞くと、高校を中退して高卒認定に受かり、大学に行く資金を稼ぐために仕事をはじめたと答えた。

「大学では何を学びたいの。やっぱり介護?」

「いえ。できたら医学部に行きたいです」

悪びれずに即答した。理由を聞くと、二年前に母親が胃がんで亡くなり、そのときに医学に興味を持ったからだと説明した。父親は彼が十歳のときに交通事故で死亡し、今は姉と二人暮らしとのことだった。

「小柳君はこの施設で最年少らしいね。介護の仕事は大変でしょう」

「大丈夫です。慣れましたから」

「でも、手のかかる人もいるんじゃない？　忙しいとイラっとするでしょう」

「介護では当たり前のことですよ」

虐待につながる話を引き出そうとしたが、乗ってこなかった。容貌《ようぼう》は幼いが、案外、中身はしっかりしているのかもしれない。

取材の前に久本に聞いたところでは、小柳は高齢者に親切で、どの入居者にも忍耐強く接するので、人気があるとのことだった。

質問が途切れると、逆に小柳が美和に聞いた。

「ルポライターって、どんな仕事をするんですか」

「取材をして雑誌や新聞に記事を書いたり、エッセイを書いたりよ」

「今、興味があるテーマは何ですか」

「高齢者の虐待とか、安楽死ね」

虐待の取材だけだと思われたくないので、以前、調べた安楽死のことも付け加えた。すると小柳がおかしなことを言った。

「即死って、安楽死ですよね」

京子と顔を見合わせ、改めて訊ねた。

「どういうこと」

「だって、即死って死の苦しみを感じる間もなく死ぬんですから」

そのときの確信犯的な表情が印象に残った。優しく微笑んでいるようなアヒル口は、何かを企《たくら》んでいるようにも見えるし、切れ長の眩し気な目も、笑っているように見せながら、だれかを嘲《あざけ》っているようでもあった。

ふたたび小柳のインタビューが耳に入る。

『××さんは、僕の祖母みたいな人だったんです。もう少し早く巡回に行ってたら、こんなことにはならなかったのに、申し訳ないです。ほんとうに、ごめんなさいって言いたいです……』

画面で小柳が謝っている。手元に雨粒のように涙が散る。その声は真に迫ってはいるが、どことなく大袈裟《おおげさ》なようにも思えた。


アミカル蒲田は六階建ての施設で、一階は事務室と共用スペース、二階はデイサービスと食堂、三階から六階までが居室になっている。各フロアに十四の個室があり、夫婦用の部屋もあるから、定員は六十人。職員の配置は、昼間は看護師が四人、理学療法士が二人、介護士は十九人である。夜間は介護士が三人で当直をする。

経営母体の「株式会社リシャール」は、全国に有料老人ホームを展開している会社で、アミカルグループは低料金の施設として人気らしかった。因《ちな》みに、「アミカル」とはフランス語で「優しい」の意味である。

昨年、アミカル蒲田で発生した暴行事件は、介護士が入居者に日常的に暴力を振るっていたもので、家族が施設側に訴えても取り合ってくれなかったため、ビデオの隠し撮りをして発覚した。録画ビデオには、「くたばり損ない」「死ね」などの暴言と、平手打ち、突き飛ばし、頭から毛布をかぶせるなどの暴行が記録されていた。

ビデオに映っていた介護士は三人で、アミカル側は即時、彼らを懲戒解雇し、施設長も更迭した。ただし、暴行に関わっていた職員はほかにもいて、解雇された三人は、ある意味、〝運悪く〟隠し撮りされてしまったというのが実態のようだった。

アミカルでは、仕事の流れを規定した「業務フロー」があり、これが職員を精神的に圧迫したとされる。十五分ごとに介護の手順が決められていて、入居者が思い通りに動いてくれないと、介護士は時間に追われ、つい業務を強行しかねない。夜勤は特に過酷で、午後四時半から午前八時半まで十六時間勤務の間に、二時間の休憩は設定されているものの、きちんと休めないことが常態化していた。

高齢者虐待の実態を調べるにつれ、美和は思った以上に問題の根が深いことを痛感した。虐待は許せないとか、きめの細かい介護をすべきだなどと、建前を言っても意味のない状況が蔓《まん》延《えん》していたのである。

たとえば、アミカル蒲田の夜勤では、一人で二十人の入居者を介護するが、業務は実行可能なのかと思えるほど多忙だった。引き継ぎをすると夕食の準備に入り、配膳と食事介助のあと、食器の片づけと清掃、業務の記録、就寝時間が近づくと、寝間着の着替え、歯磨きと洗面の介助、排泄《はいせつ》介助、飲水介助、オムツの交換、薬の手配、車椅子からベッドへの移乗などを、業務フローに従って、二十人分を分刻みにこなさなければならない。

入居者がすべて協力的であってくれればいいが、そんなことはあり得ず、いつまでも食事を飲み込まない人、むせる人、嘔吐《おうと》する人、着替えをいやがる人、トイレに行きたがらない人、トイレ以外で排泄する人、大声で叫ぶ人、自室にあるパンや菓子でのどを詰まらせる人、昼夜逆転で徘徊《はいかい》する人、ベッドから落ちる人、ひっきりなしにナースコールを押す人、「お金を盗まれた」「だれかが部屋をのぞいてる」「変なにおいがする」などと訴える人、発熱する人、けいれんする人、身体がかゆい、腰が痛い、耳鳴りがするなどと言い続ける人、他人の部屋を訪問する人、夜這《よば》いまがいのことをする人、「淋《さび》しい」「つらい」と泣く人、「死にたい」と繰り返す人、実際に自殺を試みる人までいて、当直の介護士はほぼ毎晩、気が狂いそうな多忙さだ。

そんな状況でも、怒らず、焦らず、ニッコリ笑って介護するなど、釈迦《しやか》やキリストならいざ知らず、ふつうの人間にできるものだろうか。

そもそも、美和が高齢者の虐待に興味を持ったのは、四年前、小学校時代の恩師である藤野《ふじの》美津子《みつこ》先生が、施設で虐待を受けたことがきっかけだった。藤野先生は六年生のときの担任で、卒業式の日、美和にこう言ってくれた。

——朝倉さんはまっすぐな性格だから、きっと社会の役に立つ仕事ができると思うわ。

嬉《うれ》しかった。美和はその言葉を励みに頑張り、大学に合格したときも、社会人になったときも、毎年交換していた年賀状で報告した。

その先生が七十歳をすぎて認知症になり、施設に入ったという報《しら》せが家族から届いた。見舞いに行くと喜んでくれたが、ある晩、何度も寒いと訴えたらしく、怒った介護士が先生をベッドから引きずり下ろして、ヒーターに密着させ身動きできないようにした。先生は脱水と低温火傷《やけど》になり、翌朝、意識不明で発見された。すぐに病院に運ばれたが、右脚の火傷は重症で、筋肉が壊死《えし》していたため、切断を余儀なくされた。手術のあと認知症が進み、見ちがえるほどやつれて、美和が見舞いに行ってもだれかわからなくなっていた。

虐待をした介護士は二十二歳の青年で、自分の行為が相手の右脚の切断にまでつながるとは思っていなかったようだった。しかし、だからと言って許されるものではない。青年は傷害罪で起訴されたが、判決は実刑ではなく執行猶予だった。口惜しかった。だが、美和はまだルポライターになる前で、状況を取材することも、世間に訴えることもできなかった。

虐待にかぎらず、高齢者の介護はこれから重大な問題になる。状況を放置していたら、介護殺人も頻発しかねない。そう思ったが、悔しいことに、藤野先生の事件はさほど世間の興味を惹《ひ》かなかった。

高齢者の介護は、実際、美和にとっても他人事《ひとごと》ではなかった。八十五歳の母方の祖母が、そろそろ独居困難になりかけていたからだ。しかし、祖母は老いを受け入れられず、車椅子もヘルパーも頑として使おうとしない。

――おばあちゃんは気位が高くて困る。

通いで介護している母がこぼすが、性格は似ていて、母も自分が介護施設に入る可能性など、微塵《みじん》も考えていなかった。そういう人が、往々にして現場でトラブルを引き起こす。自分はどうか。三十二歳の美和にはまだ先の話だが、気質は遺伝しており、過酷な老いを受け入れられるかどうか、自信はなかった。

今回のアミカル蒲田の転落死は、その悲惨さにおいて、ある意味、日本の介護状況を象徴するものかもしれない。そう思っていると、京子がさっそく詳細を報せてくれた。

亡くなった女性は、岡下寿美子《おかしたすみこ》といい、中等度の認知症を患っていたという。部屋は四階の北東の角にある407号室で、ベランダには高さ一一五センチの柵《さく》がついていた。岡下は身長一四八センチで、自力で乗り越えるのはむずかしいが、ベランダには二段になった高さ四〇センチの鉢植えの台があり、それに乗れば柵を越えるのは不可能ではないようだった。

また、岡下には〝死にたい願望〟があり、「いつ死んでもいい」「早くお迎えが来てほしい」などの発言を繰り返していたらしい。

転落の時刻は午前一時二十分すぎとされ、現場を最初に見つけたのは小柳だった。彼は居室の巡回中に異常音を聞きつけ、裏庭で岡下が倒れているのを発見したあと、ほかの介護士に救急車を呼ぶように頼み、自分はうつぶせに倒れていた岡下を仰向《あおむ》けにして、心臓マッサージを施したという。

岡下は近くの蒲田総合医療センターに搬送され、午前一時五十五分に死亡が確認された。

美和は岡下の死因に釈然としないものを感じ、もう一度、施設長の久本に話を聞きたいと思った。電話で取材を申し込むと、応じられないと断られた。理由を聞いてもはっきり答えない。

「メディアの取材を断ると、あらぬ疑いをかけられかねませんよ。対応に不十分な点があったのなら、率直に公表して今後の改善を約束されたほうがいいでしょうし、対応に不備がなかったのなら、状況を説明して、不可抗力だったことを強調されたほうがいいと思いますが」

久本は沈黙を続ける。そんなことわかっているという息づかいだ。美和は軽く揺さぶりをかけてみた。

「四階から転落して、頸髄損傷は不自然という見方もありますが」

「どういうことです」

「ふつうに落ちたら、足の骨か腰骨を折ることが多いんです。首の骨を折るためには、頭から落ちなければなりません。岡下さんはそんな落ち方をしたのですか」

「これ以上、申し上げることはありません。取材はお断りします」

言うなり通話は切れた。最後は逃げるような終わり方だった。

美和の疑念は深まったが、これ以上、久本から話を聞くのはむずかしそうだった。


先月の取材のとき、美和は金井《かない》昌代《まさよ》というチーフヘルパーにも話を聞いていた。名刺にメールアドレスが書いてあったので、折り入って聞きたいことがあると頼むと、仕事が終わったあとでならと返信が来た。

金井はショートカットの丸顔で、人は悪くないがゴシップ好きの女性という感じだった。派手なブラウスに太めの身体を包み、心なしか浮き立つような足取りで待ち合わせのコーヒーラウンジにやってきた。

「先日の入居者の転落死について、お話を聞かせていただきたいのですが」

率直に切り出すと、やっぱりそれかという顔で話しだした。

「亡くなった岡下さんは、一年ほど前に入所した方で、小柄でやせた身体つきでした。栃木の田舎で独り暮らしをしていたみたいですが、介護が必要になったので、東京にいる息子さんがうちの施設に入れたんです」

「ご家族は息子さんだけですか」

「千葉に嫁いだ娘さんもいるはずです。たまに面会に来てましたから」

「ご家族は今回のことをどう受け止めていらっしゃるのでしょうか」

「アミカルの親会社から総務部長が来て、謝罪した上で事故という説明をしたそうです。でも、一件落着とはいかないみたいですよ。息子さんがちょっとややこしい人みたいで。よく知りませんが」

コーヒーに手をのばし、音を立てて啜《すす》る。

「岡下さんは認知症だったようですね」

「まだらボケですよ。でも、八十四にしてはしっかりしているほうでしたけど」

「あまり手のかかる人ではなかった？」

話の流れから、肯定するかと思いきや、金井は微妙な答え方をした。

「わたしはちがいますが、職員の中には手がかかると言っていた人もいました」

「たとえば?」

「そう――、朝倉さんがこの前取材してた小柳君なんか、岡下さんが死にたいと言うのをうっとうしがってたかな」

小柳の名前を言うとき、かすかに視線が揺れた。

「岡下さんは彼に死にたいと言ってたんですか」

「しょっちゅうですよ。だから、小柳君はあの人を厄介だと言ってたんです。要求は多いし、ベタベタしてくるし」

「ベタベタ?」

「岡下さんは小柳君にご執心だったんです。彼、かわいい顔してるでしょ。談話エリアで待ち伏せしたり、目の前でわざとよろめいたりして、かなり露骨でした。小柳君もはじめは愛想よくしてたんですが、途中からだんだん邪険にするようになって、それでちょっとした問題が起こったんです」

言葉を切り、上目遣いにこちらを見る。目顔で促すといそいそと続けた。

「岡下さんがみんなの前で小柳君にキスをしようとしたんです。小柳君が怒って手を払うと、岡下さんが倒れて、床を転げまわるように痛がって大変でした。別の職員が助け起こしたんですが、岡下さんは手の骨が折れた、指が動かないなんて泣き出して。そんな怪我をするような倒れ方じゃなかったんですが、医者を呼べ、レントゲンを撮れと言い続けて、結局、施設長がドクターを呼んだんです。ドクターも軽い打撲と診断したんですが、岡下さんは納得せず、救急車を呼んでくれと要求しました。施設長は応じず、湿布だけでようすを見たんです。それからですよ、岡下さんが死にたいって言いだしたのは」

岡下は小柳に邪険にされたことを逆恨みして、当てつけるように〝死にたい願望〟をぶつけたということか。

「でも、インタビューでは、小柳君は岡下さんを自分の祖母みたいな人だったと言ってましたが」

金井はとんでもないというように首を振った。

「まったくの嘘です。よくあんなことが言えるなと、みんなあきれてました」

「でも、感極まって涙ながらに言ってたようですが」

「演技ですよ。彼は嘘泣きが得意なんです。それに彼には虚言癖がありますから」

虚言癖？　穏やかならぬ言葉だ。金井は自分の発言を補足するように続けた。

「みんなあの顔にだまされるんです。屈託のない顔してるでしょ。小顔だからかわいく見えるし」

「彼はよく嘘をつくんですか」

「よくというわけでもないけど、嘘のつき方が変なんです。入居者さんのオムツが汚れているとき、交換してないのは明らかなのに、替えたって言ったりするんです。バレるに決まってい る嘘をついて、しかもまったく悪びれないんです。ふつう、嘘がバレたら焦ったり、ばつが悪そうにするじゃないですか。ぜんぜん平気で、嘘を言ってる自覚がないというのか、それって虚言癖の人に多いでしょう」

「かもしれないですね」

一応、同意してから訊ねる。

「でも、インタビューでわざわざ嘘を言う必要はないと思いますが」

「必要はありましたよ」

金井は確信を込めて美和を見た。「証拠があるわけじゃないですけど、おかしな点があるんです。あの晩、ほかの二人の夜勤は、岡下さんが転落した音を聞いてないんですよ。たまたま小柳君だけが窓の近くにいたのかもしれませんが、おかしいでしょう。岡下さんは年の割には元気だったけど、自分で柵を乗り越えるのはむずかしいだろうし、植木鉢の台だって、ふだんは植木鉢が置いてあるから、踏み台にはならないと思うんです。それに、岡下さんが死にたいと言ってたのは口先だけで、決して本気じゃありません。そういう人はたくさんいますから」

「じゃあ、どうやって転落したと思われるんですか」

「わかりませんけど、もしかしたら、だれかに投げ落とされたんじゃないかと――」

金井は思わせぶりに声を低めた。彼女が言わんとしていることは明らかだった。

「だれかって、小柳君ということですか。信じられない。彼にはそんな素振りがあったんですか」

「直接、疑われるようなことがあったわけじゃないですよ。でも、しつこく死にたいだの、手首が痛いだの言われて、小柳君がうんざりしてたのはまちがいないです。警察が調べに来て、わたしも話を聞かれましたけど、彼はわたしなんかと比べものにならないほど長い時間、聴取されてましたし」

「それは第一発見者だったからでしょう」

「かもしれません。でも、何と言うか、ちょっと疑われてるみたいだったんです。夜中の居室の巡回は完全に密室だし、腹の立つことをされたら、とっさにカッとなることもあるでしょう」

そう言われても美和は納得がいかなかった。いくら感情的になって虐待に走ることはあっても、実際に殺害にまで至るには、越えがたい壁があるはずだ。

美和は思いついた疑問を口にした。

「小柳君は岡下さんの心臓マッサージもしてるんでしょう。それもおかしいじゃないですか。息を吹き返したら、自分が投げ落としたことを暴露されてしまうんですから」

金井は答えず、不服そうに目線を下げた。理屈ではなく、直感が彼女を支配しているようだった。

「金井さんはそのことをだれかに話しましたか」

「いいえ。まあ、少し辻褄《つじつま》の合わないこともあるので」

金井はごまかすように言い、冷めかけたコーヒーを啜った。美和は不安を拭《ぬぐ》い去るため、さらに訊ねた。

「小柳君は男性にしては華奢《きゃしゃ》ですよね。高齢の女性でも、一人の人間をベランダから投げ落とすようなことができるんでしょうか」

「彼は見かけによらず力があるんですよ。入居者をベッドに寝かすとき、男の入居者でもひとりで抱えるし、抱え方のコツも知ってますから」

「施設長の久本さんによると、小柳君は高齢者に親切で、どの入居者にも忍耐強く接するとのことでしたが、岡下さんにはちがったんですか」

「小柳君は忍耐強くないです。入居者にキレて、テーブルを蹴《け》ったりしてますもん。施設長にはいいところしか見せてないんです。それに岡下さんほどじゃないけど、施設長も小柳君に気があるみたいだから」

　五十歳を超えている久本が、息子より若そうな小柳に恋愛感情など抱くだろうか。冗談かと思ったが、金井は笑わなかった。さらに弁解するように言う。

「わたし、いい加減な気持で小柳君を疑ってるんじゃないんです。彼、何をするかわからないところがあるし、勤務中に姿を消したりもしますから」

「姿を消す?」

「外へ出た形跡はないのに、施設からいなくなるんです」

　金井自身、その意味を汲《く》みかねるように口をつぐみ、そわそわと視線を逸《そ》らした。

　コーヒーラウンジを出たあと、美和は京子にLINEを入れた。

〈今、アミカル蒲田の金井さんに会った。転落死のことを聞いたら、いろいろ話してくれた〉

〈どんな話?〉

〈ヤバイ事情もあるみたい。ちょっと出てこない〉

いっしょに食事でもと思ったが、あいにく仕事の都合で会社を離れられないようだった。だが、興味は惹かれたらしく、電話がかかってきた。

「その事情、今話してよ」

「金井さんが言うにはね、小柳君が岡下さんをベランダから投げ落とした疑いがあるみたいなのよ」

「何、それ。バカバカしい。そんなことあるわけないじゃない」

「わたしもそう思うのよ。だけど、以前からの経緯があってね」

金井から聞いた話を一通り並べたが、京子は途中から面倒そうな相槌《あいづち》になり、聞き終わると断言するように言った。

「その話は信じられない。小柳君はテレビのインタビューでもすごく悲しんでたじゃない。自分で落としといて、あんなふうには言えないでしょう」

「それが小柳君には虚言癖があるらしいのよ。金井さんがそう言ってた」

「逆じゃないの。わたし、金井さんのほうが信用できないな。先月の取材のときも、施設長をヨイショするようなことばかり言ってたじゃない」

たしかに、金井は自分の発言が記事になることを意識して、久本に都合のいい話に終始した。

京子が続ける。

「小柳君は頭もよさそうだし、介護にも熱心に見えたよ。入居者をベランダから投げ落としたりしたら、自分の身の破滅になることぐらいわかるでしょう。金井さんは彼に悪感情を持ってるんじゃないの。久本さんにかわいがられているのが気にくわないとか」

それはあるかもしれない。しかし、逆に京子もまた小柳に惹かれ、好意的に見ている面があるのではないか。

刹那《せつな》の沈黙が京子を苛立《いらだ》たせたのか、受話口から早口の声が聞こえた。

「気になるんなら、詳しく聞いてあげるよ。警視庁の記者クラブに知り合いがいるから」

電話はそそくさと切れた。


京子からの返事が来たのは二日後だった。

「警察も美和の言った通り、四階からの転落で頸髄損傷は不自然だと見てるみたいね。小柳君は第一発見者だから、ほかの職員より詳しい話を聞かれたようよ。でも、結論から言うと、彼はシロよ。アリバイがあるから」

「アリバイ?」

「そう。岡下さんが転落したとき、彼は岡下さんの部屋のほぼ真下の306号室にいたんだって。その部屋の入居者が証言してるのよ。小柳君が巡回でまわってきたとき、まだ眠れずにいて、睡眠薬をのもうかどうか迷っていたらしいの。その少しあとで、ドサッと音がしたのを小柳君が聞いて、とっさに時間を確認したら、午前一時二十二分だったらしい。デジタル時計だから時刻は正確だったわけ。小柳君がようすを見てくると言って、外に出て地面に倒れている岡下さんを発見したのよ。転落音が聞こえたとき、彼は別の部屋にいたんだから、岡下さんを投げ落とすなんてことはできないわけよ」

金井が辻褄の合わないこともあると言ったのはこのことか。

京子はさらに続けた。

「306号の入居者は高齢だけど、元大学の教授で今も数独《すうどく》が趣味らしいわよ。だから、警察も信憑性《しんぴょう》があると判断してるらしい」

それなら小柳への疑惑は払拭《ふっしょく》されるのか。

美和はほかに手がかりが得られないかと訊ねた。

「防犯カメラには写ってないの」

「防犯カメラは正面玄関と裏の出入り口と、二基のエレベーターの四カ所にしか設置されてないのよ。外部からの侵入者に備えるのが目的だからね」

岡下の居室への出入りは記録されていないということか。

「いずれにせよ、金井さんの推理は崩れたってことね。わたしが言った通りでしょ」

京子は勝ち誇るように言ったが、美和はなぜか素直にうなずくことができなかった。

▼

アミカル蒲田の食堂は、二階のデイサービス室のとなりにあって、デコラ張りのテーブルに黄色いビニールの背もたれ椅子が並べてある。食器は安物のプラスチックで、これでは食欲が湧かないと思うが、低料金で売っている施設だから仕方ないかと、小柳恭平はため息をついた。

今、食事介助をしているのは、彼が密《ひそ》かに〝コックリさん〟とあだ名している八十七歳の女性だ。老化による機能低下で、食事の飲み込みが悪くなっている。失語症で言葉は出ないが、こちらの言うことはわかるので、コックリとうなずく。さらにちょっと目を離すと、食事中でも居眠りをはじめるので、コックリさんと名づけたのだ。

昼食がはじまって四十分以上たつのに、コックリさんの皿にはまだ七割方の食事が残っていた。

「頑張って食べましょうね。今日のシチューのお肉は柔らかいですよ」

恭平がスプーンに肉をのせて口元に運ぶ。コックリさんは唇を尖《とが》らせるばかりで、口を開こうとしない。

「まだ、口の中にご飯が残ってるんですか」

小さな目を見開いてコックリとうなずく。恭平はいったんスプーンを下げ、相手を急《せ》かさないように言う。

「大丈夫ですよ。きっとうまく飲み込めますよ。ゆっくり舌を持ち上げてみてください」

ものを飲み込むときは、舌の中央を窪《くぼ》ませ、嚙《か》んだものをひとまとめにして、舌を持ち上げながらのどに送り込む。老化で神経機能が低下すると、舌を持ち上げにくくなって食べたものが口の中に溜《た》まるのだ。

「お茶を飲んでみますか」

高齢者は唾液《だえき》の分泌が少ないので、水分補給も大切だ。プラスチックの湯飲みを口元に持っていくと、唇が開いて啜るように飲んだ。それが刺激になって、うまくご飯がのどを通過する。

「うまいうまい。その調子です」

ここで慌ててはいけない。続けて食べさせると、誤嚥《ごえん》することが多いからだ。むせると誤嚥性肺炎を起こし、命に関わることもある。だから恭平は決して急がない。

しかし、ときには高齢者のほうが急ぐことがある。

泣き声みたいにか細い声でしゃべる〝遠慮さん〟は、車椅子に乗っている小柄な女性で、過剰なほど職員に気を遣う。食事もできるだけ早く終わらせなければと思っているらしく、いつも一心不乱に食べる。

「そんなに慌てなくていいです。ゆっくり嚙んで、少しずつ飲み込んでください」

恭平が言っても、遠慮さんはまなじりを決して首を振る。

「わたしの食事に時間がかかると、みなさんのお仕事がはかどらないでしょう。迷惑をかけたくないんです」

「そんなこと気にしなくていいです。僕たちの仕事なんですから」

慰めても、懸命に口をモグモグさせる。そして案の定、咳《せ》き込み、食べたものをほとんど吐いてしまったりする。遠慮さんは苦しそうに喘《あえ》ぎ、老眼鏡を涙で曇らせて言う。

「ああ、またみなさんに迷惑をかけてしまいました。申し訳ないです。情けない。ほんとうにつらい」

恭平は言葉を失う。安易な慰めや励ましが何の意味もないと、強く感じるからだ。

ふと見ると、コックリさんの口の動きが止まっている。

「じゃあ、次はお肉を食べましょうね」

恭平が微笑むと、後ろからしゃがれた声が聞こえた。

「小柳君も大変だねぇ」

すでに食事を終えた二人の女性が立っている。下ぶくれでブルドッグのように頬の垂れた〝垂れ頬さん〟と、眼瞼下垂《がんけんかすい》でいつも首を反らせている〝垂れまぶたさん〟だ。どちらも口達者で性格がキツい。

二人がコックリさんに言う。

「早く食べなきゃだめじゃない。みんな、もうとっくに終わってるよ」

「いつまでモグモグやってるの。小柳君だって忙しいんだからね」

コックリさんは顔を上げ、驚いたように左右を見上げる。恭平が二人をなだめる。

「僕は大丈夫です。時間はたっぷりありますから」

「この人、ほんとはひとりで食べられるのよ。甘えてるだけよ」

「そうよ。ぐずぐずしてたら小柳君に世話してもらえると思って」

垂れ頬さんが頬を揺らし、垂れまぶたさんはいつも以上に反り返る。恭平は困った顔でスプーンを置き、二人に向き合う。

「そろそろ朝ドラの再放送がはじまりますよ。談話エリアへ行きましょう」

二人を促すと、垂れ頰さんが感心するように言う。

「小柳君が着ると、そのダサいユニフォームもカッコよく見えるねぇ」

「ほんとだ。オリンピックの選手みたい」

垂れまぶたさんもうなずく。介護士のユニフォームは水色とベージュを組み合わせたごくありふれたジャージだ。

二人をテレビの前に連れて行ってから、恭平はふたたびコックリさんの横にもどる。

「気にすることないですよ。ゆっくり食べてください。のどに詰まったら大変だから」

コックリさんはうなずいて、やおら口の中の肉を嚙みはじめる。彼女も彼女なりに努力しているのだ。その動きを見ながら、恭平はある入居者のことを思い浮かべた――。


浦八洋子《うらやようこ》さん、七十四歳。

彼女は恭平が最初に親しくなった入居者だ。きれいな白髪で、若いときはさぞ美人だったろうと思わせる目鼻立ちに、天真爛漫《らんまん》な笑みを浮かべていた。

勤務の初日、五階の居室に行ったら、浦は恭平の笑顔を見るなりのけぞるように感心した。

「ひゃあー、あんたの歯、きれいねぇ」

恭平の白い歯を見て仰天したのだ。そのあとで、自分も歯を剝《む》き出して言った。

「あたしの歯、黄色くて恥ずかしいけど、全部自分の歯なのよ。親知らずと奥歯を三本抜いたから、残ってるのは二十五本」

彼女は入れ歯がないのが自慢らしかった。

「すごいですね」

感心すると、浦は嬉しそうに歯をカチカチいわせた。

彼女は明るい性格で、話し好きだった。居室に行くたびに雑談をする。

「八洋子って名前、変わってるでしょ。ほんとうは洋子だったの。でも、父が役所に届けるとき、筆の先からちょんちょんと墨が垂れて、洋の上に八みたいな字がついて、それで〝やよこ〟よ。あははは」

笑い事ではないと思うが、頓着《とんちゃく》しないようだった。

「あたし、子どもはいないけど、小柳さんを見てると、なんだか自分の孫みたいに思えてきちゃう」

孫みたいと言われて戸惑っていると、浦はおどけたように手を合わせた。

「ごめんね。こんなおばあちゃん、願い下げよね」

「そんなことないです。僕も浦さんみたいなおばあちゃんがほしいです」

「うまいこと言って。でも、お世辞でも嬉しいわ」

屈託なく笑う。恭平も自然に笑みがこぼれた。

三週間後、ようやく仕事に慣れてきたとき、出勤するとチーフヘルパーの金井昌代が恭平を呼び止めた。

「五階の浦さんね、昨夜《ゆうべ》、亡くなったよ」

一瞬、何のことかわからなかった。亡くなったという言葉が、死を意味するのはもちろんわかるが、あり得ないという気持が理解を拒んだ。

茫然《ぼうぜん》とする恭平に、金井が続けた。

「昨夜、十一時過ぎに巡回に行ったら、ベッドの下で倒れてたのよ。呼びかけても返事がないから、すぐ救急車で病院に運んだけど、だめだった。急性の心筋梗塞《こうそく》だって」

恭平は言い訳するように小声で返した。

「……でも、僕は、昨日、帰り際に、談話エリアで浦さんに会って……、また明日ねって、手を振ったんですけど」

「急だったみたいね」

「だけど、そんな……、あんなに元気だったのに」

徐々に現実感が湧いてきて、混乱した。昨日までふつうに話していた人が、もうこの世にいない。地面が消えて、不安定な空間に引きずり込まれるような気がした。

高齢者の施設なのだから、死ととなり合わせなのはわかっているが、仕事を覚えるのに必死で、実際にそんなことがあるとは考えもしなかった。

ふいに涙があふれ、視界が歪《ゆが》んだ。

「小柳君は浦さんに気に入られてたもんね。だから、いちばんに伝えようと思ったんだけど、ショックが強すぎたかな」

別に金井を恨んだわけではない。自分でもしっかりしなければと思うのだが、全身の血が流れを止めたみたいで、身体に力が入らなかった。

金井が恭平の肩をつかんで、ぐいと押さえた。

「気持はわかるけど、しっかりしなきゃだめよ。君はプロの介護士なんだから」

「はいっ」

叫ぶように返事をした。

「職員がうろたえたら、ほかの入居者にも影響が出るんだからね。いつもと変わらないように仕事してちょうだい」

「はいっ」

歯を食いしばり、やけくそで応《こた》えた。そうしなければ、声も出せなかった。

涙を拭うと、金井が背中に手をまわし、耳元でささやいた。

「心臓発作で亡くなるのは、悪いことじゃないのよ。死の恐怖に襲われる時間が短いからね。夜間の発作は寝ているときに起きるから、本人が気づかないうちに亡くなるし」

「でも、ベッドの下で倒れてたんでしょう。苦しかったんじゃないですか」

「どうかな。わからないけど、これも浦さんの運命だから」

その言葉は恭平の気持を鎮めはしなかったが、異質なものを心に刻みつけた。

金井が独り合点するようにつぶやいた。

「小柳君はご両親を亡くしてるから、人の死には敏感なのかもしれないわね」

そうなのか。いや、ちがう。恭平は胸の内で否定した。

母のときは胃がんだったから、死を覚悟する時間的な余裕があった。父のときは、突然でも何でもない。実際、まだ死んでもいないのだから。

履歴書には中学一年のときに交通事故で亡くなったと書いたが、それは事実ではなかった。父の槙田《まきた》耕平《こうへい》は、恭平が十三歳のとき、女を作って家を出た。当時、父は大手出版社の編集者で、インテリだったが酒癖が悪く、ときに暴力も振るった。母の和美《かずみ》を殴りつけ、止めた恭平も突き飛ばした。まだ子どもだったので反撃もできず、ただ恨みだけを胸にうっ積させた。

二年後に両親の離婚が成立し、恭平は高校に入るときに母方の小柳姓に変えた。父に似た下の名前も変えたかったが、それはよほどの事情がないとむずかしいようだった。

その後、父とは絶縁状態が続いている。母が胃がんで入院したときも、祖父から連絡は行ったはずだが、見舞いにも来なかった。葬式にも顔を見せなかった。

父を死んだことにしているのは、あれこれ詮索《せんさく》されたり、連絡を取るように言われたりするのがいやだったからだ。先月、ルポライターの朝倉美和が取材に来たとき、「十歳のときに」と言ったのは、とっさにそのほうが同情を買えそうに思えたからだ。それは何の意味もないことだが、朝倉がいかにも善人そうに見えたので、感情を刺激してやろうと思ったのだ。案の定、彼女は真剣な憐《あわ》れみの表情を浮かべた。

相手が自分の嘘をそのまま信じるのはおもしろい。その人間を虚偽の世界で操っている気がするからだ。

「小柳君。今日は黒原《くろはら》先生の診察よ。準備は大丈夫ね」

三階の廊下で、施設長の久本がいつもより緊張した声を出した。

「オッケーです。三階も四階も診察予定の人は全員、居室にいます」

「よろしくお願いいね」

慌ただしく階段を下りていく。

アミカル蒲田には、毎週木曜日に親会社が提携している「あすなろクリニック」から黒原悟《ご》郎《ろう》医師が訪問診療にやって来る。隔週でツーフロアずつ診察するが、先週、岡下寿美子が転落死したので、今週は一人減って二十二人の予定だ。

岡下の死亡が確認されたあと、久本は朝いちばんに黒原に連絡した。気むずかしい黒原が怒らないかと恐れたようだが、反応は「そうか」のひとことだったらしい。

黒原はあすなろクリニックの非常勤医師で、六十二歳という年齢のせいか、クリニックには週に三日しか出勤しないとのことだった。久本によると、もともとは外科医だったが、若いころから一匹狼で、病院の勤務に嫌気がさして、十年前から高齢者の在宅医療を専門にしているという。大柄で首が短く、白衣のボタンが留まらないほど腹が出ている。眉《まゆ》も目鼻立ちも濃く、若いころは凄《すご》みのある風貌だったろうが、今は二日酔いのような半眼で、顎《あご》も白髪交じりの無精ひげに覆われている。

黒原は看護師を同行させずにやってくるので、施設側が診察の補助をつけなければならなかった。以前は介護士が順についていたが、あるとき、二回続けて診察予定の患者が部屋にいないことがあって、黒原が補助の女性介護士を怒鳴りつけた。ふだんは低い声しか出さないが、そのときは介護士が泣き出すほどの剣幕だったらしい。

以来、黒原の補助につくのをみんなが敬遠し、久本が困っていたとき、恭平が入ってきたので、彼が専任でつくことになった。黒原も意外に恭平を気に入って、今日まで続いているのだった。

午後一時半、黒原がやってきた。恭平は患者のリストを挟んだボードを持って、三階のエレベーターの前に待機していた。

扉が開き、突き出た腹が見えると同時に一礼する。

「黒原先生。よろしくお願いいたします」

「うむ。今日の予定は？」

「三階十二人、四階十人です」

「一人減だな。結構」

機嫌は悪くなさそうだ。恭平はさっそく最初の診察予定者の居室に向かった。

補助の仕事は、黒原が診察しやすいように患者の衣服を緩めたり、必要なものを手渡したりすることだ。二時間で二十人以上を診るので、診察はけっこう慌ただしい。黒原も疲れるので、終了後はいつも一階の応接室でコーヒーを飲む。その用意と雑談の相手も補助の役目だ。

最初に補助についたとき、恭平は将来のことを聞かれたので、医学部に行きたいと正直に答えた。黒原は半眼の目をわずかに広げ、揶揄《やゆ》するように言った。

「これからの医者は生活も楽じゃないぞ。医者になれば安心だと思っているなら、大まちがいだ」

「そんなつもりで医学部を目指しているのじゃありません」

「じゃあどういうつもりだ。立派な医師になって、多くの患者を助けたいとでも思ってるのか。あるいは、研究医になって医学の発展に貢献したいとか？」

そう聞かれると、具体的なイメージはなかった。黒原はまあいいというように目を逸らし、もとの半眼にもどって言った。

「医学部を目指しているのなら、あらかじめ教えておいてやろう。何科の医者になっても、患者の命を救って喜ばれるとか、病気を治して感謝されるとか、そんなおめでたいことを考えていたら大変な目に遭うぞ。医者というのは、必然的に患者を死なせる仕事だからな」

どういうことか。怖《お》じずにその意味を訊ねると、黒原は気怠《けだる》そうに答えた。

「はじめからベテランの医者はいないということだ。どの医者も未熟な期間がある。そのときに患者を死なせるんだ。むろん、わざとではない。たとえば外科の手術なら、粘膜の薄い患者は、消化管や血管を縫い合わせるのがむずかしい。消化液が洩れれば腹膜炎になるし、血管が破れれば大出血を起こす。患者が亡くなったとき、だれがやってもむずかしい手術だったのか、自分が未熟だったから失敗したのかはわからない。内科で副作用の強い薬を使うときも同じだ。

薬が足りなければ病気は治らない。かと言って、使いすぎると副作用で寿命を縮めてしまう。薬の量を調整できずに治療に失敗したとき、ベテランがやってもむずかしかったのか、自分が未熟だったから助けられなかったのかはわからない」

「未熟な間は、上の先生が指導してくれるんじゃないんですか」

「独り立ちするまではな。だが一人前になったら、その医師の裁量に任される。医療にはやってみないとわからない側面があるから、どんなベテランでもうまくいかないことがある。長い診療経験の中で、一人も患者を死なせていない医師なら別だが、それ以外は自分の胸に問うべきだ。亡くなった患者は、自分が死なせたのではないのかとな」

「先生によってそんなに結果がちがうんですか」

「料理人でも運転手でも、上手下手はあるだろう」

自嘲《じちょう》するように言ってから、恭平を斜めに見上げた。

「それでも君は、医者の道を目指すかね」

答えられない。黒原の言ったことが、台風に翻弄《ほんろう》される新聞紙のように恭平の脳裏を舞った。

黒原の話でショックを受けたのは、最初だけではなかった。

浦八洋子が急死したあとで、恭平がふさぎ込んでいると、診察のあとで彼のほうから声をかけてきた。

「どうした。元気がないな」

恭平は率直に打ち明けた。

「一昨日《おととい》の晩、五階の入居者さんが亡くなったんです。僕を孫みたいにかわいがってくれてた人で、夕方まで元気だったのに、夜中に心臓発作で急に」

「何歳の人だ？」

「七十四です。まだ亡くなる年じゃないでしょう。歯も全部自分の歯だったし、元気で明るい人だったのに」

「それでしょげていたのか。フフン」

鼻で嗤《わら》われ、とっさに黒原をにらみつけた。

「そう怒るな。施設にいたら入居者の死なんかしょっちゅうだぞ。いちいち落ち込んでどうする」

「黒原先生は、多くの患者さんの死に立ち会ってこられたんでしょう。どう受け止めているんですか」

「別にどうも思わない。家族がいれば慰めくらいは言うだろう。家族がいなければ何もしない。死んだ人間はもうこの世にはいないからな」

「長く診察していたら、心のつながりみたいなものができるでしょう。それでも何とも思わないんですか」

「思わんね」

恭平は顔を伏せてつぶやいた。

「僕はショックだったんです。どうしても受け入れられなくて、なぜもっと早く治療しなかったのかって、考えれば考えるほど悔しくて」

「すぐに慣れるさ」

「慣れていいんですか、人の死に」

自分でも驚くほどの声が出た。黒原はわずかに眉を持ち上げたが、すぐにいつもの薄笑いにもどって言った。

「老人の死は不幸じゃないんだ。七十四歳なんてのは理想の死に時だぞ。これから待ち受けていることを考えてみろ。老いて衰えて、ダメになっていく自分を受け止めなきゃならん。トイレも行けなくなって、オシメや管の世話になる。食事も満足にできず、味もわからず、目も見えない、耳も遠くなる、風呂《ふろ》にもひとりで入れない。そんな状態で死なずにいてもつらいだけだろう」

「でも、悪いことばかりじゃないでしょう。元気で自立している高齢者もいるんじゃないですか」

「みんなそうなれると思ってるんだ。浅はかなことだ」

「若いときから健康に気をつけて、トレーニングをしてる人は、元気で長生きできるんじゃないですか」

「小柳。いいことを教えてやろう。俺が別の施設で診ている九十二歳の女性がな、この前、息も絶え絶えにこう言ったよ。先生、わたし、若いとき、しっかり歩いたら、長生きできると聞いて、毎朝、早足で、散歩したんですけど、あれが悪かったんですかねぇ、となぁ。その患者は肺気腫《はいきしゅ》で、息をするのも苦しいんだ。彼女は今、心の底から長生きを悔やんでいる」

　黒原は恭平の困惑を愉《たの》しむように続けた。

「若いうちから健康増進だ、老化予防だなんて、まじめに取り組んでいる連中は、長生きしてからしまったと思うのさ。そういう人間はなかなか死ねんからな」

「長生きって、そんなに悪いことばかりなんですか」

「長生きがいいと思ってるのは、まだ長生きしていない人間だけだ。実際に長生きをしてる人に聞いてみろ。何かいいことがありますかって。全員が口をそろえて言うぞ。長生きしていいことなんかひとつもないって」

　恭平は口をつぐんで目を逸らした。黒原はわずかに同情の色を浮かべて言う。

「苦しい状態で生きるより、死んだほうがいい高齢者もいるんだ。君がショックを受けた入居者の死も、急死ならむしろ幸運だと思わなきゃいかん。死の恐怖に怯《おび》えることなく死ねたんだからな」

　金井も同じようなことを言っていた。ふつうなら悲しむべき急死が、施設では喜ばしいことなのか。

　黒原の言葉は素直に受け取れなかったが、高齢者介護の世界には世間に知られていない側面があることは、ぼんやりと理解できた。

　その後も、黒原はさまざまな機会をとらえてつぶやいた。

——見ればわかるだろう。これが長生きの現実だ。

——こんなになっても死ねないのは、あまりに気の毒だ。

——長生きは酷《むご》い。

陰に陽にそう聞かされると、長生きのよい面が意識の後方に押しやられ、死の効用が前面に浮かび上がってくる。それでも、なんとかもっとよい介護はできないものか。

恭平が問うと、黒原は隠微な嗤いで答えた。

「方法はあるさ。テーマパークの入場者を制限すればいいんだ」

「テーマパーク？」

「そうだ。介護はテーマパークのアトラクションみたいなものなんだ。アトラクションの数はかぎられている。入場者が多すぎると、並ぶ時間が長くなって参加できない人が出てくる。今の日本は楽しみたい客を入れすぎたテーマパークみたいなものなんだ。日本介護ランドは、だれもが無限に楽しめますみたいな宣伝が行き届いているからな」

「どうやって入場者を制限するんですか」

「長生きの人間を減らせばいい」

なるほど、とは思えなかった。しかし、ならばどうすればいいのか。

ほかに解決の道は見つかりそうになかった。

その後、何人かの入居者が亡くなった。病院に運ばれたり、リハビリ中に発作を起こしたり、朝、居室に行くと息が止まっていたりと、パターンはさまざまだ。

浦のときにほかの職員がさほど動揺しなかったように、恭平も徐々に入居者の死に慣れていった。だれが悪いわけでもない。高齢者の死は、夕暮れ時に陽が沈み、晩秋に熟柿《じゅくし》が落ち、常温で氷が解けるのと同じくらい自然なことだ。医師を呼ぼうが、病院に運ぼうが、だれもそれを止めることはできない。

遺体も目の当たりにしたが、どの死に顔も完全に無表情だった。恭平はそのことに強い印象を受けた。死ねば苦痛も悲嘆も消える。それは決して悪いことではない。


「これで終わりだな。ふう」

四階で最後の診察を終え、黒原は虚脱したようなため息を洩らした。

「お疲れさまでした。すぐにコーヒーを用意します」

応接室に案内して、恭平はいつも通りブラックのコーヒーを運んだ。黒原は愛用のパイプで刻み煙草に火をつける。

この日、恭平は黒原に聞きたいことがあった。

岡下が転落死してからちょうど一週間。四階の診察のとき、彼女がいた部屋の前を通り過ぎても、黒原は何も言わなかった。転落死のことをどう思っているのか。否定的には捉《とら》えていない気がしたが、直接聞くのは憚《はばか》られた。

そこで、恭平は一般論のように話した。

「介護の仕事をしていると、黒原先生がおっしゃるように、長生きは必ずしもよくないというのがわかります。ここは低料金だからよけいかもしれませんが、入居者は悲惨です。手のかからない人は談話エリアに集めて、毎日、時代劇のビデオを流しっぱなしにしてるんです。言い方は悪いですが、老人牧場ですよ。みんな虚《うつ》ろな顔でうなだれて、ただ死ぬのを待ってるんです」

「そうだろうな」

「だから、長生きで苦しんでいる人は、早く死なせてあげたほうがいいと思うんです。でも人為的に死なせるのは、ちょっと問題があるような気がして」

「ちょっとじゃない。大いに問題だ」

黒原が失笑する。

「それはバレたらの話でしょう？」

「何が言いたいんだ」

黒原はコーヒーを啜る手を止め、わずかに目を細めた。

「世間の人は実情を知らないと思うんです。明らかに早くあの世に送ってあげたほうがいい高齢者がいるのに、ぜったいに認めない。人の命は地球より重いとか言って、現実を見ようとしないでしょう」

「ほう。だいぶ考えが変わったな」

「介護の現場にいれば、だれだってわかりますよ。やせ衰えて、呼びかけても反応せず、骸骨《がいこつ》みたいになって絶望している人に、生きる希望を持てとか、前向きに生きろとか言うのは残酷です」

「だから？」

「だから、その……」

黒原はすべてを見通したように冷ややかに補足した。

「人の手で死なせてやれというのか。バレないようにして」

「そうです」

「口で言うのは簡単だが、実際にはむずかしいぞ。こちらがよかれと思っても、世間はすぐに本人の意思を確認しろとか言うからな」

「死なせてほしいと思ってる人はたくさんいますよ」

「この前の岡下さんみたいにか。フフン」

黒原は挑発するように嗤った。恭平は開き直って聞いた。

「黒原先生は、岡下さんの死をどう思われるんですか」

「どうって、ただ、落ちたのかと思うだけだ」

「岡下さんは先生の患者さんでしょう」

「ああ、これまで二千人以上診てきたうちの一人だ」

そっけないというより、露悪的な言い方だった。黒原は無精ひげをなでながら聞いた。

「君は第一発見者だったらしいな。どうして人が落ちたとわかった」

「はじめはわかりませんでした。ようすを見にいったら、岡下さんが倒れていて」

「うつぶせだったと聞いているが、なぜ岡下さんだとわかった」

「顔がこちらに向いてたから」

「驚かなかったのか」

「驚きました。だけど……、とにかく助けなきゃと思って」

「心臓マッサージをしたそうだな。感心だ。いくらやり方を知っていても、心の準備がなければ、とっさにはできないものだ」

思わせぶりな言い方に、恭平は顔を赤らめる。黒原は執拗《しつよう》に質問を続けた。

「岡下さんはやせていたから、本格的な心臓マッサージをすると、肋骨《ろっこつ》が折れたりするが、どうだった」

「……わかりません」

「グシャッとか、ベキッという手ごたえはなかったか」

「……いいえ」

「マウス・ツー・マウスはしたのか」

「……いいえ」

「どうしてだ」

「……思いつかなくて」

「そうなのか？　岡下さんの口に、自分の口をつけるのがいやだったんじゃないのか」

「……そうかもしれません。でも、あのときは、心臓を動かすことしか頭になくて」

「ほんとうに心臓は止まっていたのか」

「えっ」恭平は言葉を失う。

「心臓が動いているときに、心臓マッサージをしたらどうなるか知ってるか」

「……いえ」

「心筋損傷《しんきんそんしよう》を起こしたり、場合によっては心臓が止まったりするぞ」

「それは……知りませんでした」

「岡下さんの目は開いていなかったか」

「閉じてたと……思います」

「皮膚は汗で濡《ぬ》れてなかったか」

「……覚えていません」

「呼吸をしていない胸は、冷たかっただろう?」

「どうして、そんなことを聞くんです!」

恭平は怒鳴るように聞き返した。

「別に意味はないさ。君が本気で岡下さんを蘇生《そせい》させようとしたのかどうか、気になっただけだ。心臓マッサージが初体験なら、心臓のことばかり考えて、呼吸にまで気がまわらないこともあり得るかもしれんな」

黒原は試すような視線を向けた。恭平はそれを無視して聞いた。

「黒原先生は岡下さんの死をよかったとは思わないんですか。あんなに死にたがっていた人が、望み通り死んだんですよ」

「君はよかったと言ってほしいのか」

語尾を上げて聞く。恭平は羞恥《しゅうち》に堪えないというように顔を背けた。黒原は師が弟子を諭すように語った。

「小柳。人の死にいいも悪いもないんだ。岡下さんの死はこれまで地球上で無数に発生した死のひとつにすぎない。それをまわりの人間が、よかったとか、悪かったとか言っても意味はない。すべては時間に流されて、消えてしまうことだからな」

ゆったりとパイプの煙をくゆらせる。

恭平は魅入られたように、黒原から目を逸らせない。

△

岡下寿美子は、なぜベランダから転落したのか。

メディアに続報は出ず、転落死は事故か自殺か曖昧《あいまい》なまま収束しそうだった。それでも美和は釈然としなかった。アミカル蒲田では、一年前にも虐待があった。もし、今回も虐待があったとしても、ふつう、ベランダから投げ落とすまでエスカレートするだろうか。

金井の話はすべて鵜呑《うの》みにできないものの、何か隠れた事情がありそうだった。岡下と小柳の関係はどうだったのか。小柳にはほんとうに虚言癖があるのか。

本人に話を聞けば、少しは状況がクリアになるだろう。そう思って、小柳の連絡先をメールで問い合わせたが、金井は教えてくれなかった。それどころか、彼女が先日口にした小柳への疑惑は、ぜったいに口外しないでほしいと懇願するような返信が来た。金井に会ってからちょうど一週間。この短い間に何か変化があったのか。

連絡先がわからないなら、小柳に接触するには待ち伏せしかないだろう。

アミカル蒲田の日勤終了は午後五時のはずだ。美和は時間を見計らって、裏の出入り口が見えるコンビニに入り、中から歩道をうかがった。十五分ほど待つと、小柳が前を通り過ぎた。黒っぽいジーンズの上下に、黒いキャップをかぶり、黒と灰色のデイパックを担いでいる。やり過ごしてから、三十メートルほど離れてあとを追った。

小柳は京急蒲田駅の三階ホームに上がり、快特に乗った。京急川崎《かわさき》駅で各停に乗り換え、六駅先の京急新子安《しんこやす》駅で降りた。

改札を出てJR線を越え、長い陸橋を北へ進む。バスに乗る気配はない。陸橋から地上に降り、住宅街に入ったところで間合いを詰め、声をかけた。

「こんばんは」

小柳は振り返り、一瞬、警戒に身を硬くしたが、すぐに思い出したようだ。

「朝倉さんですよね。ルポライターの」

「ごめんね、急に声をかけて。実はあなたに聞きたいことがあるの」

小柳はかすかに眉根を寄せたが、それを無視して一気に言った。

「先週、アミカル蒲田で入居者の女性がベランダから落ちて亡くなったでしょう。あのあと、あなたがテレビのインタビューに答えているのを見たの。それで少し話を聞かせてもらえないかと思って」

「どうして僕だとわかったんですか」

「ブレスレットが映ったのよ。ほら、先月の取材のときに聞いたでしょ」

小柳は左手首に目をやり、今気づいたように右手で隠した。

「あんなことがあって、アミカル蒲田のみんなはショックだったと思うの。マスコミは安全管理を追及してくるだろうし、その対策もしたほうがいいかなと思って」

施設の側に立つように言うと、小柳は取材を受ける気になったようだった。

「どこで話をするんです」

近くに喫茶店やファミレスは見当たらない。それはあらかじめ美和が計算していたことだ。

「小柳君の家は遠いの?」

「ここからだと七、八分ですけど」

「それなら急で申し訳ないけど、お宅で話を聞かせてもらえないかな。ちょっとしたお菓子も買ってきたから」

用意したケーキの小箱を掲げる。小柳は少し迷ったあと、「散らかってますけど、よければ」と、了承した。

自宅で話を聞こうと思ったのは、彼のふだんの生活を見たかったからだ。自宅なら嘘を言うにも少しは制限がかかるだろう。

歩きながら小柳が訊ねてきた。

「朝倉さんは、どうして岡下さんのことを調べてるんですか」

「別に調べてるわけじゃないのよ。念のためというか、単なる興味というか」

苦しい言い訳になったので、安心させるためアリバイに関わる話を出した。

「岡下さんが転落したとき、小柳君は三階にいたそうね。音を聞いて駆けつけたってインタビューで言ってたでしょう。すぐ人が落ちたとわかったの？」

「いいえ。何だろうと思って見に行ったら、岡下さんが倒れてたんです」

「心臓マッサージをしたって聞いたから、わたし感心したのよ。介護士の講習会か何かで習ったの？」

「ええ」

小柳ははにかむように笑った。先入観がなければ、なんて愛くるしいと思う笑顔だ。

「その角を曲がったところです」

アスファルトの坂道を上がり、路地を入ると二階建ての古びたアパートがあった。

小柳は鉄階段の下をくぐり、一階のいちばん奥の扉を開けた。

「おじゃまします」

小柳について上がりながら、美和は素早く目を走らせた。左に簡単なキッチンがあり、右にトイレと洗面所、正面がリビングダイニングで、さらに奥に和室がありそうな細長い間取りだ。散らかっていると言ったが、出しっぱなしのものは何もない。

「そちらに座ってください」

勧められるまま食卓の椅子に座った。

「小柳君はお姉さんと暮らしてると言ってたわね。今日はお仕事?」

「姉は銀行に勤めてるんです」

美和は今一度、アリバイを前提にして話した。

「この前の取材でいっしょだった編集者が、記者クラブの知り合いに聞いたんだけど、小柳君は岡下さんが転落したとき、すぐ下の部屋にいたそうね」

「真下じゃなくて、ひとつずれた部屋です」

「インタビューで、岡下さんは祖母みたいな人だって言ってたけど、さぞかしショックだったでしょうね」

小柳は目線を下げ、沈んだ声で答えた。

「岡下さんは僕を気に入ってくれてたみたいで、お世話をするとすごく喜んでくれたんです。でも、少し前にちょっとトラブルがあって、それから介護がやりにくくなっていました」

「トラブル?」

「岡下さんが僕の顔を触りにきたので、手を払ったら、倒れて怪我をしたみたいになったんです」

「みたいって、実際には怪我はしなかったの？」

「本人は骨が折れたとか言ってましたけど、腫《は》れてもいないし、訪問診療の先生も大したことはないと言ったんですが、岡下さんは納得しなくて。それから僕に当てつけるみたいに、死にたい死にたいって言うようになったんです」

金井から聞いた話と同じだ。さすがにキスのことはぼかしていたが、虚言癖どころか正直な告白じゃないか。

「じゃあ、岡下さんは小柳君にとって、ある意味、特別な入居者だったわけね。インタビューのとき、涙をこぼしてたのもわかるわ」

「あのときはショックからまだ立ち直っていなかったんです。でも時間がたつと、感じ方も変わって、今はよかったと思います」

「よかった？」

「岡下さんが死にたいと言ってたのは、本気だったから」

何気ない口振りだが、聞き捨てにはできなかった。

「ちょっと待って。つらいことがあると高齢者はよく死にたいと言うけど、それは口先だけでしょう。岡下さんだって、あなたに当てつけるみたいだったと言ったじゃない」

「はじめはそうでした。でも、亡くなる前に聞いたんです。本気で死にたいんですかって。そしたら、本気だと言ってました。生きていてもいいことなんかない、つらいばかりだから、早く楽になりたいって」

「いくら早く楽になりたいと言っても、つらいことばかりじゃないはずよ。楽しみもあるだろうし、自分らしい過ごし方もできるでしょう。それを支援するのが介護士の役目じゃないの」

当然だろうと思って言うと、思いがけず強い口調が返ってきた。

「努力はしてますよ。だけど、生きることの支援だけじゃだめだと思うんです。朝倉さんは前に安楽死にも興味があると言ってましたよね。それならわかると思うけど、あまりに苦痛が強いときは、早くそれを終わらせる支援も必要でしょう」

小柳は岡下の死にたい願望が本気だと確認したから、ベランダから投げ落としたのか。とすれば、彼のアリバイはどうなる。いや、それよりもし彼が手を下したのなら、こんな自分が疑われるようなことを言うだろうか。

美和は混乱して、考えをまとめることができなかった。

小柳は美和をじっと見ていたが、補足するように説明した。

「岡下さんは認知症だったけど、ときどき正気にもどって自分のことを嘆いてたんです。こんなになって情けない、だんだん弱るばかりで、生きていても惨めなだけだ、この上、下《しも》の世話まで受けるようになったら死ぬよりつらいって。だから、そうなる前に亡くなったのは、岡下さんにとってはいいことじゃないですか」

「どうしてそんなふうに思えるの」

「だって、死ぬというのはそういうことでしょう。いいこともなくなる代わりに、悪いことも消えるんだから。死をそんなに大袈裟に受け止めることはないと思いますよ。いずれはすべて忘れ去られてしまうんだし」

「冗談でしょう。忘れ去られるにしても、死は重大よ。当たり前じゃない」

小柳は意味がわからないというように首を傾げた。表情にかすかな嘲《あざけ》りがひそんでいる。

美和は辛辣《しんらつ》さを込めて言った。

「じゃあ、あなたのご両親はどうなの。ご両親の死も忘れてしまえる？」

「それは……どうかな」

「あなたにとってご両親の死が忘れられないように、だれの死もみんな重大よ。命を粗末にするような考えはまちがってるわ」

「僕の両親は死んだほうがいい状態じゃなかったから、死なないほうがよかったです。でも、岡下さんは死んだほうがよかったから」

「どうしてそうなるの。死んだほうがいい状態なんてあり得ないでしょう」

「介護の現場にいたら、いくらでもありますよ」

小柳は指折り数えるように言った。「寝たきりで、あちこち痛くて、床ずれで骨が見えていたり、十分息ができなくて苦しんでたり、便を垂れ流して肛門《こうもん》が真っ赤にただれていたり、楽しみも喜びもなくて、つらいつらいと繰り返してばかりの人ですよ。そういう人にとっては、死は救いなんです。朝倉さんだって実際に見ればわかりますよ。この人たちは早く死なせてあげたほうがいいって」

突きつけるように言われて、美和は返答に窮した。

「そうかもしれないけど……、介護に携わる人は、みんなそんなふうに思ってるの。ちがうでしょう。あなたみたいに極端に考える人は見たことがない」

「みんな目を背けてるだけですよ。僕は介護の現実を直視するように教わりましたから」

「だれから」

「黒原先生です」

その名は久本から聞いていた。アミカル蒲田に訪問診療に来ている医師だ。

「その先生はいったい何を……」

考えているのかと、聞こうとしたとき扉が開いて、濃紺のパンツスーツの女性が入ってきた。

「あら、お客さん？」

ストレートの黒髪のほっそりした美人だ。小柳が戸口のほうを向いて紹介する。

「ルポライターの朝倉さん。この前、ベランダから落ちた岡下さんのことを聞きたいんだって」

美和は立ち上がって会釈をした。女性も中に入ってきて頭を下げる。

「恭平の姉の真里亜《まりあ》です」

美和はバッグから名刺を取り出して渡した。真里亜も名刺入れから一枚取って差し出す。

『まほろば銀行　コンサルティング課　小柳真里亜』とある。

「どうぞ、ごゆっくり。わたしはそっちの和室にいますから」

横をすり抜けて、奥の部屋に入る。

「お姉さん、きれいな人ね。目元が小柳君に似てるわ」

「真里亜は子どものときからかわいかったから、母が児童劇団に入れたんです。そこでも注目されて、十歳でテレビドラマに出たんですよ。だけど、本人が人前に出るのは苦手だと言って、中学校に入る前にやめちゃったんです。そのときは劇団のトップの人が家まで来て、続けるように説得したくらいでした」

まるで自分のことのように自慢する。三つちがいの二十四歳らしいが、名前で呼ぶので同い年のような感じだ。

話をもどそうとしたとき、奥の部屋でスマートホンの着信音が聞こえた。小柳が野生動物のように耳をそばだてる。真里亜はなかなか出ない。十回ほどのコールでようやく出た。小さく受け答えする声が聞こえる。

「……はい、わたしです。……何度もご連絡いただいたようで。……昨日はせっかくの席だったのに……、いいえ、こちらこそ、申し訳ありませんでした……」

だれかに謝っているようすだ。小柳は美和を無視して真里亜の応答に神経を集中している。

真里亜はいっそう声を低める。

「……はい。……いえ、それは、まだ。……恭平が何て言うか」

自分の名前を聞き取ったとたん、小柳は弾《はじ》かれたように奥の部屋に突進した。乱暴に襖《ふすま》を開け、真里亜に飛びかかる。

「恭平、やめて」

姉の叫びを無視して、荒っぽくスマートホンを奪い取った。耳に当てて早口に怒鳴る。

「昨日の返事をします。悪いけど金輪際、真里亜には近づかないでください。電話もメールもお断りします。いいですね。もし連絡してきたりしたら、どうなるかわかりませんよ」

恫喝《どうかつ》の口調だった。言い終わると同時に通話を切って、真里亜に突き返した。そのまま無言でもどってくる。顔面蒼白《そうはく》で、怒りに肩が震えている。奥では真里亜が怯《おび》えた表情で弟を見つめていた。これではとても話の続きは聞けそうにない。

「取り込んでいるようね。今日はこれで失礼するわ」

美和はそそくさと席を立った。玄関に向かいかけて立ち止まる。

「もう少し聞きたいこともあるの。連絡が取れるように、メールアドレスかLINEのIDを教えてもらえない？」

名刺とボールペンを渡すと、小柳は半分放心したまま、LINEのIDらしきものを書いた。

「ありがとう。今度はきちんと連絡してから来るわね」

靴を履いてもう一度振り返ると、小柳は両脚を踏ん張ったまま、荒い息を繰り返していた。

▼

朝倉美和が帰ったあと、恭平はしばらく無言で真里亜をにらみつけた。

真里亜は奥から出てきて、さっき朝倉が座っていた椅子に座った。そのまま肘《ひじ》をついて絶望したように目元を覆う。

恭平は立ったまま真里亜に言った。

「どうして電話に出たんだ。口をきくなって言っただろ」

「今日一日、何度もメールと電話があったけど、ずっと無視してたのよ。でも、さっきは仕方ないでしょう。お客さんが来てるのに、着信音を鳴らしっぱなしにはできないんだから」

「切断のボタンを押せばいいじゃないか」

「またすぐかかってくるわよ」

それなら電源をオフにと思ったが、恭平はそれ以上の追及をやめた。自分を納得させるように荒いため息をつく。

「まあいい。あいつに金輪際近づくなと言えたからな」

あいつとは真里亜が少し前から付き合っている相手、塚本秀典《つかもとひでのり》である。

塚本はベンチャー企業の社長で、不動産関係のコンサルティングでかなりの実績を挙げているやり手らしかった。知り合ったのは、彼が個人資産の運用で、まほろば銀行に相談に来たとき、真里亜が担当したのがきっかけだった。相談に通ううち、塚本は真里亜に贈り物を持ってきたり、コンサートやオペラに誘ったりするようになった。ずっと断っていたが、あまり何度も誘われるので、食事くらいならと、二カ月前にはじめて神楽坂《かぐらざか》の料亭に行った。

その席で塚本は自分が既婚者であることを告げ、妻と不仲で離婚を考えていること、八歳の娘は自分が引き取りたいと思っていることなどを打ち明け、真剣に付き合ってほしいと交際を申し込んだ。真里亜は戸惑ったが、自分の身上を明らかにした塚本の率直さに好感を持ち、付き合いを承諾した。

しばらくは内密にしていたが、勘のいい恭平は姉の変化に気づき、真里亜も当たり障りのない範囲で塚本のことを打ち明けた。恭平は最初、関心を示さなかったが、二人の逢《あ》う回数が増えはじめたので、詳しい話を真里亜に聞いた。そこで塚本が四十二歳で、妻子持ちであることを知り、二人の交際に断固として反対しはじめたのだった。

「真里亜はだまされているんじゃないのか。ベンチャー企業の社長なんて、はじめから胡散臭《うさん》いと思ってたんだ」

「そんなこと言うなら、一度、会ってみてよ」

「会う必要なんかない。さっさと別れてしまえ」

「塚本さんはきちんと離婚すると言ってくれてるのよ。顔も見ないで、悪い人みたいに決めつけるのは横暴だわ」

真里亜は簡単には引き下がらなかった。互いに譲らず、にらみ合う時間が流れた。

「とにかく会うだけ会ってちょうだい。恭平が気に入らなければ、付き合うのはやめるから」

最後にそう言われて、恭平は渋々、塚本に会うことを受け入れた。それが昨日の会食だった。

塚本がしつらえた場は、紀尾井町《きおいちょう》のホテルにある高級フレンチのレストランで、選ぶこと自体、恭平には気に入らなかった。いかにも上から目線を感じる。それでも真里亜の顔を立てて、いちばん上等のスーツを着ていった。

レストランはきらびやかなシャンデリアに飾られ、まるでヨーロッパの宮殿のようだった。

「ようこそ。お待ちしていました」

先に来ていた塚本は、奥の席で二人を迎え、慣れた物腰でソムリエにシャンパンを注文した。俳優並のイケメンで、肩幅が広く、背筋も伸びている。高級そうなスーツに身を包み、いかにも成功者という雰囲気を漂わせていた。だが、髪はウェーブをかけた茶パツで、目立つ指輪をはめていたりして、恭平には軽薄な成り上がりにしか見えなかった。

料理はアワビとキャビアの前菜からはじまり、フォアグラ、幼鴨のコンソメと続き、魚料理にはカサゴが出た。いずれも恭平がこれまで口にしたことのないものばかりだった。

塚本は終始リラックスしたようすで、差し障りのない話題を続けた。

「この店は鴨料理が有名で、使った鴨には全部、ナンバーが打ってあるんですよ。この前、僕が食べたのは二十三万八千番台だったな」

彼は恭平を対等に扱っていることを示したくてたまらないようすだった。下心が丸見えだ。

恭平は上目遣いに相手をにらみながら、黙って機械的な咀嚼《そしゃく》を繰り返した。

塚本はあらかじめ真里亜から聞いていたのか、恭平の失礼な態度にも頓着《とんちゃく》せず、鷹揚《おうよう》に食事を進めた。

「恭平君は高齢者の施設で働いているんだってね。若いのに立派だな。介護の仕事は人助けだから、やりがいがあるんじゃないか」

機嫌を取るような話題にも乗らない。塚本は気分を害するようすもなく続けた。

「真里亜さんから聞いたけど、君は医学部を目指しているそうだね。優秀な君ならきっと合格するだろう」

その言葉にようやく恭平が反応した。

「どうして僕が優秀だとわかるんです。偏差値も知らないくせに、きっと合格するなんて無責任じゃありませんか」

嚙《か》みつくように言うと、真里亜が小声でとがめた。塚本はナプキンで口を拭《ぬぐ》い、愉快そうに笑った。

「たしかにそうだ。悪かった。この通りだ」

テーブルに手をつき、芝居がかった素振りで頭を下げる。そのあとで、咳《せき》ばらいをして言った。

「お詫《わ》びのしるしというのも変だが、君が医学部に合格したら、学費ぐらいは支援させてもらうよ」

「いりませんよ。それくらい自分で稼ぎます」

「自分の面倒は自分で見るというわけか。感心だな。だが、生活費はどうする。医学部は勉強が大変だから、アルバイトをする暇もないぞ」

真里亜が小さくうなずく。恭平はそれを見逃さなかった。激しい怒りに燃えるような視線を姉に向けた。

メインの鴨のローストが出て、さすがに美味だったが、恭平に味を楽しむ余裕はなかった。

料理が終わり、デザートに移ったとき、塚本が改まって言った。

「恭平君にもいろいろ考えはあるだろうが、しばらく僕と真里亜さんの交際を見守ってくれないか。決して真里亜さんを悲しませるようなことはしないから」

恭平は目の前に置かれたフランボワーズに手もつけず、対等の口調で言った。

「真里亜との交際を認める前に、聞きたいことがあります。塚本さんは既婚者だそうですが、離婚の手続きはどこまで進んでいるのですか」

真里亜が慌てて恭平を止めようと手を伸ばした。その手を払い、恭平はじっと相手を見据えた。塚本は真摯《しんし》な口調で答えた。

「そのことは、私も早急にカタをつけたいと思っているよ。できるだけ急ぐつもりだ」

「具体的にはいつ成立するんですか」

「そうはっきり聞かれても困る。離婚には簡単に片付かない問題もあるから」

「たとえば？」

恭平は執拗《しつよう》に食い下がった。塚本はていねいな口調で答えた。

「慰謝料とか、財産分与とか、娘の親権とかだ。土地家屋も処分しなければならないだろうし、それがどれくらいの金額になるかもわからないから」

「弁護士は決まっているのですか」

「まだです。できれば協議離婚にしたいので」

「慰謝料の額は？」

「それもこれから話し合います」

それまで姿勢を正していた恭平が、ふいに身体を反らせて横柄な笑い声を上げた。

「じゃあ、まったく進んでないんじゃないですか。ほんとに離婚をする気があるんですか。これじゃただの不倫も同然ですよ」

「恭平。なんてことを言うの」

真里亜が我慢しきれないようにたしなめた。塚本も一瞬、顔色を変えたが、ぐっと自分を抑えるように言った。

「不倫などと言わないでほしい。私はまじめな気持だし、付き合いもまだそこまで深くはないのだから」

「でも、妻子ある男性がほかの女性と付き合うのは不倫ですよ」

恭平は鼻で嗤《わら》った。塚本は唇を結んだまま、恭平をにらむ。この生意気な若造に目にもの見せてやりたいが、真里亜の手前、なんとか自制しているという表情だ。もちろん、恭平はそんな威嚇には動じない。

「真里亜との交際を許すかどうか、返事は少し待ってもらえますか」

相手をまともに見つめて言い放つと、わずかな間を置いて、塚本が突然、乾いた声で苦笑した。

「交際を許すかどうかなんて、恭平君はまるで真里亜さんの父親みたいだなぁ」

恭平は屈辱で顔が真っ赤になった。塚本は苦笑を顔から消して続けた。

「わかりました。ゆっくり考えてください。私のほうも離婚手続きの進捗《しんちょく》具合を随時、お知らせするようにしますよ。この話はこれで終わりにしましょう」

会話は完全に塚本のペースだった。

二次会に夜景のきれいなスカイバーへ行こうと誘われたが、恭平は即座に断り、真里亜を引っ張るようにして自宅へ帰った。

父親みたいだと言われた恭平は、父耕平のことを思い出して、腹が立って仕方がなかった。不倫で母を捨て、家庭を破壊した父。お前こそ父親と同じじゃないかと、塚本を呪いたい気分だった。それで帰宅してすぐ、真里亜に塚本とはもう口をきくなと命じたのだった。

「昨日、あいつが僕の学費を支援すると言ったとき、真里亜はうなずいただろう。あれはどういう意味なんだ」

恭平の詰問に、真里亜は目元を覆ったまま答える。

「別に意味なんかないわ」

「真里亜は僕の学費を助けるのが目的で、あいつと付き合う気になったんじゃないのか。僕のために好きでもない相手を受け入れようとしてるんだろう」

「ちがうわよ」

「じゃあ、どうしてあんなオヤジと付き合うんだよ。十八も年上だろう。おかしいじゃないか」

真里亜が顔を上げて、恭平をにらみつけた。

「勝手に決めないで。塚本さんはいい人だわ」

「信じられるかよ。真里亜は未《いま》だに僕が高校を中退したのを、自分のせいだと思ってるんだろ。それで、僕のために犠牲になろうとしてるんじゃないのか」

「そんなんじゃないわよ」

恭平は真里亜の答えを無視して言い募った。

「僕が高校をやめたのは、自分で勝手に決めたことだ。真里亜には何の関係もない。僕は高卒認定にも合格したし、生活はひとりでもやっていける。真里亜は自分のことだけ考えてたらいいんだ」

「だから、わたしが塚本さんを選んだのよ。それでいいでしょう」

ふたたび顔を伏せ、両手で顔全体を覆った。

「真里亜。こっちを向いて。僕の目を見て答えてくれ。ほんとにあいつのことが好きなのか。あいつがビジネスに失敗して、一文無しになっても好きでいられるのか」

「わかんないわよ。そんな仮定の話」

「僕はあいつに父さんと同じものを感じるんだ。母さんを捨てて、ほかの女のところに走ったのと同じ卑劣さだ。一度、妻を捨てた男は、気に入らないことがあればまた同じことを繰り返すぞ」

「まだいっしょになるなんて考えてない。恭平がそんなにいやがるのなら、もう付き合わない。電話もメールも着信拒否にするわ。それでいいでしょう」

真里亜は顔を上げ、目尻《めじり》の涙を拭った。じっと恭平を見つめる。弟のために己を殺した顔だ。恭平はうなずくことができない。真里亜のことを思い、無理やり説得して、自分の思い通りに従わせたのに、素直に受け入れられない。自分はよかれと思いながら、真里亜の自由と幸福を奪っているのではないか。

そんな畏《おそ》れのような不安が脳裏をよぎったが、すぐに目を背けた――。

アミカル蒲田では、職員の昼食用に入居者と同じ賄《まかない》が用意されている。恭平は入居者の食事介助をすませてから、自分の昼食のために一階の職員控え室に下りた。左手首のブレスレットははずしている。朝倉に声をかけられたあと、あんなものでも人に覚えられると知ったからだ。

食事を終えたとき、職員控え室にはほかにだれもいなかった。配膳ワゴンにトレイをもどし、恭平は奥のロッカースペースに入った。ロッカーは壁向きに並べてあるので、そちらのスペースに入ると、控え室からは見えない。ロッカーと天井の間に空間があり、ここにいると控え室の会話が筒抜けだ。岡下の転落死は恭平が怪しいと、金井が言っていたのを聞いたのもここだった。

少しすると女性の介護士が入ってきて、にぎやかにしゃべりだした。

「……この前亡くなった岡下さんね、うちに来る前、息子に虐待されてたらしいわよ」

岡下の名前に恭平は耳をそばだてる。

「あの息子、ずっと定職に就かずに母親にお金をせびりに行ってたんでしょ。岡下さんが出し渋ると、殴る蹴《け》るの暴力をふるってたんだって」

「たまに面会に来ても、イライラしてたもんね」

「岡下さんが長生きすると、遺産が目減りするからよ」

「ひどいわね。親のお金じゃない」

岡下の息子は恭平も知っていた。まともな職に就いていない人間特有の荒《すさ》んだ雰囲気が染みついた中年男だった。

「ひどいと言えば、岡下さんの娘もひどかったなぁ」

「千葉から来てた激太りの女？」

「あの人、完全にモンスター家族だったわよね。自分の母親は身体が弱いから、特別扱いしてくれって、堂々と要求してたもの。滅多に面会に来ないくせに、来たら細かなチェックを入れて、ナースコールのボタンが小さくて押しにくいとか、文句ばっかり言ってた」

「あたしなんか、床が濡《ぬ》れてるって、雑巾《ぞうきん》を渡されて、這《は》いつくばって拭《ふ》いてる間、腕組みして見下ろしてんのよ。介護士を召使いみたいに思ってんじゃないの」

恭平は幸い、岡下の娘にひどい扱いを受けたことはなかった。逆に、いつも母がお世話になってと、笑顔で礼を言われた。人によって対応がちがったのか。

「あのあと、本部から総務部長が来て、家族に説明したじゃない。一応、事故ってことで納得してたのに、総務部長が弔慰金の話をしたら、息子が急に態度を変えて、安全管理はどうなってるんだとか、夜勤に不備はなかったのかとか、しつこく言い出して大変だったらしいわ。久本さんがぼやいてた」

「弔慰金のつり上げ狙いね。あの息子のやりそうなことだわ」

「またもめるんじゃない。前に娘が言ってたもの。兄は母からかなりの金額を引っ張ってるから、遺産相続のときには相殺しないと割に合わないって」

「表向きは母親が亡くなって悲しいとか、二度とこんな事故が起こってほしくないとか言ってるけど、結局、あれよね。早めにカタがついてよかったってことでしょう」

「それが本音よ。口には出せないけど」

「長生きして認知症がひどくなったら、ここみたいな安い施設じゃ面倒見切れないもんね。介護の行き届いた施設は割高だから、経済的にも苦しくなるし」

「岡下さんの事故も、家族にしたら結果オーライってとこじゃないの」

「あははは。そうかもね」

女性介護士たちがあけすけに笑った。

恭平は薄暗いロッカースペースで思う。だれも岡下さんの転落死を悲しんでいない。家族に同情する者もいない。むしろ転落死を肯定しているじゃないか。

やはり岡下さんは、死んでよかったのだ。

△

黒原医師の所属するあすなろクリニックは、在宅医療が専門の施設で、HP《ホームページ》の医師紹介によると、黒原は介護にも詳しいようだった。

美和は、高齢者の虐待についての取材で、黒原にも話を聞きたいとメールで申し入れた。ほんとうの目的は、彼が小柳に与えた影響を知ることである。

クリニックを訪ねると、通されたのは器材室の一部をパーティションで仕切ったような部屋だった。

「狭いところで恐縮だが、ここが私の居場所なんでね」

自嘲《じちょう》するように言いながら、事務椅子を勧めてくれる。黒原は肥満した身体をくたびれた白衣で包み、肘《ひじ》掛け椅子にもたれてパイプ煙草をくゆらせていた。

美和はまず表向きの質問からはじめた。

「黒原先生は、高齢者医療の現場にいらっしゃって、虐待の問題をどのようにご覧になっていますか」

「虐待は起こるべくして起こっているとしか言えんね。どの高齢者施設も職員は激務だからな」

「激務のストレスが原因だとお考えなのですね。わたしも介護士の労務管理は問題だと思います。環境を改善するためにも、社会保険労務士など外部のチェックが必要ですね」

「そんなのは寝言だ」

「は？」

聞きちがえかと思ったが、そうではなかった。黒原はひとつ咳ばらいをして、ざらついた声で続けた。

「国は高齢者三人に介護職員一人という基準を設けているが、そんなゆったりした体制では、人件費がかかってしょうがない。儲《もう》けを出すには職員の人数を制限せざるを得ないんだ。利用料を上げたら客が集まらない。だから、職員の給与を低く抑えるしかない。現場は過酷にならざるを得んのだよ」

念を押すように美和を見る。そのあとで、鼻で嗤うように言い足した。

「基準通りの配置にするには、まったく金儲けをしなくていい事業者か、利用料をいくらでも払うという高齢者か、ワーキングプアでも働く介護士が集まらなけりゃ、無理ということだ」

黒原はかなりの皮肉屋らしい。美和はその逆説に惑わされないように、気を引き締めて質問を続けた。

「でも、高齢者の側に立って考えれば、仕方がないではすまされませんよね。なんとか改善する方法はないでしょうか」

「簡単に解決できるようなら、とっくに虐待などなくなっているさ」

「だから、現状でいいとおっしゃるんですか」

あなた自身が虐待される高齢者になっても？　そうダメを押したいところだが、自制した。

黒原は肘掛けの外に片腕を垂らし、気怠《けだる》そうに答えた。

「問題を解決したいという気持はわかる。だが、介護の現場で虐待が起こるのは、ある意味、当然のことなんだ。介護士は社会的な地位も低いし、給料も安い。これでは優秀な人材が集まらない。一方、介護は専門性の高い仕事で、知識と経験が必要だ。忍耐力、親切心、安全のためのとっさの判断も求められる。つまり、望ましい介護を実現するためには、優秀な人間を確保しなきゃならんということだ。現状ではとても無理だろう」

たしかに介護士やケアマネージャーには、看護師くらいの社会的地位と給与があって然るべきだ。美和が賛同しかけると、黒原は先読みするように片手で制した。

「でもな、介護業界はこれでいいんだ」

「どういうことです。今、現状では優秀な人材が集まらないとおっしゃったじゃないですか」

「集まらなくていいんだ。介護は何も生み出さんから」

意味がわからない。眉根《まゆね》を寄せると、黒原は二日酔いのような半眼で続けた。

「優秀な人間を集めるためには、介護報酬を上げなければならん。介護に多額の公費を注ぎ込んで、優秀な人材を集めてみても、年寄りを喜ばすだけで、生産性にはつながらない。優秀な人間は、国の生産性と技術の向上に資するべきだ。それで社会が潤えば、介護業界も改善される。逆に高齢者は大事にすべきだなどと、甘っちょろいことを言って、優秀な人材を介護業界が浪費したら、国力が落ちて、ひいては介護業界も破綻《はたん》する。だから、現状でいいんだ」

「高齢者を大事にするのは、甘っちょろいことなんですか」

美和はつい気色ばんで語気を強めた。「わたしは現状でいいとはとても思えません。少しでも改善に向けて努力すべきではないでしょうか」

「たしかに努力は必要だな」

同意しつつも、反対のことを言うのがミエミエの相槌《あいづち》だ。案の定、揶揄《やゆ》するように続けた。

「新聞に出ていたが、介護職員の八割以上が勤務に不安と不満を抱えているらしい。夜勤で生活のリズムが乱れて、うつ病や不眠症になる者も少なくない。なぜそんなことになるかわかるか。長生きする者が多すぎるからだ。介護は有限な資源なんだ。今の日本に三千万人を超える高齢者を介護するだけの実力はない」

似たようなことは、介護危機に警鐘を鳴らす本にも書いてあった。美和は不利なカードを配られたギャンブラーのように押し黙った。

「にもかかわらず、猫も杓子《しゃくし》も長生きしたがり、医療もそれを後押しして、今の超高齢社会ができ上がった。たとえて言えば、かつての日本軍が十分な補給路も確保せずに、徒《いたずら》に戦線を広げたのと同じ構図だ。じゃあ、どうすればいい。簡単だ。まずは戦線の縮小、すなわち、高齢者を減らせばいい」

「減らすって、そんなことできるわけないでしょう」

「それなら虐待は容認するしかないな。ほかに何か妙案でもあるかね。あったらぜひ教えてもらいたいもんだ」

不敵な笑みで美和を見る。そのあとで、フッと視線を逸《そ》らしてつぶやく。

「それに高齢者を減らすことは、あながち悪いことでもないんだ。苦しむ老人にとって、死はある意味で救いだからな」

小柳も同じようなことを言っていた。美和は本題に入るべく姿勢を正した。

「黒原先生はアミカル蒲田の小柳君にも、苦しい状態で生きるより死んだほうがいい高齢者がいるというようなことをおっしゃったそうですね」

「小柳にも取材したのか」

黒原は一瞬、表情を変えたが、すぐ取り繕うように言い添えた。「彼は頭のいい青年だ。心根も優しい。医学部を目指すと言ってたが、彼ならいい医者になるかもしれん」

「医学部を目指しているなら、なおさら死を肯定するようなことは言ってはいけないんじゃないですか」

「逆だ。いい医者になるために教えたんだ」

美和が不審の色を浮かべると、黒原はパイプ煙草をひとつふかし、ある種の重みをにじませて続けた。

「死んだほうがいい人間は、厳然として存在する。底の浅いヒューマニズムや、薄っぺらな理想主義で、それを否定しても意味はない。むしろ残酷なことだ。否定したい気持はわかるが、その根本にあるものは何だ」

正面切った問いに胸を衝《つ》かれる。

「それはもちろん……、命は尊いという思いでしょう」

「ちがうな。そんなものはただのお題目だ。本音の奥にあるのは、自分が死にたくないという欲望だろう。あるいは、近しい人には死んでほしくないという感情だ。それ以外に根拠はない」

「そんなことは……」

ありませんと言いたいが、言葉が出ない。かろうじて言い返す。

「命の尊重は、そんな浅はかなものではないと思います」

「浅はかなんだよ。たいていの人間は、見たくない現実から目を逸らして、きれいな側面しか見たがらない。おいしい肉を食べるとき、牛を殺す場面を思い浮かべるか。ペットはかわいがるが、食肉用の牛や豚には一顧だにしないだろう」

美和はまた一枚、不利なカードを押しつけられた気分になる。こめかみが汗ばむ。

「人間は自分たち以外の命には無関心で身勝手な生き物だ。それを忘れて、目先の優しさや思いやりに囚《とら》われている者ほど始末に負えない者はない。そんな連中が現実を見ずに、やたら死を否定するから、死ぬ以外に救いようのない者が、酷《ひど》い苦痛のまま放置されるんだ。それこそ虐待じゃないかね」

美和は懸命に反論を考えた。なんとか言い返さなければ、自分のすべてが否定されるような気がした。

「死んだほうがいいなんて、だれが決めるんですか。その判断にまちがいはないんですか。もし判断をまちがえて死なせてしまったら、取り返しがつかないじゃないですか」

黒原は、おもしろい遊び相手を見つけたとでもいうように、たるんだ頰を歪《ゆが》めた。

「犠牲者をゼロにしろと言うんだな。百パーセント正しくあれと。それこそ理想主義者の鼻持ちならない傲慢《ごうまん》さだ。わずかな犠牲を拒んで、その裏にひそむ多くの苦しむ者を無視する。それで自分たちは犠牲を防いだと得意顔をする。最悪の欺瞞《ぎまん》だろう」

吐き捨てるように言い、さらに言葉をあふれさせる。

「苦しみながら死んだ者は、死人に口なしで恨みもつらみも言えない。それをいいことに、人道主義者たちは、あきらめずによく頑張ったとか、命の最後の輝きだとか言って、他人の苦痛を美化して、自己正当化を図るんだ。卑劣もいいところだ」

美和は目を逸らさず考え続ける。どこかに反論の余地はあるはずだ。相手の濁った目を凝視していると、ふと疑問が湧いた。黒原はなぜ、こんな露悪的な考えに囚われているのか。それは彼自身にも苦しいことではないのか。

「黒原先生のおっしゃることは、一面の真理かもしれません。でも、人間にはもっと純粋で美しい心もあるのではないですか。他意のない自己犠牲や、温かい思いやりもあるでしょう。どうして先生は、人間の心の闇みたいなことばかりに目を向けるんです。わたしにはそれは不幸なことのように思えますが」

思いがけない指摘だったようだ。黒原は分厚い皮膚の下に驚きを走らせ、八の字眉を寄せた。

「俺が不幸だって？　そいつは気がつかなかったな。フハハハ。新しい発見かもしれん」

おもしろがるように笑い、目を細めてまたパイプ煙草を吸った。

「ところで、君はなぜ小柳に話を聞きにいったんだ」

「岡下さんの転落死のあと、彼がテレビのインタビューに答えていたのを見たからです。どういう状況だったのか、詳しく聞きたくて」

「それだけじゃないだろう。何かを探ろうとしたんじゃないか。優秀な介護士の裏の顔を知りたいとか」

「そんなことは思っていません」

「言っておくが、小柳は一筋縄ではいかんぞ。近づきすぎると思わぬことになるかもしれん」

「どういうことです」

黒原はそれには答えず、無表情に問い返した。

「君は岡下の転落死に、小柳が関わっていると思ってるのか」

「黒原先生はどう思われるんですか」

「さあな」

「もしかして、岡下さんは死んだほうがいいと、先生が小柳君に言ったんですか」

思い切って攻勢に出た。黒原は答えない。美和は沈黙に耐えきれず、はぐらかすように話題を変えた。

「さっき先生は、小柳君は頭がいいとおっしゃいましたが、どうしてそう思われるんです」

「受け答えを聞けばわかる。それに、彼は横浜星ケ丘《よこはまほしがおか》高校に行ってたんだ。校内模試の成績は十番以内だったそうだ」

横浜星ケ丘の名は知っている。神奈川県下の公立で東大進学率がトップの高校だ。たしか、毎年二十人近い合格者を出している。

「彼は高校を中退したそうですね。理由はご存じですか」

「それは聞いていない」

黒原は横を向いて腕組みをした。下世話なことには興味がないという素振りだ。パイプの煙が尽きたところで、黒原への取材は打ち切られた。


黒原と小柳はどんな関係なのか。

アミカル蒲田の金井昌代に聞こうと思い、ふたたびメールを送ったが返信はなかった。催促のメールにも反応がないので、直接、アミカル蒲田に電話をかけると、金井は二週間前に退職していた。理由を聞いても教えてくれない。

金井はアミカル蒲田で勤続年数も長く、職場への不満も特に洩《も》らしていなかったのに、なぜ急にやめたのか。

美和は京子に電話をかけ、これまでの経過を話した。

「金井さんに話を聞きたいんだけど、アミカル蒲田は連絡先も教えてくれないの」

「それならわたしのほうでわかるかもしれない。少し時間をくれる?」

当てがありそうな口振りだったが、果たして翌日、「連絡先、わかったわよ」と電話してきた。

「この前、美和が『ジョイン』にアミカル蒲田の記事を書いたでしょ。あの記事に金井さんの写真が出てるのを見て、彼女の友人から読者カードが届いたのよ。その人に問い合わせたら、金井さんの勤め先を教えてくれたわ」

金井はアミカル蒲田をやめたあと、世田谷《せたがや》区の等々力《とどろき》ケアセンターというデイサービスに勤めているらしかった。

美和はさっそく等々力ケアセンターに行き、受付で金井を呼んでもらった。

「あれから小柳君と黒原先生に会って話を聞いたんですが、金井さんにもうかがいたいことがあるので、少しお時間をいただけないでしょうか」

金井は刹那《せつな》、躊躇《ちゅうちょ》したようだったが、覚悟を決めたように、「帰りまで待ってもらえるなら」と了承した。

午後六時、駅前のカフェで待っていると、金井は前とはちがう地味なブラウス姿でやってきた。心もちやせたように見える。

アミカル蒲田をやめた理由を聞くと、金井は視線を下げてつぶやくように言った。

「小柳君に脅されたんです」

金井はときどきオーバーな物言いをする。だが、それにしても脅されたというのは穏やかでない。

彼女は怯えた調子で続けた。

「あの子は恐ろしい人間です。かわいい顔をして、平気で人を陥れる異常人格者です。これ以上、何かあったら、警察に行こうと思っています。そのときは証人になってもらえますか。それなら全部お話しします」

「何があったんですか」

「前に朝倉さんに会ったあと、わたし、職員控え室で岡下さんの転落は小柳君が怪しいんじゃないかと言ってしまったんです。そしたら、二日くらいして、小柳君がわたしを非常階段に呼び出して言うんです。金井さんは僕が岡下さんを投げ落としたと思ってるんでしょって。何のことってとぼけたんですけど、小柳君はわたしが話したことを、全部知ってると言って……」

金井は記憶に怯えるように身震いした。気持を落ち着かせるように、コップの水をひと口飲む。

「声がいつもとちがってました。機械がしゃべってるみたいで、すごく冷たいんです。それからポケットに手を入れて、折りたたんだ紙包みを取り出しました。中に白い粉が入っていて、これはヒ素なんだって。シロアリ駆除をしてる知り合いにもらったんだって。変なことを言いふらしたら、わたしが食べるものに混ぜるって、薄笑いしながら言うんです。笑っているけれど、すごく怒っているのがわかって、わたし、ほんとうに殺されるかと思いました」

金井の声が徐々に高くなる。美和は半信半疑で訊《たず》ねた。

「その白い粉は、ほんとうにヒ素だったんですか」

「わかりません。でも、そうだと思います。小柳君はその粉をわたしの顔の前に近づけて、吹きかけるような真似をしたんです。わたしは恐ろしくて、思わずその場にしゃがみ込んでしまいました。両手をついて謝ると、彼は紙を折りたたんで、またポケットにしまいました。自分を疑う話をだれかにしたかと聞くから、わたし、朝倉さんのことを……」

えっ、と声にならない怖気《おじけ》が走った。

「その話をしたのはいつですか」

「朝倉さんに会った一週間ほどあとだったと思います。……そう、小柳君に脅されたあと、すぐに朝倉さんにメールしましたよ。前に話したことはぜったいに他言しないでほしいと」

金井から返信があったのは、たしかに話を聞いた一週間後だった。

新子安のアパートに行ったとき、小柳は岡下との一件を正直に話したように思ったが、あれはすでに美和が金井から聞いていることをわかった上で話したのだ。正直でも何でもない。逆に、正直だと思わせるために、敢《あ》えて告白したのだ。

「小柳君はわたしのことを変な目で見て、薄ら笑いを浮かべたり、憐《あわ》れむような顔をしたりするので、わたし、怖くて夜も眠れなくなったんです。アミカル蒲田で出る賄も、ヒ素が入っているんじゃないかと思うと食べる気がしなくて、お茶も飲めなくなって、それでやめたんです」

「じゃあ、金井さんは、今も小柳君が岡下さんの転落に関わっていると思われるんですか」

「でなかったら、あんな脅し方はしませんよ」

「だけど、岡下さんが転落したとき、小柳君は三階にいたと聞きましたよ。たしか、元大学教授かだれかの部屋に」

「３０６号の堂之本《どうのもと》さんですね。あの人は頭はしっかりしてるけど、耳は遠いし、アリバイ工作なんかいくらでもできますよ」

金井の怖がりようには、簡単に笑い飛ばすことのできない実感がこもっていた。もしかして、小柳はほんとうに岡下を投げ落としたのか。それなら、彼の中にはふつうでは考えられない何かが起こったはずだ。でないと、そんな行為に走れるわけがない。

美和は疑念を深めたが、考えても仕方がないので金井に会いに来たもともとの目的に話を移した。

「ひとつお聞きしますが、訪問診療に来ている黒原先生は、どんな方なんですか」

「あの先生はあんまりやる気がないみたいで、入居者が何か訴えても対応しないんです。大丈夫とか、心配いらないとか言うだけで、検査もほとんどしませんから」

答えてから、「黒原先生が何か？」と逆に訊ねてきた。

「小柳君に話を聞いたとき、岡下さんは死んでよかったみたいなことを言うので、どうしてかと思ったら、黒原先生の影響があるようだったんです」

「たしかに黒原先生は、死を肯定するような冗談をよく言いますね。死ねばみんな楽になるとか」

「冗談なんですか」

「先生一流のブラックユーモアだと思いますけど」

美和には同調できなかった。

「黒原先生は、高齢者には死んだほうがいい人もいるとおっしゃるんです。わたしには単なる冗談には思えなくて」

「それはもちろん冗談じゃないでしょう。わたしだって、マジでそう思いますもん」

「死んだほうがいい人もいると？」

金井は、当然という顔でうなずいた。美和は性急に問うた。

「病気や老化現象で、つらい思いをしている人がいるのはわかりますが、そんなに簡単に死んだほうがいいなんて思えるものでしょうか」

「簡単に思うわけじゃないです。でも、実際、どうしようもない人もいますから」

金井は叱られた小学生のように顔を伏せた。

「まさか、介護に手がかかるからとかいうことじゃないですよね」

「ちがいますよ。相手のことを思ってです」

介護の現場にいる人は、みんなそんなふうに思うのか。

美和は黒原のときとはまた別の驚きに、胸を揺さぶられた。

金井に話を聞きに行った翌週の月曜日、アミカル蒲田にふたたび衝撃が走った。

岡下寿美子のとなりの部屋にいた山辺《やまべ》春江《はるえ》という女性が、またも未明に四階のベランダから転落して死亡したのだ。

ニュースは夕方のテレビとネットで報じられた。

亡くなった山辺は七十九歳。身長は一五二センチで、認知症はなかったが、ときどき夜間に取り乱すことがあり、医師から夜間せん妄の診断を受けていた。転落の時刻は午前一時半から二時の間で、死因は全身打撲による内臓破裂。山辺も「死にたい」と口走ることがあり、警視庁は事故と自殺の両方から捜査を進めているとのことだった。

情報を知った美和は、胸騒ぎを覚えずにはいられなかった。岡下の転落死から一カ月半しかたっていないのに、岡下と同じ小柄な女性が、同じく職員の少ない未明にベランダから転落死したのだ。これが偶然ということがあり得るだろうか。自殺の連鎖反応？　若者なら考えられるが、高齢者がそんなことをするのか。

翌日の昼過ぎに京子から電話があった。

「驚かないでよ。今、知り合いの記者から聞いたんだけど、一昨日《おととい》の夜勤は、また小柳君だったらしい」

美和は返事もできず固まった。

「もしもし、聞いてる？」

「……また、小柳君が第一発見者だったの？」

「それは別の職員らしい」

「でも二回とも小柳君が夜勤だったら、圧倒的に彼が疑われるんじゃない？」

「ところが、今回の第一発見者が、前回も夜勤だったのよ」

「どういうこと」

混乱して、意味のないことを聞いてしまう。京子が早口に説明した。

「夜勤は三人で、一昨日は小柳君のほかに、竹上勇次《たけがみゆうじ》って人と、羽田奈美恵《はだなみえ》という女性が泊まってたの。で、その竹上氏が前の岡下さんのときにも夜勤だったわけ」

「じゃあ、疑われるのは五分五分ね」

「いいえ。岡下さんのときは、小柳君にアリバイがあったでしょう。竹上氏にはそれがないのよ」

ということは、竹上のほうが疑われているのか。

「夕刊にまた記事が出ると思うよ」

そう言って、京子からの通話は切れた。

夕刊には事実関係のほか、昨年、アミカル蒲田で起きた介護職員による虐待事件も報じられていた。転落死と虐待を直接結びつけるものではないが、印象として虐待の可能性を示唆する書き方だ。

末尾に久本のコメントが出ていた。

『短期間のうちに、続けてこのような事態を招いてしまい、施設長として誠に申し訳なく、責任を感じています。今後は警察とも協力して、転落の経緯を明らかにし、二度と同じことが起きないよう、最善を尽くしていく考えです』

やはり、警察も疑いを抱いているようだ。

しばらくするとふたたび京子から着信があった。周辺取材した記者の話から、転落前後の状況がわかったようだ。それによると、夜勤者は二時間ずつの仮眠が認められていて、午後十時から十二時までが竹上、続いて午前二時まで羽田、そのあと午前四時までが小柳の仮眠時間だったらしい。すなわち、山辺が転落したときには、竹上と小柳が勤務していたということになる。

山辺の不在に気づいたのは竹上で、施設内を調べたが見つからなかったので、外に出て裏庭に倒れている山辺を発見したとのことだった。時刻は午前四時過ぎで、転落からすでに二時間以上が経過していた。

「山辺さんを見つけたとき、竹上氏はかなり動揺していたみたいよ」

「小柳君と竹上氏にアリバイはないの？」

「山辺さんが転落した時間帯は、小柳君は五階の巡回をしていて、竹上氏は二階の職員詰め所にいたと言ってるんだけど、どちらも証明することができないらしいの」

竹上が動揺したのは、そこではじめて山辺の転落を知ったからではないのか。それならやはり小柳が怪しいのか。しかし、もし竹上が手を下したとすれば、自分が投げ落とした被害者を目の当たりにして、改めて衝撃を受けたのかもしれない。

美和は答えの出ない疑問を、頭から追い出すことができなかった。

数日後の金曜日、京子の知り合いの新聞記者を通じて、美和は羽田奈美恵の話を聞けることになった。非番の日なので自宅に来てほしいと言われ、京子と二人で品川区戸越《しながわくとごし》にある羽田のマンションを訪ねた。

「今回は大変でしたね。少しは落ち着かれましたか」

リビングのソファで問いかけると、羽田は飛鳥《あすか》美人のようなしもぶくれの顔で微笑んだあと、山辺春江についてこう語った。

「山辺さんはおとなしい人で、入居者の中でも目立たないほうでした。ご主人が亡くなったあと、ひとりでいても仕方がないので、家を処分してアミカル蒲田に来たとおっしゃってました」

「新聞の報道では、山辺さんも死にたいと口走ることもあったそうですが」

「山辺さんが気にしていたのは、お金のことだと思います。貯金がなくなるまでに死ねなかったら、どうしようとかおっしゃってましたから」

経済的な問題は、施設入居者には重大な気がかりだろう。

「夜間せん妄もあったそうですね」

「それもお金の心配が原因じゃないでしょうか。夜にひとりで考えていると、どんどん不安になって、じっとしていられなくなるそうです。わたしも発作のときにお世話しましたが、ここを出たら行くところがないと大泣きしてらっしゃいました。翌朝にはすっかり忘れているんですけど」

山辺が転落死した夜のことを聞くと、羽田はこれまで警察などに何度も説明させられたらしく、すらすらと話した。

「あの夜、わたしは十二時から仮眠だったので、十二時五分ごろ二階の職員詰め所に行きました。先に仮眠していた竹上さんはすでに起きていて、ぜんぜん寝られなかったとぼやいてました。仮眠スペースは詰め所の一部をパーティションで仕切った狭い空間で、折り畳みベッドと毛布が置いてあるだけです。わたしは横になるとすぐ寝てしまい、午前二時に小柳君が起こしにくるまで熟睡していました。だから、山辺さんが落ちたこともぜんぜん気がつかなくて」

羽田のアリバイは、竹上が証明している。山辺が落ちたとされる午前一時半から二時の間、竹上は何回かの呼び出しコールで居室へ行った以外は職員詰め所にいたと言い、その間、仮眠スペースで羽田が寝ている気配があったと証言したからだ。逆に、羽田は竹上のアリバイを証明していない。ぐっすり眠っていたため、竹上がとなりの部屋にいたかどうかわからなかったというのだ。そのことで竹上はかなり羽田にせっついたようだが、彼女は証言を変えなかった。

「山辺さんがいないと聞いたとき、羽田さんはベランダから転落したとは思いませんでしたか」

「いいえ。山辺さんはこれまでも何度か居室を抜け出したことがありましたから。それで小柳君を起こして、建物内を手分けしてさがしたんです」

「どうして小柳君を?」

「仮眠の時間はまだ十分ほどあったんですけど、転倒とか怪我のことを考えると、少しでも早く見つけなければと思って」

「そのときの小柳君のようすはどうでした」

「眠そうでしたけど、山辺さんがいないと伝えると、ぱっと起き上がって、すぐにさがすのに協力してくれました」

「妙な気配はなかったですか」

転落への関わりを仄《ほの》めかしたつもりだったが、羽田は首を傾げただけだった。

「小柳君はふだんはどんな感じですか。久本施設長に聞くと、親切で忍耐強いので、入居者さんに人気だということですが」

前に金井は否定したが、羽田はどうか。

「小柳君は親切だし、顔もかわいいので、入居者には人気があります。食事介助とか徘徊《はいかい》の付き添いのときには、たしかに忍耐強いです」

ときにはという言い方が気になり、「それ以外は忍耐強くないのですか」と聞くと、羽田は困ったように声のトーンを下げた。

「たまたまかもしれませんが、わたし、彼がキレたところを見たんです。階段の踊り場で大きな声がして、見に行ったら、小柳君が女性の介護士のケータイをへし折っていました。メールをしていたそうです。勤務中のメールや電話は禁止なので、彼女のほうが悪いんですが、怒り方がふつうじゃなくて怖かったです。事情を聞くと、前にも彼女がメールをしていたのを注意したのに、二度目なので腹が立ったと言ってました」

「それって私物の損壊じゃないですか」

「だけど、女性にも落ち度があったし、小柳君の怒り方があんまり激しかったので、うやむやのまま彼女がアミカルをやめてしまいました」

勤務中のメールくらいで相手のケータイをへし折るのは、潔癖を通り越して、凶暴とさえ思える。

美和は金井から聞いた話を持ち出した。

「先月亡くなった岡下さんともトラブルがあったそうですね。小柳君が岡下さんの手を払ったか何かで、岡下さんが倒れたとうかがいました」

「らしいですね。わたしはその場にいなかったので、何とも言えませんが」

続いて竹上のことを聞くと、羽田はまた困ったような表情を浮かべた。

「竹上さんは、あまり介護の仕事に向いていないように思います。施設にも不満があるようで、よく愚痴をこぼしてますし」

「入居者に荒っぽい言葉をかけて、注意されたこともあったようですね」

「彼はいつも機嫌が悪くて、入居者さんが思い通りに動いてくれないと、急《せ》かしたり舌打ちしたりするんです。わたしも注意したことがありますが、逆ギレして怒っていました」

「入居者への虐待はありませんでしたか」

「それはないと思います。去年の事件以来、厳しくチェックされていますから」

京子が補足するように聞いた。

「山辺さんを見つけたとき、竹上氏はかなり動揺していたとうかがいましたが、どんな感じだったのですか」

「建物内をすべて調べたのに見つからなかったので、竹上さんが外を見てくると言って、出て行ったんです。五分ほどしてもどってきて、山辺さんが死んでる、どうしようと、真っ青になってました。小柳君がすぐ確認に行って、だめかもしれないけれど、とにかく救急車を呼ぼうと言い、わたしは久本さんに連絡しました」

「竹上氏はどうしてそんなに取り乱したんでしょう」

「わかりませんが、何か困ったことになったと感じているようでした」

美和が京子と顔を見合わせる。美和がさらに訊ねた。

「竹上氏と小柳君は、先月の岡下さんの転落のときも夜勤だったそうですが、それについて、何か思い当たることはありますか」

「何かって……、それは偶然でしょう」

うつむいて小さく言う。

「山辺さんの転落は、事故か自殺か、ほかに何か理由が考えられますか」

投げ落とされた可能性を示唆したつもりだったが、羽田はそれを無視して答えた。

「事故で柵《さく》を乗り越えるのはおかしいから、やっぱり自殺じゃないでしょうか」

「もしそうだとしたら、羽田さんはどう思われますか」

「どうって、それはお気の毒なことですけど……」

「けど?」

羽田は口をつぐんだまま答えない。彼女に聞けたのはここまでだった。

マンションを辞してから、京子が美和に言った。

「羽田さんは山辺さんが亡くなったことを、必ずしも悪いとは思っていないようね」

「わたしもそう感じた。やっぱり高齢者の中には、死んだほうがいいという人がいるのかしら」

「何言ってるの。そんなふうに思う高齢者がいるとしたら、まわりの対応がよくないからよ。死にたくて死ぬ自殺者はいないって言うじゃない」

京子はいつになく強硬に反論した。さらに続けて言う。

「痛みがあるなら医者が治療すべきだし、生活が不自由なら介護をもっと充実させるべきよ。孤独とかうつとか、精神的な悩みがあるなら、話し相手になったり、カウンセリングを充実させたりして、解決に近づけなきゃ。死んだほうがいいなんてあり得ない。そんなの敗北主義よ」

「そうかな」

少し前までは美和もそう思っていた。だが、今は簡単には納得できない。黒原の主張に加え、金井や羽田の反応が彼女を惑わす。

京子が焦《じ》れったそうに続けた。

「たしかに現実は困難だろうけど、ひとつずつ改善していけば状況はよくなるはずよ。介護の人たちは疲れてるのよ。介護士に心の余裕があれば、いい介護ができるだろうし、そうなれば高齢者だって死んだほうがいいなんていう気持にはならないわよ」

京子に励まされて、美和は勇気をもらった気がした。

「そうよね。さすがは『ジョイン』の名編集者。わたし、ちょっと弱気になりかけてた」

ふと小柳のことを思った。彼も厳しい現実に圧倒され、黒原にそそのかされて、敗北主義にからめとられかけているのかもしれない。若い彼をそのままにしてはいけない。なんとかこちら側に引きもどさなければ。

美和の脳裏に、頼りなげな小柳の笑い顔が浮かんだ。

小柳にも話を聞こうと何度かＬＩＮＥで連絡したが、返信はなかった。既読になっているので、気づいていないわけではない。

同時に美和は竹上にも取材を申し込んだ。羽田に職場のメールアドレスを聞き、ダメ元で依頼すると、取材料によっては話してもいいという返信だった。五千円でどうかと返すと、あっさり了解した。時間は一時間。時給としては悪くはないだろう。

場所はＪＲ蒲田駅近くの喫茶店で、時間より早めに行くと、竹上は十分ほど遅れてやってきた。今回も京子が同席している。

竹上は三十二歳だと聞いていたが、やせて顔色も悪く、頬に深いほうれい線が刻まれていて、年齢より老けて見えた。服装もヨレヨレのジーンズに、着古したようなジャンパー姿だ。介護の仕事は長いのかと聞くと、アミカル蒲田がはじめてだという。それまでは電気工や塗装工、宅配などさまざまな職種を経験したようだ。

「介護士になったのは、何かきっかけがあるのですか」

「たまたまアミカル蒲田の募集を見て応募したんだ。だけど、仕事はキツいし不規則だし、おまけに給料も安いからもうやめようと思ってる」

アミカル蒲田をやめるのかと聞いたら、介護士そのものをやめるという。

「山辺さんのことが原因ですか」

「そういうわけじゃないが、今回のことでは迷惑してるよ。前の岡下のときも夜勤だったから、変な目で見られてよ」

「変な目？」

「だから、俺が婆さんをベランダから投げ落としたんじゃないかってな。だれも口には出さないが、疑ってるのはミエミエだ」

金井は小柳を疑っていたが、竹上にも不審の目が向けられているのか。

「警察もそうなんですか」

何気なく聞くと、竹上は急に声を荒らげた。

「警察はムカつくんだよ。関係ないことまで根掘り葉掘り聞きやがって、休日は何をしてるとか、金まわりのことまで聞かれた。完全にプライベートなことだろう。勤務中に突然呼び出して、話を聞きたいって言うから、仕事中だって断ったら、施設長には許可を取ってるとぬかしやがった。久本のオバハンは小柳を贔屓《ひいき》して俺を毛嫌いしてるから、警察も俺を疑いやがるんだ」

「警察に聞かれて困るようなことがあるんですか」

「あるわけないだろう。何だよ、あんたも疑うのか。ならもう話はしないぞ。その前に取材料を払ってくれ」

竹上が感情的になっているので、美和はバッグから用意した封筒を取り出した。竹上は封を切ると、五千円札を抜き取り、裸のままポケットに入れた。

「気分を害されたのなら謝ります。でも、もう少しうかがいたいのでよろしくお願いします。山辺さんは竹上さんにとって、どういう入居者さんでしたか」

竹上は不服そうだったが、現金を手にしてなんとか機嫌を直したようだった。

「別にどうってことはないよ。ほかの年寄りと同じだ」

「特に手のかかる人ではなかった？」

「年寄りはみんな手がかかるよ。動きはのろいし、言うことは聞かねえし、文句も多いからな」

「山辺さんが特に厄介な入居者だったというわけではないのですね」

「どっちかっていうと、あの人はやりやすかった。あんまり何も言わない婆さんだったから」

素直な感想のようだ。

「山辺さんの転落について、竹上さんはどんな可能性があると思われますか」

「知らねえよ、そんなこと」

「山辺さんが、死にたいとおっしゃってたのはご存じですか」

「さあな。言ってたかもしれないが覚えてない。死にたいって言う年寄りは、アミカル蒲田にはたくさんいるからな」

「竹上さんは第一発見者ですよね。施設の屋外をさがそうと思ったのは、何か予感みたいなものがあったのですか」

ふたたび険悪な表情になる。

「あるわけないだろ。徘徊で外に出たんじゃないかと思っただけだよ」

「だから、見つけたときには驚かれた？」

「当たり前じゃないか。岡下のこともあったからな」

「そのとき、どう思われました」

「まずいことになったと思ったよ。俺は岡下のときも夜勤だったんだ。小柳もいっしょだったが、俺のほうが疑われると思ったから」

それが動揺した理由か。

「でも、実際、疑われるようなことはしてらっしゃらないのでしょう」

「当たり前だ」

「小柳君のほうはどうでしょう」

「知るか。あいつはちょっと変わってるから、何をするかわからんところもあるし……。でも、たぶん関係ないと思うが」

竹上の語気が心なしか弱くなった。美和はすかさず追及する。

「どうして関係ないと?」

「だから、たぶんだよ。理由なんかないよ」

竹上はふてくされたように、たっぷりの砂糖とクリームを入れたコーヒーを飲んだ。これ以上追及すると、またつむじを曲げそうだったので、美和は質問を控えた。代わりに京子が聞く。

「去年、アミカル蒲田で報じられた虐待事件について、竹上さんはどう思っていらっしゃいますか」

「クビになった三人は気の毒だったな。だいたい、アミカルは外面《そとづら》がよすぎるんだ。客集めのために、家族にいい顔ばっかりしてよ。職員には激務を押しつけて、経費を抑えるために介護士の給料を目いっぱい安くしてるんだ。それで笑顔で働けなんて言われても、できるわけないだろう」

「だけど、介護は人助けだし、親切にすれば入居者さんに喜んでもらえるのだから、やり甲斐《がい》のある仕事じゃないですか」

京子が言うと、竹上はヤクザが凄《すご》むようににらみ返した。

「あんたねぇ、時間に追われてきりきり舞いしてるときに、わけのわからんことを何度も言われたり、くだらないことで呼ばれたり、今、替えたばかりのシーツに小便を洩らされたりしたら、だれだってアタマに来るだろ。こっちだって人間なんだから、我慢の限界ってもんがあんだよ。あんたもいっぺん実際にやってみな。俺は入居者に舌打ちして怒られたが、そんなもんかわいいもんさ。心の中じゃあ、いっつも死ねって思ってるからな。役立たずの厄介な老いぼれは、とっとと死にやがれって思ってるよ」

荒い鼻息を吐いて横を向く。すぐに思いついたように顔をもどす。

「年寄りを施設に預けてる家族も共犯だぜ。文句ばっかり垂れやがって、感謝のかの字もないくせに、あれをしろ、これをしろ、ここは気をつけて、こっちはていねいになんて、自分で世話もしねぇくせに、俺たちに要求ばっかり突きつけてくる。それで介護士はストレスをため込んで、入居者に当たるんだ。虐待の原因のひとつはそんな家族さ。去年の事件だって、知らないうちにビデオで隠し撮りしてたんだぜ。卑劣じゃないか。俺たちは秘《ひそ》かに監視されてたんだ」

たしかに隠し撮りはよくない。しかし、去年の事例は、施設側が家族の訴えに耳を貸さなかったから、致し方なくやったことのはずだ。そもそも介護士が入居者に暴力をふるわなければ、そんなことにはならない。とはいえ、虐待を行った本人以外の介護士も、秘かに監視されたことになるので、不愉快に感じるのももっともな側面はある。

雰囲気を変えるために、美和が話題を変えた。

「施設長が久本さんに代わって、勤務状況は少し改善されたのではないですか」

「バカ言え。久本のオバハンは、鼻持ちならないエリート主義で、現場のことは何もわかっちゃいないんだ。現場をよくしたいんなら、人と金を増やせってんだ。重労働なのにこき使いやがって、あんな安い給料でやってられるか」

そのあとも、竹上は勤務内容や待遇に関する愚痴を言い続け、介護の過酷さ、煩わしさを繰り言のように並べ立てた。言葉が途切れたところで、わざとらしく腕時計を見る。

「おっと、もうこんな時間だ。約束の一時間は話したからな。じゃあな。二度と連絡してくんなよ」

席を立ち、横柄な足取りで出て行った。

後半は言葉を挟む余裕もなかった京子が、冷めたコーヒーを口に運びながら言う。

「ふうって感じね」

「ほんと。たしかに竹上氏は介護には向いてないわ」

「家族を責めるようなことも言ってたけど、たいていの家族はやむにやまれぬ事情があって施設に預けるんじゃない。それを虐待は家族にも原因があるなんてあんまりだわ」

正義感の強い京子は我慢ならないようだったが、美和は必ずしも彼女に同調できなかった。竹上の言い分はひどいが、すべてを否定しきれない側面もある。

「山辺さんや岡下さんの転落に関してはどうだろ」

美和が聞くと、京子は気のない調子で答えた。

「彼が投げ落としたってこと？　なんとなくちがうって感じだけど、あの怒りっぷりだと発作的にってことはあるかもね」

どうだろう。竹上が二人の転落死に関わりながら、このような取材を受けるとしたら、よほどの強《したた》かさが必要だろう。結論は出せないが、美和は竹上の虚勢に逆に弱さを感じていた。

▼

山辺春江が転落死したあと、アミカル蒲田には不穏な空気が漂っていた。職員たちは浮足立ち、だれもが何かを疑い、何かを言いだしかねているようだった。

恭平は山辺が亡くなったときに夜勤だったので、羽田や竹上と同様、久本から個別に話を聞かれた。親会社リシャールの総務部長にも同じことを説明させられ、さらには警察の事情聴取にも応じさせられた。

警察から来たのは、警視庁の検視官と、蒲田署の刑事二人だった。刑事は二人とも、前回の岡下のときとは別人だった。安東《あんどう》という刑事は四十代後半のベテランで、相方から「主任」と呼ばれていた。もう一人の島《しま》は三十そこその角刈りで、目つきの鋭い優秀そうな男だった。

恭平は聞かれるまま、当夜のことを詳しく話した。

「山辺さんが転落したとき、僕は五階にいて、５０１号室から順に居室をまわっていました。訪室と退室の時間は巡回記録に書いてある通りです。様子観察だけの部屋もありましたが、オムツを交換したり、水を飲ませてあげたり、トイレ介助をやった部屋もあります。入居者の方の話を聞いた部屋もありました」

「どの部屋ですか」

島が巡回記録を示しながら訊ねる。

「508号と510号です。どちらも十分以上部屋にいました」

「どんな話を聞いたんですか」

「508号の人は、息子のお嫁さんと仲が悪くて、息子さんがお嫁さんにだまされて結婚させられた話をしていました。箱根《はこね》の旅館でお酒を飲まされて、つい関係を持ったために、責任を取らされたって。510号の人はオランダの話をしてたと思います。若いころ、仕事でオランダに住んでいて、本物の木靴を履いている女の人を見たとかです」

続いて安東が聞く。

「503号にも十二分間、部屋にいますが、これはどうしてです」

「その部屋の人は、トイレ介助に時間がかかるんです。オムツも尿瓶《しびん》もいやがって、トイレに行くんですが、腰痛があるので、なかなか起き上がれなくて」

島が交替するように聞いた。

「訪室と退室の時間はどうやって確認するんです」

「自分の時計です」

「入居者に確認は取らないんですか」

「取りません。寝てる人がほとんどですから」

二人の刑事がちらと目配せを交わした。

「巡回記録によると、小柳さんは午前零時四十五分に、山辺さんの406号室に行き、一分後に退出していますが、このとき、山辺さんのようすはどうでしたか」

「寝ていました。だから、様子観察だけで終わったんです」

「そのあと401号を退室したのが午前一時七分。501号の訪室が午前一時十分となっていますが、四階から五階へはどうやって移動されましたか」

「階段です」

「五階は501号から順にまわっているのに、四階は逆順にまわった理由は？」

「別にありません」

恭平は何か説明をつけ加えようかと思ったが、やめた。刑事たちも疑問を持っているようではなかった。

「最後の516号の巡回を終えたのが午前一時五十六分ですね。そのあとは」

「二階の職員詰め所に下りて、仮眠していた羽田さんと交替しました」

アミカル蒲田のワンフロアは十四室だが、516号まであるのは、504号と509号が欠番だからだ。

このほかにも、山辺春江とほかの職員との関わりなども聞かれたが、恭平の説明に矛盾はなく、聴取中の態度にも不自然なところはないはずだった。

山辺の転落時刻が特定できなかったのは、彼女が小柄で体重も軽く、落ちた場所が湿った地面だったため、転落の音を聞いた者がいなかったからだ。竹上が山辺を見つけたのは、午前四時八分。病院での死亡確認は午前四時三十二分だったが、状況から、山辺は転落時に即死した可能性が高く、病院搬送時の体温低下や死後硬直の状況から、転落時刻は午前一時半から二時の間と推定された。

施設長の久本と親会社の幹部らは、警察やマスコミの対応に追われたが、恭平たちは数日後には通常通りの勤務にもどった。

山辺は身内がいなかったため、アミカル蒲田が遺体を荼毘《だび》に付し、簡単な告別式をしたあと、遺骨は最寄りの寺に永代供養を頼んだ。

その後、部屋から署名捺印《なついん》した書置きが出てきて、自分にもしものことがあれば、私物は処分の上、貯金と現金はすべてアミカル蒲田に寄付すると書かれていた。日付は山辺がアミカル蒲田に入所した一カ月後で、万一に備えて、彼女自身が用意していたものと判定された。


「おはようございます！」

朝の巡回で居室に入ると、恭平はいつも通り明るい声をかける。

この部屋の入居者は、黒縁眼鏡をかけてしかつめらしい顔をしている〝インテリさん〟だ。テレビが嫌いで、むずかしそうな本ばかり読んでいる。

「昨夜は、よく、眠れました、か」

インテリさんは八十六歳で、耳が遠いので、一語ずつ区切って話しかける。

高齢者の中には、耳が聞こえていても、ふつうの速さでしゃべると聞き取れない人がいる。言葉を認識するスピードが落ちているのだ。そうと知ってから、恭平はどの高齢者にもゆっくり区切って話すようにした。すると、聞くことをあきらめていた人でも、聞き取れることがある。

「うわっ、あなたの言うこと、よくわかる。あたし、また、耳が聞こえるようになったのかしら」

そう言って、自分にびっくりする老女もいた。

「さあ、食事の、前に、トイレに、行きましょうね」

インテリさんを起こし、ベッドの横に立たせる。パーキンソン症状があるので、なかなか足が前に出ない。恭平はインテリさんに向き合い、自分の肩に両手をかけてもらって、イチニ、イチニと身体を左右に揺らしながら後退する。そのはずみでリズミカルに足が出るのだ。トイレまで誘導し、排尿だけでも便座に座らせる。そのほうが尿がこぼれないからだ。

排尿が終わっても、足腰の弱いインテリさんはすぐには立ち上がれない。まずお辞儀をするように頭を前に倒させて、その反動で腰を持ち上げさせる。そうすると立てる。それまで自力で立てなかったインテリさんが、恭平の指導で立てるようになったとき、仏頂面の眼鏡の奥に涙を浮かべて喜んだ。

こういう介護のコツは、先輩から教わることもあるし、自分で本を読んで工夫することもある。上手に介護ができると、介護士としての腕が上がったように感じ、恭平はやり甲斐を覚えるのだった。

インテリさんの介護を終えてフロアに出ると、談話エリアで三人の老女がだべっていた。

「おはようございます」

大きな声で挨拶《あいさつ》すると、ホルスタインのような胸をしている〝乳牛さん〟が、鷹揚《おうよう》に上体を反らせた。

「いつも元気がいいねぇ」

夏でもスカーフを首に巻いている〝スカーフさん〟と、毎晩カセットで落語を聴いている〝落語さん〟が口々に続く。

「ほんとだ。小柳君に挨拶してもらうと、こっちまで元気が出るよ」

「今日一日、気分よくすごせるもんね」

恭平が嬉《うれ》しそうな顔をすると、乳牛さんが手招きをした。

「小柳君。ここに入ってるもの、何だかわかる?」

恭平の手を取り、ブラウスの胸ポケットを触らせる。

「何も入ってませんよ」

恭平は慌てて指を引っ込める。

「入ってるよ。よく触ってごらん」

乳牛さんはおもしろがるように、恭平の指を胸に押しつけた。すぐ下には巨大な乳房がある。恭平は手を引こうとするが、乳牛さんは手首をがっちりつかんで引かせない。

「ほら、もう少し下だよ」

さぐってみるが、何も触れない。これ以上指をずらしたら、乳首に触れてしまいそうで恭平はどぎまぎする。

「アハハ、小柳君が赤くなってるよ」

「照れてるんだ。かわいいねぇ」

スカーフさんと落語さんが笑う。

「ちょっと、やめてくださいよ。何も入ってないんでしょう」

恭平が強く腕を引くと、乳牛さんが手を離し、ポケットの底から何かをつまみ出した。市松模様のオリンピックのピンバッジだ。

「いいだろ。チーフの羽田さんにもらったんだ」

たまたま入っていたのか、はじめから恭平をからかうために用意していたのかはわからない。それでも恭平は怒らず、「いいですね」と調子を合わせる。

三人の前を離れ、次の居室に向かった。途中で紙くずを拾い、出しっ放しの椅子を片づけ、すれちがう介護士に頭を下げる。

午前中は植木鉢の花に水をやり、洗面所の鏡を磨き、掃除機をかけ、給湯器の湯をチェックする。肩もみ、リハビリ、歩行訓練の付き添い、医師の指示が出ている人には、ホットパックやマイクロ波での温熱療法も介助する。

昼食時には、車椅子や杖《つえ》歩行の人を食堂まで連れて行き、配膳のあとは食事介助をする。

午後もスケジュールがいっぱいで、談話エリアでのビデオの再生、面会に来た家族の案内、洗濯物の集配、入浴介助、散歩の付き添い、お茶配り、昼寝のための各部屋のベッドの調整と、ほとんど座る暇もない。それでも恭平は積極的に動きまわる。入居者が少しでも快適に暮らせるよう、あれこれ考え、自分にできることを精いっぱいすることが自分の喜びにもつながるからだ。

恭平が昼食を終えたとき、職員控え室はほかにだれもいなくなった。静かに奥のロッカースペースに行く。身をひそめていると、三人の女性介護士が入ってきた。トレイをテーブルに運びながら、あけすけにしゃべりだす。

「ちょっと聞いてよ。先週、六階の夫婦部屋に入ったうつ病のジイサン。今日もベッドに大を洩《も》らしたのよ」

「下痢気味なのに、下剤をのむからよ。便がユルいんだからいらないって言ってるのに、のまんと出んとか言って聞かないんだから。頑固ジジイ」

「あたしなんかあのジジイの陰部洗浄してたら、ブーッてオナラされたわよ。なのにゴメンも言わないのよ」

「ふざけてるわね」

怒りながら食事がはじまる。

「あそこのバアさんもひどいのよ。七十八なのにブラジャーつけるとき、肩が痛いってうるさいの。ブラジャーなんかいらないじゃない、吊《つ》るし柿みたいなんだから」

入居者の悪口は昼のおしゃべりの定番だ。味噌《みそ》汁を派手に啜《すす》り、漬物を嚙《か》む音が聞こえる。

「黒原先生って、加齢臭キツいでしょ。背中からモワーッと立ちのぼるって感じで」

「医者のくせにメタボもいいとこよね。首が肩に埋まってるじゃない」

「バクバク食べ過ぎなのよ」

言っている本人が、ご飯とおかずをかき込んでいる。

「それはそうと、先週、竹上がやめたじゃない。大きな声じゃ言えないけど、山辺さんは竹上がやったんじゃないの」

山辺の名前が出て、恭平はロッカーに身体を寄せる。

「やったって、落としたってこと？」

「あの人、気が短いし、仕事も乱暴だったでしょう」

「死ねとか、クソババアとかよく言ってたもんね」

「急にアミカルをやめるのがおかしくない。疑われるようなことをしてなければ、堂々としてればいいじゃない」

「岡下さんが落ちたときも、竹上が夜勤だったからね」

おばちゃんたちは竹上を疑ってるのか。

「やめたと言えば、チーフの金井さんも急にやめたわね」

「彼女、岡下さんのときは、小柳君が怪しいって言ってたのよね」

「金井さんは小柳君がご贔屓《ひいき》だったのよ。それなのにつれなくされて、逆恨みしたのよ」

「なになに、その話」

身を乗り出しているのが見えるようだ。

「小柳君がここに入ったあと、金井さん、派手な服を着てくるようになったじゃない。あれは彼を意識してだったんだけど、ショッキングピンクのブラウスを着てきたとき、小柳君が、どうしたんですか、そんな若作りして、みたいなこと言ったのよ。金井さん、一瞬、ムッとしたんだけど、小柳君とデートするようになってもいいようにねって、必死にフォローをしたわけ。そしたら小柳君が即答で、ぜったい無理って言っちゃったの。小柳君も空気読めばいいのに。金井さん、すごい顔でにらんでたわ」

はじめは好意的だった金井が、急に冷たくなったのはそういうわけか。

食事はあらかた終わったようだった。

「あーあ、午後もまたキツいなあ。転職考えようかな」

「どこも雇ってくれるところないくせに」

「介護士って悲惨よね」

三人はトレイを片づけ、控え室を出て行った。恭平はロッカーの向こうで息をひそめ、今聞いた会話を反芻《はんすう》する。

私服に着替えて帰りかけると、羽田が職員控え室から追いかけてきた。

「小柳君。ちょっと待って」

バッグから市松模様のピンバッジを出して、恭平に差し出す。

「あなたもこれほしいんでしょ。元木《もとぎ》さんが言ってた」

元木は午前に恭平をからかった乳牛さんだ。

「キャンペーンでもらったの。小柳君にも帽子につけたげる」

「いりませんよ」

恭平は黒いキャップをかぶったまま首を振る。

「元木さんが言ってたよ。小柳君は帽子にこんなのをつけるのが好きだって。ほら、いろんなのつけてるじゃない」

「なんで僕が帽子にバッジをつけてるのを知ってるんです」

「入居者さんはよく見てるのよ。勤務中だけじゃなくて、行き帰りのところとかもね」

羽田が手を伸ばすのを避け、「いりませんて」と繰り返した。

入居者が見てるのか。油断ならないと唇を嚙み、裏の出入り口に向かう。

道路に出ると、後方の道路脇に停車していたシルバーメタリックのベンツが近づいてきた。

恭平に並んだところで止まり、後部座席のパワーウィンドーが開く。

「恭平君」

呼びかけたのは塚本秀典だった。紺色のジャケットにノーネクタイだが、シャツもジャケットもひと目でわかる高級品だ。とっさに不快感が込み上げる。

無視して通り過ぎようとすると、運転手が恭平の歩調に合わせて車を進めた。

「話があるんだ」

歩みを速めるが、ベンツはぴたりとついてくる。

「ちょっと聞いてくれないか。大事な話なんだ」

恭平は立ち止まって、投げつけるように言った。

「真里亜には近づくなと言っただろう」

「だから、君のところに来たんだ。あれから真里亜さんには連絡していない」

たしかに電話もメールもないようだった。しかし、だからと言って話し合うつもりはない。

ふたたび歩きだすと、塚本が窓から半分顔を出して、低いが強い調子で恭平の背中に言った。

「真里亜さんのことだけじゃない。アミカル蒲田で亡くなった岡下寿美子さんのことでも、話があるんだ」

恭平は見えない壁にぶつかったように止まった。振り返って塚本をにらみつける。

「岡下さんのことなんか関係ない」

「そんなことはないだろう。岡下さんの転落に君が関わっていると言っている人がいるんだ」

抑えつけていた怒りが爆発しそうになったが、懸命に自制する。

「でたらめ言うな。だれが信じるかよ」

「証拠もある。むろん、私は君を信じているよ。だけど、確認したいこともあるんだ。少しでいい。時間をくれないか」

塚本はドアを開け、自分は奥の席に移動して空いたシートを手で叩《たた》いた。ハッタリに決まっているという思いと、もしかしてという懸念が交錯する。

「だれがそんなことを言ってるんです」

「たしかな筋だ。来てくれたら話す」

塚本はなぜ転落死の話を持ち出したのか。

考えていると、塚本が「後ろから車が来るから」と急《せ》かすように言った。仕方なく、恭平は露骨な舌打ちをして車に乗り込んだ。ドアを閉めると、車はハイブリッドカー特有の静音で走りだした。

「どこに行くんです」

「私の会社を見てもらおうと思ってね。別に自慢するつもりはない。君の安心材料としてだよ。ベンチャー企業には怪しげな会社も多いから」

軽くウェーブした茶パツに手をやり、ゆっくりと顔を正面に向ける。安心材料という言葉にも反発を感じたが、恭平は黙っていた。

車は鈴ヶ森《すずがもり》入口から首都高速の羽田《はねだ》線に乗り、やがて環状線に入った。移動する間、恭平は岡下寿美子のことを考えていた。認知症があったとはいえ、一方的にまとわりつき、異様な好意を露《あら》わにした老女。当てつけるように死にたいと繰り返し、思い通りに死んだのじゃないのか。それ以上、何があるというのだ。

考えているうちに、車は飯倉《いいくら》出口で高速を降り、六本木《ろっぽんぎ》一丁目方面に向かった。

着いたのは林立するタワービルの中でも、ひときわ豪華な建物だった。広々とした車寄せで降りると、塚本は恭平を吹き抜けのロビーに案内した。セキュリティゲートをくぐり、エレベーターホールに向かう。

「ここの三十八階のワンフロアを借り切っているんです」

ビルに入ると仕事モードになるのか、塚本はていねいな言葉遣いになった。

エレベーターで三十八階に到着すると、右手にガラスとステンレスで飾った近未来風の受付があり、その正面に「株式会社ファーストリーズン」のロゴが掲げられていた。

塚本は残っていた受付嬢に片手を挙げ、回廊をめぐって奥の社長室に恭平を招き入れた。全面ガラスの窓から、すばらしい夕景が見える。

「どうぞ、そちらに」

革張りの応接セットに恭平を座らせ、デスクに用意してあった会社案内を差し出した。未来志向らしいシンプルなデザインのパンフレットだ。

「ファーストリーズンは、八年前に東大時代の友人といっしょに立ち上げた会社です。はじめは苦労したけれど、徐々に実績を伸ばして、今は売り上げ十三億八千万、経常利益は一億六千万の会社に成長しました。社員は正規が七十二名、派遣が三十名ほどです。業務の内容は、不動産関係のコンサルティング、デジタルマーケティング、リスティング広告やシステムインテグレーション事業などを中心にしています」

口調はていねいだが、余裕の笑みを浮かべた表情には明らかに優越感がにじんでいる。自慢するつもりはないと言いながら、自分が東大卒で、会社は順調で、大金持ちだとあからさまに宣伝しているじゃないか。恭平はパンフレットを開きもせず、塚本に険しい目線を向けた。

説明を終えると、塚本はこれからが本題というように調子を改めた。

「先日来、妻との離婚の手続きを本格的に進めています。協議は腕利きの弁護士に依頼しました。妻も弁護士を立てていますから、あとは専門家同士でうまく話を進めてくれるでしょう」

そんなことが進捗《しんちょく》と言えるのか。恭平が不満顔で沈黙していると、塚本は妙にへりくだった調子で続けた。

「私は真里亜さんを真剣に愛しています。はじめて銀行でお目にかかったときから魅了され、資産運用の相談に通うにつれ、彼女の聡明《そうめい》さと慎《つつ》ましやかさに打たれました。交際を申し込んだのも、もちろんまじめな気持からです。君が私たちの交際に反対する気持もわかるが……」

恭平は我慢しきれずに遮った。

「ちょっと待ってください。その前にうかがいますが、さっき言ってた岡下さんのことはだれが言ってるんです」

話の腰を折られて、塚本は一瞬、不快感を表し、二秒ほど恭平を見据えた。それに怯《ひる》まず、相手以上の強さで見つめ返すと、塚本はフッと力を抜き、口元に薄い笑いを浮かべて言った。

「岡下さんの息子ですよ。明夫《あきお》というらしいですが、母親の死に君が関わっていると言っているようです」

「僕が何をしたというんです」

「明夫氏は、君が岡下さんをベランダから投げ落としたにちがいないと」

「バカバカしい。そんなことをするはずがないでしょう」

どうかなという表情で腕組みをする。恭平は沈黙が長引くのを嫌い、強気を装って訊《たず》ねた。

「証拠があると言ってましたね。どんな証拠です」

「手紙です。岡下さんが亡くなる前に明夫氏に送った」

「どんなことが書いてあるんです」

「さあ。自分で思い当たることがありませんか」

塚本はわざとのように答えをはぐらかした。信じると言いながら、疑っているのは明らかだ。すべては自分を呼び込むための罠《わな》ではないかという思いがよぎった。

「そもそも、塚本さんはどうして岡下さんの息子を知ってるんです」

「私のような立場になると、けっこうなネットワークがありましてね。アミカル蒲田について調べさせたら、意外な情報が手に入ったんですよ」

「もったいぶらないで、はっきり言ったらどうです。アミカル蒲田の何がわかったと言うんですか」

塚本は交渉の駒を進めるように、上目遣いに言った。

「岡下さんに続いて、山辺さんという女性もベランダから転落死したそうですね。しかも、似たような時間に、似たような状況で」

言いながら目線を逸《そ》らす。恭平が前のめりになるのを意図的にかわし、さらに自陣深くにおびき寄せるように言葉を重ねる。

「警察もマスコミも、水面下で動いているようですよ。こういう捜査や取材は、まず外堀から埋めていくんです。アミカル蒲田にアプローチがないからといって、一件落着したと思うのは大きなまちがいです」

　塚本はソファの背もたれに身を預けた。真里亜のことを話していたときのへりくだった物腰は消えている。恭平はどう応じるべきか考えたが、答えが出る前に、塚本がダメを押すように新たなカードを切ってきた。

「いろいろ噂もあるようじゃないですか。岡下さんが転落したとき、君は別の部屋にいたそうだけれど、それにも疑問の余地があるそうですね」

「どんな疑問です」

「具体的には申し上げかねますが、そういう見方をしている者もいるということですよ」

「根も葉もないでたらめだ！」

　恭平は我慢しきれず叫んだ。

「大きな声を出さないで。君がそう言うのならそれで結構。ちなみにうちの会社は、マスコミや警察関係の顧客とも取り引きがありましてね。みなさん、地位の高い方ばかりですから、それなりの影響力を持っています。私からお願いすれば、一定の頼みは聞いてもらえると思いますよ。つまり、ギブ・アンド・テイクです。いろいろな意味で」

　塚本はマスコミを抑えたり、警察の捜査に手心を加えさせたりできるというのか。彼は何をどこまで知っているのか。いや、冷静に考えれば、部外者の塚本に何も知れるはずがない。

　恭平は自分に言い聞かせ、わざと横柄に聞いた。

「いったい、何が言いたいんです」

「私を味方につけておいたほうが得策だということですよ。私は家族を大事にする人間ですから」

「離婚の協議をしている人が、よく言いますね」

うまく言葉尻《じり》を捉《とら》えて言い返した。

「それとこれとは話が別だ。信頼関係のある家族は大事にする」

塚本が色をなして反論した。恭平はそれを無視して、端整だけれど軽薄そうな顔を十秒ほどにらんだ。相手の目が揺れたのを捉え、憎悪を込めて言い放った。

「それで真里亜を、生《い》け贄《にえ》に差し出せというわけか」

「何だって」

塚本の声が上ずった。取り繕おうと何か言いかける前に、恭平がまくしたてた。

「真里亜なら喜んで僕のために犠牲になるだろう。姉と弟でこれまで助け合って生きてきたからな。でも、僕が許さない、ぜったいに。たとえ真里亜が望んでもだ。人の弱みにつけこんで、恩着せがましく金や権力をちらつかせるような人間に、だれが屈服などするものか」

「そんなつもりで言ったんじゃない。君のことを考えてのことだ。生け贄とか犠牲とか、どうしてそう悲劇的に考えるんだ。お互いの幸福を求めてるだけじゃないか」

「調子のいいことを言うな。あんたが求めてるのは自分の幸福だけだ。真里亜に飽きたら、また次の相手に乗り換えて、真里亜を今の奥さんみたいに捨てるんだろう」

「そんなことはしない。どうしてわかってくれないんだ」

「わかるわけないだろ。エゴイストめ」

塚本の表情が強《こわ》ばり、目に威嚇するような光が灯《とも》った。

「そんなことを言っていいんですか。せっかく力になってあげようとしてるのに、後悔しますよ」

口調は丁寧だが、声には冷酷な響きがあった。

「また脅しか。だれがあんたなんかに頼るものか。あんたという人間がよくわかったよ。そこまで卑劣だとは思わなかった」

席を蹴《け》るように立つと、そのまま出口に向かった。

「待て。君は真里亜さんの気持を考えたことがあるのか。ひねくれるのもいい加減にしろ。いくら弟でも、彼女を支配することは許されないぞ」

恭平は歩みを止め、憎々しげに塚本を振り返った。脳裏にかすかな迷いがよぎったが、すぐにそれを打ち消し、荒々しく部屋を出て行った。

△

坂道を登ると、ヒマラヤ杉の大樹と古びた石造りの門柱が見えた。

「横浜星ケ丘高校」

行書体で書かれた銘板が、旧制中学校から続く歴史を物語っている。その向こうの校舎はモダンなデザインで、すれちがう高校生たちは今風に屈託がない。

金井の話を聞いてから、美和はもしや小柳がという疑念を消すことができなかった。しかし、実際、人をベランダから投げ落としたりできるものだろうか。一度だけなら発作的にということも考え得るが、二度もとなれば話はちがう。確信犯的な行為であるなら、三人目、四人目の危険性もあるということだ。

小柳はどんな人物なのか。なぜ、高校を中退したのか。それを知るために、美和は彼の通った高校を訪ねてみようと思った。

薄暗い玄関ホールを抜けると、来客用らしい窓口がある。名刺を出して、かつてこの学校に在籍した小柳恭平について話を聞かせてもらえないかと依頼した。

廊下で待っていると、奥の職員室からサンダル履きの中年男性が出てきた。陰気な声で教頭だと名乗り、改めて用向きを訊ねた。

「四年前にこの高校を中退した小柳恭平君について、取材をお願いしたいのですが」

「取材、と申しますと」

「小柳君は高校をやめたあと、高卒認定試験に受かり、今は有料老人ホームで働きながら医学部を目指しています。その頑張りぶりは、彼のように高校で挫折《ざせつ》したり横道に逸れたりした若い人に、大きな励みになると思うんです。それで彼の高校時代の話をうかがえないかと思いまして」

アミカル蒲田の事件を話さずに、小柳のことを聞くのはフェアではないと思ったが、彼と事件との関わりはまだ確定してはいないのだからと、美和は自分に言い訳した。

「恐れ入りますが、小柳君のことをよくご存じの先生かどなたかを、ご紹介いただけないでしょうか」

「どうですかね。だれかいるかな」

煮えきらないようすなので、美和は笑顔でもう一押しした。

「学校や先生方にご迷惑になるようなことは、決してお聞きしませんから」

「わかりました。少々、お待ちください」

渋々うなずくと、教頭は首筋を掻《か》きながら職員室にもどっていった。

しばらく待つと、地味なブラウスとスカート姿の小柄な女性が出てきた。

「小柳君の一年のときの担任をしておりました川瀬《かわせ》と申します」

川瀬は教頭よりは好意的で、美和を奥のカウンセリングルームに案内してくれた。木のテーブルを挟んで座り、先ほどと同じ建前の取材目的を話すと、川瀬は警戒心を残しながらも口元を緩めた。

「小柳君が大学を目指して頑張ってくれているのは、とても嬉しいニュースです。あのまま道をはずれてしまうのは、いかにも惜しいと思っていましたから」

「成績がよかったからですか」

「それもありますが、わたしは彼の資質に期待していたので」

資質といういかにも教育者らしい言葉に、美和は興味を覚えた。

川瀬の声に懐かしさが滲《にじ》む。

「小柳君は独特の感性を持っているんです。純粋というか、決然としているというのか」

「具体的にはどんな?」

「……急に聞かれても、すぐ思い当たりませんが」

戸惑い気味に記憶をたどる。しばらく待ったが、これといったものは浮かばないようだった。

美和は川瀬を安心させるため、アミカル蒲田での小柳の働きぶりや、施設長が彼をほめていることなどを話した。

「小柳君、頑張ってるんですね」

「夜勤なんか、三人で六十人の入居者のお世話をするんですよ。でも、小柳君は要領がいいし、仕事も速いので評判がいいようです」

多少の脚色を混ぜてほめると、川瀬は徐々に気を許したのか、舌も滑らかになった。

「彼はもともと優秀なんです。私は現国の教師ですが、小柳君は文章もうまいし、発想にオリジナリティもありましたから」

「らしいですね。校内模試でも十番以内の成績だったとか」

話を盛り上げようとして言うと、川瀬は困ったように顔を伏せた。

「ちがうんですか」

「いえ。まあ、十番以内はそうなんですが」

奥歯にものが挟まったような言い方だ。相手の言葉を待つと、川瀬は迷いながら打ち明けた。

「ちょっとよからぬ噂があったんです。小柳君がカンニングをしたと言う生徒がいて。本人に質《ただ》すと、やってませんときっぱり答えました。その否定の仕方がなんだか平然としすぎていて、かえって不自然な気がしたんですが、それ以上は聞けなくて」

「どうして聞けなかったのですか」

「教師としてどうかと思われるかもしれませんが、追及しすぎると、なんとなくよくないことが起こりそうな気がして……。いえ、たぶん、わたしの思い過ごしですが」

言葉を絞り出すように言い、口を閉ざす。小柳には不吉なものを予感させる何かがあったのか。ふと黒原の忠告が胸をかすめたが、美和は敢《あ》えてそれを無視した。

川瀬が雰囲気を変えようとするかのように声の調子を上げた。

「だけど、ほかの生徒にはない優しいところもあったんです」

「優しいところ?」

「というか、彼は人一倍、慈しみの気持が強いんです。夏に林間実習で奥多摩《おくたま》に行ったとき、ロッジの軒先にスズメバチを獲《と》るペットボトルがぶら下げてあって、たくさんの死骸《しがい》が入っていました。いちばん上にまだ生きているスズメバチがいて、もがきながら懸命に這《は》い出そうとしていたけれど、足が滑って這い上がれないんです。小柳君はそのペットボトルを軒先からはずして、生きているハチを逃がしてやりました。ほかの生徒は危ないと怒っていましたが、小柳君はかわいそうじゃないかと言い返していました」

だれかが刺される危険よりも、もがきながら死ぬスズメバチを放置する残酷さに耐えられなかったのか。

——即死って、安楽死ですよね。

小柳の言葉が頭をよぎる。

川瀬の口振りは弁解するようでもあり、どこか怯《おび》えているようでもあった。

「小柳君は二年生のときに退学したそうですが、経緯を教えていただけますか」

「わたしは二年のときは担任でなかったので、細かなことは知りません。それに個人情報にも関わることなので」

川瀬は言葉を濁した。

「いずれにせよ、退学処分が下されたのですね」

「いいえ。処分は謹慎でした。けれど、小柳君が自主退学したんです」

「どうしてですか。謹慎なら復学するのがふつうだと思いますが」

「それはプライベートなことなので、ちょっと」

川瀬の口がさらに重くなる。

「では、だれか小柳君に近しかった生徒さんを紹介していただけませんか。友だちの目からどう見えていたかも知りたいので」

川瀬は思案顔になったあと、即答を避けるように言った。

「まず心当たりの生徒に聞いてみます。話してくれるようならご連絡しますから」

川瀬が紹介してくれたのは、慶應義塾大学医学部三年の有馬渉《ありまわたる》だった。

有馬は小柳と同じ中学校の出身で、高校一年のとき川瀬のクラスでいっしょだったらしい。

待ち合わせの日吉《ひよし》キャンパスのコミュニケーション・ラウンジに行くと、有馬は先に来て、四人掛けの丸テーブルを確保してくれていた。

「恭平は今、介護士をやってるんですか。えらいな」

有馬は慶應の学生にしては地味な印象で、口元には幼さが残っていた。スポーツマンらしい体格だが、雰囲気は小柳のほうが大人びている。

「同級生から見た小柳君のことを聞かせてほしいんだけど」

改めて聞くと、有馬はバッグからホチキスで留めた冊子を取り出した。

「高一のとき、現国の授業で作ったエッセイ集です。そこに載ってる『困っている人』というのが恭平の文章です」

付箋《ふせん》のページを開くと、次のような文章が目に入った。

『……僕は困っている人を見るのがいちばんつらい。何の落ち度もない人が、困った状況に陥っていると、僕は胸が張り裂けそうになる。代われるものなら代わってあげたい。……どうしてこの世にはいろんな苦しみや悲惨があるのか。どうして人間は正しいことをしないのか……』

文章は単なる心情の吐露のようで、エッセイの体をなしていなかった。川瀬は小柳は文章もうまいと言ったが、とてもそうは思えない。

有馬は素朴な性格らしく、さして警戒することなく積極的に話してくれた。

「恭平はちょっと変わっていて、自分のまわりに壁をこしらえている感じでしたね。でも、親切なところもありました。いっしょに帰ってたとき、前を歩いていたおばあさんがミカンをバラバラと落としたんです。恭平はぱっと走っていって、拾ってあげました。反射的にそういうことができるのは、ふだんから困った人を助ける心づもりがあるということでしょう」

小柳が高齢者に優しいことは、アミカル蒲田の久本からも聞いている。そのことを言おうかと思った矢先、有馬が、「あ、でも」と別の逸話を口にした。

「恭平は潔癖すぎるところもありました。中二のとき、同級生がリアルな恐竜のイラストを描いてきて、みんな感心したんです。でも、それは絵のうまい兄貴が描いたもので、恭平はそれを見抜き、嘘をつくなとイラストを引き裂きました。相手は怒ってましたが、恭平は自分で描いたのならまた描けるだろうと言って、謝りもしませんでした」

「小柳君が嘘をつくなと言ったの？」

虚言癖が疑われる彼としては矛盾する言動だ。有馬は美和の不審を察したように苦笑した。

「たしかにおかしいんですよね。恭平自身もよく嘘をついてましたから」

どんな嘘をついていたのかと聞くと、白けた表情を浮かべた。

「つまんないことですよ。ひとりで寿司《すし》屋に行ったとか、宝くじで五十万円当てたとか」

「どうして嘘だとわかるの」

「なんとなくです。あいつは淋《さび》しかったのかな。いや、楽しんでいただけかもしれませんね。

自分の親父はヤクザで、背中に倶利迦羅紋々《くりからもんもん》を入れてるとか言って、みんなを怖がらせたりもしてましたから」

「それは中学生のときの話なの？　小柳君のお父さんは小学校四年生のときに亡くなったと聞いたけど」

「それは嘘ですよ。恭平は中三まで槇田って苗字《みょうじ》だったんです。高校に入ってからですよ、小柳姓になったのは。たぶん親が離婚したんじゃないかな」

無意味な嘘。ひとつが偽りだとわかると、ほかのすべても怪しく思える。

「お母さんも亡くなったって言ってたけど、それも嘘？」

「そっちは事実です。川瀬先生がお葬式に行ったと言ってましたから。胃がんだったとか」

嘘と事実が混在しているのか。

「小柳君は成績はよかったんでしょう。でも、川瀬先生によると、校内模試でカンニングをした疑いもあるみたいだったけど」

「どうだろ。恭平は中学のときから僕より成績がよかったですからね。そんな危ない橋を渡る必要はないと思いますよ」

カンニングの有無は別として、恭平が成績優秀だったことは事実のようだ。

「小柳君は高二で中退したのよね。そのときの経緯を教えてもらえないかな」

流れで聞き出せるかと思ったが、そうはいかず、急に有馬の口調が滞った。川瀬から釘《くぎ》を刺されているのだろう。それでもじっと返答を待つと、美和の圧力に屈するように渋々答えた。

「よく知りませんが、喧嘩《けんか》がらみの暴力事件だったんでしょう。同級生を殴って、怪我をさせたんです」

「怪我って、どの程度の」

「大したことありませんよ。でも、鼻の骨は折ってたかな」

「喧嘩の理由は知ってる？」

黙って肩をすくめる。ダメ元で相手の名前を訊ねたが、案の定、「川瀬先生に止められてますので」と、顔を伏せた。

「ところで、有馬君はどうして医学部に入ったの」

「家が医者だからです。祖父の代から」

「小柳君も医学部を目指してるようだけど、有馬君の影響かしら」

「それはないと思いますよ。恭平とそんな話をしたこともないし」

彼から聞ける話はこれくらいかと思ったとき、有馬がふいに話しだした。

「そう言えば、こんなことがありました。学校の帰りに、ものすごい夕焼けを見たんです。荘厳そのものだったので、僕が感動すると、恭平は、自分は夕焼けを見てきれいだと思ったことがないと言ったんです。じゃあ、どんなものがきれいに見えるんだと聞いたら、少し考えて、たとえば草の枯れた野原と答えました。変でしょう。こいつは心が空っぽなのかなと思いましたよ」

小柳の姿が思い浮かぶ。愛くるしいアイドル顔だが、目だけがガラス玉のように冷えきっている。その不吉なイメージは、平凡だがまっとうな未来を感じさせる有馬とはまるでちがった。

▼

ポケットでスマートホンが震えた。

ショートメッセージの着信だ。発信者は中高の同級生の有馬渉。なぜ今ごろ連絡してきたのか。

〈久しぶり。介護施設で頑張ってるんだって!? 高卒認定にも受かって医学部を目指してるらしいな。恭平ならきっと大丈夫だ〉

どこからの情報か。それとなく探りを入れると、案の定、朝倉美和が有馬に会ったことがわかった。

〈朝倉さんはどうやって有馬に会いに来たわけ?〉

〈川瀬先生の紹介〉

警戒心の針が振れる。

〈元気にしてるのかな。連絡先わかる?〉

問うと、有馬は何のためらいもなく川瀬のメールアドレスを教えてくれた。朝倉が何を話したのか、不自然にならないように聞き出したが、特に用心しなければならないことはないようだった。しかし、恭平の胸には激しい怒りが渦巻いた。

――自分は何も悪いことはしていない。なのに、朝倉はどうして俺のことを嗅《か》ぎまわるのか。黒原先生のところにも行ったらしい。岡下寿美子の死を「よかった」と言ったことにこだわって疑っているのだ。俺を犯罪者扱いしたら許さない――。

恭平は気持を鎮め、ひとつ大きな息を吐いた。

続いて、川瀬綾子《あやこ》にメールを送った。有馬から先生のアドレスを教えてもらい、懐かしくてメールしたと書くと、すぐに返信があった。わたしも懐かしい、元気で頑張っているようで嬉しいと、明るい調子で書いてあったので、また先生に会いたいですと、甘えるように送ると、いつでもいらっしゃいと返事が来た。

非番の日の午後、恭平はかつての母校を訪ねた。

退学以来、久しぶりの訪問だ。正門を入ると、酸っぱいような空気が鼻をくすぐった。高校生特有の若い汗と髪のにおいだ。懐かしさはまったく感じない。

「小柳君、よく来たね」

川瀬はカウンセリングルームで待っていてくれた。向き合って座ると、笑顔で声を弾ませた。

「介護施設で働いているんだって。えらいわね。でも、どうして介護なの」

「母方の祖母の介護でつらい思い出があるんです。認知症の症状が出たとき、しつこく僕の頬を撫《な》でるので、荒っぽく手を払いのけたんです。そしたら床に倒れてしまって」

岡下寿美子のイメージだ。言葉は抵抗なくすらすらと出た。

「あのとき、どうしてもっと優しくしてあげなかったのか。祖母はきっと淋しかったんだと思うんです。悪気があったわけじゃないのに、僕が邪険にしたせいで、一気に元気をなくしてしまって。今は施設にいるんですが、認知症が進んで、見舞いに行っても僕がだれかもわからないみたいなんです」

「そう……」

川瀬は腑《ふ》に落ちない顔をしたが、恭平はかまわず続けた。

「だから、僕が施設で働いているのは罪滅ぼしでもあるんです。介護の仕事は大変だけど、やり甲斐《がい》があります。お年寄りに親切にしたら喜んでもらえるし、感謝されると気持がいいですから。でも……」

思わせぶりに視線を落とす。「一生懸命やってるつもりなんですが、悪く言う人もいるんです。たぶん、僕のことが嫌いなんです。ありもしない悪口を言いふらしたり、自分のミスを僕のせいにしたりして」

出任せは苦もなく並べられる。現場を知らない川瀬は、真に受けるしかないはずだ。

「そんな人がいるの。ひどいわね」

「この前、朝倉という人が川瀬先生のところに来たでしょう。あの人も僕のことをよく思っていないんです」

「でも、彼女は小柳君の頑張りがすばらしいから、取材してるって言ってたわよ」

「嘘ですよ。うまいことを言って、先生を油断させて、僕の高校時代の悪評を聞きだそうとしてるんです」

「そう言えば、退学の経緯を知りたがってたわね。もちろん、話さなかったけど」

「ほかに何か言ってませんでしたか。僕を疑うようなこととか」

川瀬は状況がつかめず、戸惑っているようだった。朝倉はアミカル蒲田の転落死のことを話していないのだろうか。恭平は深刻な顔で告白するように言った。

「実は、僕の勤めている施設で、入居者さんがベランダから落ちる事故が二件続いたんです。たまたま二回とも僕が夜勤のときだったので、疑う人がいて。つまり、僕が二人の転落に関わってるんじゃないか、もっと言えば、僕が二人を投げ落としたんじゃないかって」

「小柳君がそんなことするはずないじゃない」

ほんとうにそう思ってます？　一閃《いっせん》、キツい目を向けると、川瀬はたじろぎ、媚びるような色を浮かべた。恭平は表情をもどし、うっ屈した調子で言う。

「介護の現場にはいろんな人がいるんです。性格の歪《ゆが》んだ人とか、週刊誌ネタが大好きな人とか。中に僕を逆恨みする人がいて、転落事故を僕のせいだと言いふらしたんです。チーフヘルパーの人で、もう施設をやめましたけど、朝倉さんはその人から話を聞いて、僕を犯人に仕立てて記事を書こうとしてるんです」

「そうだったの。とんでもない人ね」

川瀬が眉《まゆ》をひそめたので、恭平は勢い込んで続けた。

「朝倉さんはスキャンダル記事が専門で、でっち上げでも何でも、雑誌が売れればいいという考えの人です。僕がいくら関係ないと言っても信じてくれません。最初の事故のときは、僕が別の部屋にいたことを証言してくれる入居者さんもいるのに、疑いを解かないんです」

「どうしてそこまでやるのかしら」

「嫉妬《しっと》ですよ」

間髪を容《い》れずに答えた。信じ込ませるためには考える暇を与えてはいけない。

「僕が医学部を目指していると言ったとき、不愉快そうな顔をしてましたから。僕みたいに一度ドロップアウトした人間が、医学部を目指すなんておこがましいと思ってるんです。もちろん、先生の前ではそんな素振りは見せなかったでしょうけど」

川瀬の反応がイマイチだったので、恭平はさらに畳みかける。

「施設で僕が怪しいと言いふらしていたチーフヘルパーも、朝倉さんにあることないことを吹き込んで、僕を陥れようとしたんです。勝手に僕のことを好きになり、無視していたら、急に目の敵にするようになって」

「朝倉さんはそのチーフヘルパーにのせられたのね」

「たぶん」

こちらの説明のほうが説得力があるようだ。相手が信じかけたら、よけいなことは言わないほうがいい。

「朝倉さんにそんな裏があるとは知らなかった。ひどいマスコミ人間ね」

「だから、もしまた取材の依頼とかあっても、応じないでほしいんです」

「もちろんよ。この前話したことも、記事にしないでと止めたほうがいいかもね」

「いえ。先生からは何もしないほうがいいです。またいろいろ詮索《せんさく》されるから」

自分の行動を知られないように川瀬の動きを牽制《けんせい》する。川瀬はさもありなんというようにうなずいた。

朝倉の話はこれで終え、あとは介護現場での出来事をおもしろおかしく話した。川瀬は恭平の話に引き込まれたようすで、笑ったり感心したりした。

「小柳君が頑張っているのはよくわかったわ。悪く言う人もいるみたいだけど、気にしちゃだめよ。応援してるから」

「はい」

キメの笑顔を作ろうとしたとき、川瀬が気がかりを確かめるように聞いた。

「さっき、母方のおばあさんの介護の話をしてたでしょう。お母さんのお葬式にうかがったとき、おばあさんも胃がんで亡くなったと聞いたように思うんだけど」

恭平は慌てずに答えた。

「父方ですよ。施設に入っているのは父方の祖母です」

「そうなの。でも、たしか母方だと」

「いいえ、父方です」

即答し、いつにも増してアヒル口の唇を愛くるしく引き上げた。眩《まぶ》しげに目を細めると、川瀬も笑って、今し方の疑念を引っ込めたようだった。

〝激怒さん〟が顔を真っ赤にして怒っている。

九十二歳、男性。身体は元気だが、わけのわからないことで激怒する。小さな目を吊《つ》り上げ、熱い鼻息を吐いて目の前の皿を押しのける。胸元には青いビニール製のヨダレかけをしている。

「はいはい、どうしました。今日のお昼は豚の角煮ですよ」

男性の介護士が駆け寄り、皿を手前にもどした。

「あ、あ、あれだ、あれ」

怒りだすと、激怒さんは指示代名詞しか言わない。だから何を怒っているのかわからない。

恭平は少し離れたところでそれを気にしながら、ほかの入居者の世話に手を取られていた。

しばらくして、角煮を口に入れた激怒さんが突然立ち上がり、トレイをひっくり返した。

「どうしたんです」

近くにいた介護士が走り寄り、散らばった食器を拾う。激怒さんがヨダレかけをむしり取り、自分の胸を激しく叩いた。いつもの激怒発作とちがう。

「誤嚥《ごえん》だ。のどを詰まらせた」

男性の介護士が激怒さんの椅子を引いて、思い切り背中を叩く。

「咳《せき》をしてください」

耳元で怒鳴るが、激怒さんは顔をしかめるばかりだ。顔色が見る見る赤から紫色に変わる。

「ハイムリック法をやるから手伝って」

男性の介護士が女性の介護士に指示して、激怒さんを椅子から立たせた。背後にまわり、両手を鳩尾《みぞおち》の下で握って、はずみをつけて思い切り手前に引く。誤嚥で窒息しかけたときに、横隔膜を押し上げて、気管の異物を吐き出させる方法だ。

「どうだ」

「まだ苦しがってます」

食堂に緊張が走る。まわりの入居者も食事の手を止め、固唾《かたず》を呑《の》んで見守っている。

「もう一回。せえの、それっ」

男性介護士がハイムリック法を繰り返す。出ない。激怒さんは苦しがって、息を吸おうとするからよけいに異物が奥に吸い込まれる。

「もう一回だ。いくぞ。せいやっ」

掛け声と同時に引き上げるが、やはり効果はない。激怒さんの顔が青みを帯び、唇も黒紫に膨れる。時間が錐《きり》のように尖《とが》り、あたりに不安と緊張が広がる。

恭平は備品置き場に走っていき、掃除機を持って激怒さんのところにもどった。激怒さんは白目を剝《む》き、口から胃液を垂れ流している。恭平は隙間用のノズルを蛇腹ホースにつけ、電源をそばにいた介護士に頼んだ。

「スイッチはまだです。僕がいいと言ったら入れてください」

先が斜めのノズルを、角度を考えながら激怒さんの口に差し込む。

「スイッチ入れて」

けたたましい吸引音が響き、粘膜に吸い付くような音に変わる。激怒さんの苦悶《くもん》は終わらない。恭平はのどの構造を思い出し、声門の位置を探りながらノズルの角度をずらす。手応《てごた》えがない。まだ奥か。焦りと緊張で、耳の後ろが引きつれるような気がする。

そのとき、のどの奥でクッと音が変わった。強い隙間風が吹き抜けるような音がする。慎重にノズルを引き出すと、先端に豚の角煮が丸ごと吸いつけられていた。

同時に、ひぃぃーと断末魔のような声がして、激怒さんの胸が大きく膨らんだ。

「よかった。助かる」

男性介護士が言い、女性介護士は安堵《あんど》のため息を洩らした。激怒さんは激しく咳《せ》き込み、大きなくしゃみを連発した。職員に抱えられたまま、肩を上下させている。周囲から「よかったよかった」の声が上がった。

「小柳君、お手柄ね」

いつの間にかそばに来ていた久本が言った。恭平は懸命に激怒さんの背中をさすり続けた。荒い息を繰り返していた激怒さんが、かすれた声で言った。

「苦しかったぁ……。死ぬかと思った」

その声にみんなが笑った。

恭平は全身に電撃のような痺《しび》れを感じた。あの夜勤のときと同じだ。ベランダで強烈な痺れを感じた。おかしい。恭平は戸惑う。行為はまるでちがうのに、なぜ身体は同じように反応するのか……。

恭平は、ロッカーの向こうから聞こえる四人の介護士の声に耳を澄ました。

一年中鼻声の中年女性、早口の若い女性、関西弁のおばちゃん、そして落ち着いた声でしゃべるチーフヘルパーの羽田の四人だ。

「もう、いい加減にしてほしいわよ」

「田所乙作《たどころおとさく》やろ。あの人、ほんま最低やわ」

鼻声の女性に関西弁のおばちゃんが続き、さらに早口娘の甲高い声が聞こえる。

「あたしも文句言われました。ベッドから車椅子に移すとき、痛い、下手くそって」

羽田は聞き役にまわっているようだ。三人が順繰りに田所をこきおろす。

「あの人の入浴介助、ほんと不愉快よ。シャワーチェアにふんぞり返って、耳に湯が入っただの、セッケンが目に沁《し》みるだの、文句ばかり言うでしょ」

「関節が硬いから袖《そで》を通すのも時間かかるんよね。ちょっと曲げたら、イタタタッて大きな声出すし、ちょっと我慢してよて言うたら、すぐ虐待だって凄《すご》むやろ」

「あたしなんか、完全にメイド扱いですよ」

田所は脳梗塞《のうこうそく》で左半身が動かない。傲慢《ごうまん》かつ自己中心的な性格で、職員の些細《ささい》なミスにも目くじらをたて、文句を言い続ける。恭平も一度、おむつの交換に失敗して、交換のたびに、またおまえか、今度はシーツを汚すなよとしつこく言われた。

だれかが煙草に火をつけたらしく、ロッカー越しに煙のにおいが漂う。鼻声の中年女性が洟《はな》をすすって話を継いだ。

「あの人、黒原先生にも文句言ったのよ。先週、小柳君が休みでわたしが補助についたら、もっと丁寧に診てくれって言ったの。黒原先生の診察って、けっこうあっさりしてるでしょ。それが不満らしいの」

「黒原先生は何て言いはったん」

「あんただけ特別に時間をかけるわけにいかないんだって。黒原先生が出て行こうとしたら、脳梗塞も治せんくせに大きな顔をするなって言ったのよ」

「そんなことがあったの。よくないわね」

羽田がようやく言葉を挟んだ。

「けど、医者相手にそこまで言うって、ある意味すごいやん」

関西弁のおばちゃんが変に感心すると、鼻声が不服そうに返す。

「性格が悪いだけよ。あの人、不動産屋で大儲《もう》けして、金さえ出せば医者でもへいこらすると思ってるのよ。わたしたちのこともバカにしてるの丸わかりじゃない」

「あたし、田所さんがよろけたときに支えたら、ぎゅって胸をつかまれたんです」

「セクハラやん。許されへんな」

「久本さんに報告しといたほうがいいわよ」

羽田がアドバイスすると、早口娘は半泣きになってまくしたてた。

「だめなんです。あたしがやめてくださいって言ったら、施設長に報告したって俺は認めんぞ、あのまま倒れたら、骨を折ったかもしれん、どう責任を取るつもりだって凄んで、あたしのことをヘルパー失格だとか、おまえなんかすぐやめさせてやるとか言って」

「あきれた。めちゃくちゃやな。どうしようもないジジイや」

関西弁が怒りを募らせると、早口娘が悔しそうに続けた。

「早く死んでほしいんですけど、まだ七十八でしょう。まだまだ死なないですよね。ほかの施設に移る当てもないし、あたし、もう限界かもしれません」

早口娘はけっこう優秀だから、やめれば全体の損失になる。羽田はどう思っているのか。善意の塊のような羽田なら、田所の状況を思いやって我慢するよう諭すのか。

耳を澄ますと、落ち着いた声が意外なことをつぶやいた。

「田所さんさえいなければ、みんなもっと楽に仕事ができるのにね」

△

万年筆が壊れた。

胴軸を回転させてペン先を出すタイプで、以前からキャップとネジ山のかみ合わせが悪かったのだ。もう十年も使っているから仕方ないかもしれない。

――美和もいよいよ社会人だな。正式なサインをするときは、こういうのが役に立つんだ。

大学を卒業したときに、父がプレゼントしてくれたドイツ製の高級品だ。契約書にサインする身にはなれないが、日記と礼状はいつもこの万年筆で書いている。

美和は東京の私立大学を卒業したあと、総合職として大手ＩＴ企業に就職したが、文章を書く仕事に就く夢をあきらめきれず、ライター養成の通信講座で腕を磨いて、三年前から専業のルポライターとして活動しているのだった。

壊れた万年筆を目の高さに持って、父のことを思い出した。今年六十三歳。身体にガタがきてもおかしくない年齢だ。

美和は思いついて、実家に電話をかけた。午後八時すぎなので在宅だろうと思ったが、仕事の飲み会で今日は遅くなると母が応えた。父は栃木県那須塩原《なすしおばら》市で司法書士事務所を開いている。

「お父さん、変わりない？」

「何なの、急に」

母の声が心なしか暗く感じられた。父の身体に何か不具合でもあったのか。

「健診とかちゃんと受けてるの」

「大丈夫よ。毎日元気にしてるから」

不安は気のせいだったのか。万年筆のことを話して、お父さんも健康に注意しなきゃと言うと、母はいつものようにあっけらかんと笑った。

「お父さん、美和に年寄り扱いされたら落ち込むわよ。今の六十代はまだまだ若いんだから」

「お母さんはどこも悪くないの？」

「あたしは週に四日、ジムに通ってるからね。ズンバとリトモス」

「腰痛は大丈夫なの？」

母は以前、ぎっくり腰をしてからしばらく腰の調子が悪かった。

「ぜんぜん平気。ジムでもみんなから朝倉さん、若いねって言われるもん」

言葉遣いまで若作りして聞こえる。現在五十九歳の母は、老化現象など自分には無縁だと思っているらしい。

「おばあちゃんは変わりない？」

「ヘルパーを使わせようと思うんだけど、自分のことは自分でするって聞かないのよ。そのくせしょっちゅうあたしを呼んで、タンスの整理を手伝えとか、庭のホースを取り替えろとか、いろいろ用事を言いつけてさ。我儘《わがまま》なのよね」

ヘルパーをいやがる祖母も祖母だが、自分の母親の世話をヘルパーにさせようとする母にも問題がないとは言えない。しかし、今はそっとしておくのが得策だろう。

「お父さん、大丈夫なのね。お酒、飲みすぎないように言っといてね」

最後はありきたりなセリフで通話を終えた。

ふうとため息をつくと、先ほどの不安がよみがえった。身体は元気なのに老化現象が出るとすれば、もしかして認知症？　いや、仕事の飲み会に出ているのなら、頭はしっかりしているのだろう。それなら母の暗い声は何だったのか。仕事上のトラブル、経済的な問題、人間関係とか、事故か不祥事に巻き込まれたとか、あるいはまさかの女性問題？

虐待のテーマで介護のことばかり考えていたが、悩みのタネはいくらでもある。当たり前のことだが、生きていくのは不安と心配の連続だ。ふと、父がいつか言っていた言葉を思い出した。

――幸福を得るのには時間がかかるが、不幸はあっという間に訪れる。


「久しぶりだな。『ジョイン』の朝倉さんの記事、読んだよ。なかなかよかった」

乾杯したあと、先輩ライターの青谷繁《あおたにしげる》は、中ジョッキのビールを一気に半分ほど空けた。

青谷は美和の八歳上で、以前、週刊誌で同じコーナーを担当してからの付き合いである。有名なノンフィクションの賞を受賞しているが、それだけでは生活が厳しいらしく、ライターの仕事も継続している。南木京子もときどき記事を頼むので、青谷は彼女とも旧知の仲だ。

「お忙しいところすみません。今日は青谷さんにお聞きしたいことがあって、お時間をいただきました」

「俺で役に立つなら、何でも話すよ」

若白髪の目立つ青谷は、気さくに笑いかけた。美和は周囲のざわめきを気にしながら、慎重に話を進めた。

「今、高齢者の虐待問題を追ってるんですが、アミカル蒲田ってご存じですか。この前、入居者が二人続けてベランダから転落して亡くなった施設です」

「知ってるよ。新聞で読んだ」

「そこの介護士に話を聞くと、転落した高齢者は亡くなってよかった、みたいなこと言うんです。それに共感するような人も何人かいて、介護現場は大丈夫なのかなって思って」

「現場の職員が死を容認する方向に傾いてるってことか」

「温厚そうなベテランの女性介護士もそうなんです。取材に同行した京子は、死んだほうがいいなんてあり得ない、敗北主義だって怒ってましたけど」

「ははは。南木さんらしいな。彼女は正義の味方だから」

青谷は好物らしい軟骨の唐揚げを口に放り込み、軽く笑った。

「訪問診療に来ている医師にも聞いたんですが、その先生も、死んだほうがいい高齢者は厳然として存在するみたいなことを言うんです。若い介護士がそれに感化されているようで……」

小柳のことは、青谷には詳しく話さないつもりだった。美和自身、小柳に対する気持に揺れを感じていた。

「医者が患者の死を容認するのはおかしいと思うけど、安楽死が必要なケースもあるからな」

青谷は箸《はし》を置いて腕組みをした。難問を前にしたノンフィクション作家の顔になっている。

美和も食べるのをやめ、上体を前に迫《せ》り出した。

「死にたいと口走る高齢者がいるのは事実です。でも、それを真に受けて死なせていいわけはないでしょう。京子も言ってましたが、高齢者が〝死にたい願望〟を抱くのは、そもそも介護する側や社会に問題があるからじゃないですか」

「南木さんの言いそうなことだな。でも、どうだろ」

「青谷さんはそう思わないんですか」

できれば青谷に自分を引きもどしてほしかった。しかし、彼は京子のように力強くは話さなかった。

「高齢者の虐待を取材してるんなら、朝倉さんも現場が一筋縄でいかないことはわかってるだろ。高齢者が死にたいと言うのは、それしか楽になる道がないからだよ。手厚い介護や十分な福祉がなされれば、そういう嘆きも減るかもしれない。だけど、それでも老いは手強いし、介護も過酷だ。大っぴらには言えないが、虐待にも致し方ない側面があるんじゃないか」

青谷も黒原と同じ考えなのか。美和は心細くなりながら伝えた。

「以前、わたしの小学校の恩師が施設でひどい虐待に遭って、片脚を切断せざるを得なくなったんです。ヒーターに身体を押しつけられて、太腿《ふともも》に重症の低温火傷《やけど》を負ったからです。加害者の介護士は二十二歳でした。逮捕されて、警察で虐待した理由を問われてこう答えたんです、『腹が立ったから』って」

かつての怒りが沸々と湧き上がる。

「あまりにも幼稚でしょう。介護だけじゃなくて、子育ても、仕事も、恋愛も、友だち付き合いも、生きてれば腹が立つことなんてしょっちゅうですよ。それを虐待の理由にしていたら、世の中、虐待だらけになってしまうじゃないですか」

美和の耳に、藤野先生の声がよみがえる。虐待を受ける少し前、見舞いに行ったときに先生はこうつぶやいた。

――このまま死んでいくんかなぁ……。

老いて、認知症になって、ダメになっていく自分に向けて洩らしたひとことだ。無念さと、あきらめと、絶望がにじんでいた。切なくて、でもどうすることもできなくて、美和は涙をこらえるのに必死だった。

そんな先生を、たかが寒いと繰り返しただけで、ベッドから引きずり下ろし、ヒーターに密着させるというような酷《ひど》いことが、どうしてできたのか。

「だから、虐待はぜったいに許せない、万難を排して阻止すべきだと思ってたんです。でも、取材を続けるうちに、介護の困難さ、過酷さにも気づきました。だけど、だからと言って、高齢者の虐待は防げないなんて言ってしまっていいんでしょうか」

「それはよくない。世間が許さないからな。我々書き手は、所詮《しょせん》、世間の建前を無視するわけにはいかないんだ。きれい事だとわかっていても、どんな虐待も許されないという姿勢を貫かなければならない。南木さんのようにな」

「でも、それだといつまでたっても現状は認識されませんよ。書き手こそ、ほんとうのことを書くべきじゃないですか」

美和は反論した。青谷は動じずに答える。

「ほんとうのことを書いて、虐待にも致し方ない側面があるなんて認識が広まったら、恐ろしいことになるぞ。歯止めが利かなくなって、やむを得ない虐待だけでなく、安易な虐待も便乗しかねないからな」

やはり虐待は断固否定しなければならないのだ。美和が気持を強くしかけたとき、青谷が投げやりな調子でつぶやいた。

「だが、虐待の線引きはむずかしい。現実はきれい事ではすまない。虐待には致し方ない側面もあるんだ」

「おかしいじゃないですか。今、どんな虐待も許されないって言ったのに」

美和が声を強めると、青谷は食べさしの皿に目を落とし、苦渋の表情で語りだした。

「実はな、俺は父親を施設に預けてる。まだ七十四だが認知症がひどくてな。最初はお袋といっしょに介護してたんだ。俺はバツイチだから実家にもどって、仕事と介護を両立させようとした。だが、ダメだった。お袋も身体が弱いし、どうしようもなくて施設に預けたけど、結局は介護を放棄したんだ。介護施設は現代の姥捨《うばす》て山だ。俺はそう思ってる」

「そんなことないでしょう。青谷さんは精いっぱいのことをしたんじゃないですか。だったら」

「いや、自分の都合を優先して、親の世話を他人に任せたんだから、原理は姥捨て山と同じだ。邪魔になったから捨てたんだ」

強ばった頬と唇は、苦渋を通り越して自虐的だった。さらに厳しい口調で付け加える。

「俺は施設で父親が虐待されても、仕方がないと覚悟している」

「そんな。ちゃんと料金を払ってプロの介護士に任せているのに、虐待されても仕方がないなんて、おかしいですよ」

「施設で親が虐待されたら、怒るのがふつうだろう。だが、俺はそうは思えないんだ。自分が介護を放棄したという負い目があるからな。いくら金を払ってるからといって、自分ができなかったことを他人に押しつけて、自分以上の結果を求めるのは厚かましいんじゃないか」

——年寄りを施設に預けてる家族も共犯だぜ。

竹上の言葉が思い浮かぶ。介護士に要求ばかりする家族はたしかに厚かましい。しかし、だからと言って、致し方なく親を施設に預けた家族が、そこまで卑屈にならなければならないのか。

反論しかけたとき、青谷が苦いものを吐き出すように唇を震わせた。

「……俺自身が父親を虐待したんだ」

「まさか」

「父親を叩いたんだ。腹が立ってつい手が出た。それだけじゃない。突き飛ばしたり、怒鳴りつけたりもした。仕方なかったんだ。仕事でイライラして、時間がないときに面倒を起こされて……、花瓶を倒したとか、小便をこぼしたとか、今思えば些細なことなんだが、我慢に我慢を重ねていると、ちょっとしたことで爆発するんだ。ベッドに両肩を押さえつけたこともある。父親は苦しがってもがいたけど、俺は渾身《こんしん》の力で押さえつけ、苦しむ父親を見て喜んでいた。腹立ちまぎれにざまあ見ろと思った。父親が夜中に大声を出したときもそうだ。はじめは静かにしてくれとか言ってたが、いい加減頭に来て、親父の口をタオルで押さえた。父親は窒息しかけた。それでも俺は力を緩めなかった。死ねって思ったんだ。お袋が気づいて、俺にすがりついた。お願いだから堪忍してと、半狂乱になって俺の手をほどこうとした。あのとき、お袋が止めなかったら、俺はたぶん、父親を殺していた……」

　周囲のざわめきが遠のき、青谷の背後に底なしの闇が見えるようだった。美和はどう応じていいのかわからず、青谷の眉間《みけん》の皺《しわ》だけを見つめた。

「俺はそんな状況で父親を施設に預けたんだ。だから世話になってる介護士に、叩くなとか、怒鳴らないでくれとは言えない。親が死んでほっとしたとか、死んでくれてせいせいしたとか言う人のことも責められない。父親には申し訳ないけれど、これが俺の限界なんだ……」

　青谷は頑張りすぎたのだ。だから、虐待めいた行為に出てしまった。多くの家族はそこまで苦しむ前に、親を施設に預けてしまう。だから、虐待は許せないと怒り、早急に改善すべきだなどと求める。

　自分はどうか。あの気位の高い祖母や、自分の老いなど考えたくもないという母を、忍耐強く介護できるか。父だっていつ倒れるかわからない。どうしようもない状況で、食事をさせ、身体を拭《ふ》き、排泄《はいせつ》の世話をして、歩行訓練やマッサージをして、いつまで続くかわからない介護を、感情的にならずに続けられるのか。自信はない。

　仕事と両立できなくなったとき、潔く介護に専念できるか。結婚と介護の板挟みになったとき、思い切りよく介護を選べるか。たぶん無理だ。施設という逃げ道があれば、そちらに頼ってしまうだろう。そして、祖母や両親が施設で虐待を受けたなら、きっと強く抗議するだろう。それでもプロか、責任を果たせ、と。

　ダメだ。これでは何も解決しない。問題はもっと深いところにある。

飲み会は盛り上がらず、早々にお開きになった。青谷と別れたあと、美和は深い森に迷い込んだような気持で、自宅のマンションに帰った。

祖母と両親の介護のことばかりで悩んでいたが、よく考えれば、もっと恐ろしい現実が待ち受けている。自分の老いだ。このまま独身で仕事を続けるにせよ、結婚するにせよ、美和自身が高齢になったとき、虐待されても致し方ないという状況は、決してあり得ないことではない。

…………

寝苦しい夜を過ごしたあと、何気なく新聞を開くと、三段抜きの衝撃的な見出しが目に飛び込んだ。

『大田区「アミカル蒲田」でまたも入居者死亡　ベッド柵《さく》に首をはさまれ』

亡くなったのは、田所乙作という七十八歳の男性だった。

▼

「おはようございます」

職員控え室で恭平が挨拶すると、先にユニフォームに着替えて出てきた鼻声の女性介護士が、強ばった表情で声をひそめた。

「小柳君。昨日、大変なことがあったのよ」

前日は恭平はオフで出勤していない。

「どうしたんです」

「三階の田所さんが亡くなったの」

「えっ」

自然に驚く声が出た。

「どうして亡くなったんです」

「ベッド柵に首が挟まってたんだって。それで窒息したらしいわ」

「……そうですか」

「警察も来て、大騒ぎだったのよ」

「でも、ベッド柵に首が挟まったのは事故でしょう。それとも、何か怪しいことがあったんですか」

恭平は油断のない目を相手に向ける。鼻声の女性介護士はわずかにたじろぎ、首を振る。

「知らない。事故でも警察は調べるんじゃない」

「ですよね」

恭平がうなずくと、話を変えるようにしんみりした調子で続けた。

「田所さんてけっこうむずかしい人だったから、介護も大変だったけど、こうして亡くなってみると、気の毒な気もするわね。家族にも疎まれてたみたいだし、職員にも嫌われてたし」

「こんなことを言ったらいけないのかもしれないけど、田所さんも亡くなって楽になった面もあるんじゃないですか」

恭平はアヒル口に笑みを浮かべ、着替えるためにロッカースペースに入った。

△

新聞によれば、田所乙作は昨日の午前四時十五分ごろ、居室のベッド柵に首を挟まれて倒れているところを、夜勤の介護士に発見されたとのことだった。１１９番通報で駆けつけた救急隊員が死亡を確認。司法解剖の結果、死因は頸《けい》部圧迫による窒息と判明した。

記事には当然、三月と四月に起きた入居者の転落死についても触れられていた。今回の件で、アミカル蒲田では三カ月連続で不慮の死が発生したことになる。

美和はすぐアミカル蒲田に電話を入れ、久本に話を聞こうとしたが、警戒されているようで、取り次いではもらえなかった。

ネットのニュースにはもう少し詳しい情報が出ていた。

要介護者がベッド柵に首や頭を挟まれる事故は決して珍しくなく、ここ十年で四十人以上の死亡例が報告されている。ベッドから下りようとしてバランスを崩したり、柵と頭側板の間に首を挟まれたりして、自重で首が絞まるのだ。

美和の気がかりは、その日、小柳が夜勤に入っていなかったかどうかということだった。京子に連絡すると、彼女もそれを心配していたが、すぐには確認のしようがないようだった。

ネットを見ているうちに、匿名掲示板に情報が出ているのに気がついた。投稿者は現役のアミカル蒲田の職員のようで、過去の二件の転落死と合わせ、今回の田所の件に関する書き込みが並んでいた。岡下寿美子と山辺春江の転落死について、殺人を示唆する書き込みもあった。「下手人」は「K柳」。匿名掲示板の書き込みなど、当てにならないとわかってはいるが、美和は無視できないものを感じた。

ところが午後、京子から急き込むような電話が入った。

「今回の夜勤には、小柳君は入ってなかったようよ」

知り合いの記者の情報によると、小柳は山辺春江の転落死以後、夜勤のローテーションからはずれていたというのだ。

「じゃあ、小柳君は関係ないということね」

そう言いながら、美和はどこか自分をごまかしているような落ち着きの悪さを感じた。

京子はその日の夜勤のメンバーも教えてくれた。西田良平《にしだりようへい》という男性と、水本安奈《みずもとあんな》という若い女性、もう一人は羽田奈美恵だった。

美和は思わず聞き返した。

「羽田さんって、この前、話を聞きにいった人?」

「そう。今回は彼女が第一発見者だったらしいよ」

明らかに不自然さを感じさせる口振りだった。

京子によれば、田所は夜中でもトイレに行くときには必ず職員を呼び、車椅子に移るのも介助なしにはできないので、ひとりでベッドから下りようとするのは考えられないとのことだった。

「じゃあ、自分からベッド柵に首を挟まれる可能性は低いということ？」

京子は答えない。代わりに深刻な調子で声を低めた。

「司法解剖で異常を疑わせる何かが見つかったのかもしれない。警察も事件性を疑ってるみたいだって、知り合いの記者が言ってた」

事故でないとすれば、田所の死はだれかの手によるものということか。今回は小柳は夜勤をしていない。しかし……。

「亡くなった田所さんには〝死にたい願望〟はなかったのかしら」

「そこまではわからない」

「まさかとは思うけど、その夜、小柳君が施設にいたということはないでしょうね」

「どういうこと」

「夜勤でなくても、施設にいることは可能でしょう」

「美和、あなた何を考えているの」

たしかに疑いすぎかもしれない。しかし、美和にはどうしても釈然としない思いが消えなかった。

その後、京子からさらに詳しい情報がもたらされた。

田所が亡くなった夜、羽田は田所の居室に午後十時前と午前一時すぎ、午前四時十五分ごろの三回訪室したとのことだった。一回目は睡眠薬の服薬介助、二回目はトイレ介助をして、三回目に亡くなっているのを見つけたという。司法解剖の結果、死亡時刻は午前二時前後と推定された。

京子は当日の夜勤者の評判も伝えてくれた。西田良平はネクラで鈍くさいというのが共通の認識で、水本安奈は仕事熱心だが、早口なのが玉にキズとのことだった。亡くなった田所と三人の夜勤者にトラブルがあったかどうかは不明という。

「〝死にたい願望〟はどうだった」

「それも聞いたけど、田所さんは死にたがるどころか、ちょっとしたことですぐ薬をほしがったり、訪問診療の診察が短いと文句を言ったりするくらいだから、生への執着は人一倍強かったみたい」

それなら小柳が手にかける対象にはならないのか。彼が「死んだほうがいい」と言っていたのは、老いの苦しみに直面して、自ら死を求めている高齢者のはずだ。

なんとなく不穏な気持でいると、意外なことに小柳からＬＩＮＥに連絡が来た。話したいことがあるので、会ってほしいという。待ち合わせ場所は美和の自宅の近くでというので、駅前のカフェを指定した。

約束の五分前に行くと、店に向かう途中で後ろから声をかけられた。

「朝倉さん。お久しぶりです」

待ち伏せをされていたようで慌てたが、美和はなんとか笑みを返した。カフェのほうに歩きかけると、小柳が後ろから腕を引いた。

「せっかく店に入る前に会ったんだから、朝倉さんの自宅で話させてもらえませんか」

「うちで？　……どうかな」

断る理由をさがしていると、小柳はケーキの箱らしきものを掲げた。

「ちょっとしたお菓子も買ってきたから」

美和が小柳のアパートを訪ねたときと同じ言い方だ。さらに声を低めて言う。

「まわりに人がいると話しにくいこともあるんです。朝倉さんの部屋なら安心でしょう」

阿《おもね》るような口調の裏に、圧力が潜んでいる。あんただって僕のアパートに来ただろうと。

仕方がないので、美和は今来た道を引き返した。

美和のマンションは東急東横《とうよこ》線の日吉駅から歩いて十分足らずのところにある。電子キーでオートロックを解除し、エレベーターで四階に上がる。

玄関の扉を開けて、見られて困るものはないかと素早くチェックした。小柳は机に近づき、書棚やパソコンの周辺を見ている。美和は冷蔵庫からアイスコーヒーのパックを取り出し、小柳をソファに座らせた。もらったケーキを皿に移す間も、彼から目を離さない。

「話って何？」

正面に座って聞くと、小柳は口元だけで薄く笑った。

「川瀬先生と有馬に会ったらしいですね。先生、僕のことをどうしようもない問題児だったたって、あきれてたでしょう」

二人に会ったことをなぜ知っているのか。気になったがまず質問に答えた。

「そんなことないわよ。ほかの生徒にはない優しいところがあるとおっしゃってた」

「ほんと？　嬉《うれ》しいな。でも、何かよからぬ噂とか言ってませんでしたか」

首を振ると、小柳は感情のない目で美和を見つめた。

「でも、僕がカンニングの疑いをかけられたこととか聞いたんじゃないんですか。朝倉さんはそれを有馬に確認したんでしょう」

おそらく、有馬からの情報だろう。美和はついへつらうように愛想笑いをした。

「だけど、カンニングはしなかったんでしょう」

「ええ。ふりをしただけです。後ろの席にいやな女がいて、いつも自分は正しいって顔をしてるから、試験中に机の下から参考書っぽい本を出して、パラパラとめくったんです。そしたら案の定、告げ口をしたんで、先生にはわざと大袈裟《おおげさ》に否定しました。机を調べたら、関係のない本しか入ってないからそんなの見るはずがない。その女が僕を誹謗《ひぼう》するために嘘の密告をしたんだって、逆に陥れてやるつもりだったんです。でも、先生が僕の言い分を信じちゃったんで、目論見《もくろみ》ははずれたんだけど」

「なんでそんなことをしたの」

「別に。ただおもしろいかなと思って」

どう受け止めたらいいのか。戸惑っていると、突然、小柳が話を飛躍させた。

「朝倉さんは、僕が岡下さんや山辺さんの転落に関わったと疑ってるんでしょう」

困惑をおもしろがるように、こちらの口元を見つめる。美和は反射的に強弁した。

「そんなわけないでしょう。少なくとも岡下さんのときには、アリバイがあるんだし」

「堂之本さんの証言ですか。でも、怪しいと言う人がいるんですよね。堂之本さんは耳が遠いし、僕がドサッという音を聞いたと言って、そのあと四階に上がり、岡下さんをベランダから投げ落としてから下へ行けば、わずかな時間差だから、堂之本さんが部屋で確認した時刻が、転落の時刻と判定されるって」

「そんなこと……」

「疑うのは可能です。でもね、それだとほんとうに落ちたときの音を別のだれかが聞いて、時間を確認したらどうします。堂之本さんが確認した時刻は早すぎることになる。アリバイ工作としては危ういですよね」

たしかにそうだ。だが、小柳はなぜそんなことを話すのか。

「田所さんのときは、僕は夜勤じゃなかったんですが、でも、怪しいと思ってるんじゃありませんか」

「とんでもない。わたしは、ただ……」

「ただ、何です。記事が出たら、すぐにアミカル蒲田に電話したそうじゃないですか。単なる事故とは思わなかったんでしょう。田所さんが亡くなったとき、僕は夜勤じゃなかったけれど、だからといって無関係とは言い切れませんよね。日勤のあと施設内に隠れていることだってできるんですから」

「そんなこと……、思ってない」

「そうでしょうか。アミカル蒲田には正面玄関と裏の出入り口に防犯カメラがあって、出入りすれば写ってしまう。居残っていてもバレます。帰宅時の画像をチェックすればわかりますからね。あの日、僕は午後五時すぎにアミカル蒲田を出ました。それは映像に残っているはずですよ」

「もちろんよ。あなたが何かしたなんて、だれも……」

最後まで言わせず、言葉を被《かぶ》せてくる。

「岡下さんと山辺さんのときだって、もし僕が死なせるなら、ベランダから投げ落とすなんて不確実なことはしませんよ。死ななかったら、僕がやったって言われるじゃないですか。うまく死んだとしても、脳が飛び散ったり、血を吐いたりしたら見た目がよくない。いくら善意で死なせても、気持悪いですよ。やるなら、もっと確実で証拠も残らない方法を使いますね」

いやなことを聞かされる。そう思ったが、美和は灯《あかり》に引き寄せられる蛾のように聞いてしまう。

「……たとえば？」

「毎日のおかずに塩を入れるんです。ふつうでは食べられないくらい多くね。高齢者は呑《の》み込みが悪いから、介助して無理やり食べさせます。すると、塩分過多になって腎臓《じんぞう》がやられます。腎不全になれば早いですからね。自覚症状も出ないので、病院に送られることもなく、ほぼ自然死の形で亡くなります」

「でも、しょっぱいとバレるんじゃない」

「高齢者がそう言っても、だれも入居者の食べかけなんか味見しませんよ。老化による味覚障害と思われるのが関の山です。万一、バレたとしても、塩はどこにでもあるから、だれが入れたかわからない。そもそも塩は毒物じゃありませんしね。殺意をもって塩を入れたなんてことは、まず証明できないでしょう」

小柳は確信犯の目で美和を見た。ソファから身を乗り出し、熱に浮かされたように続ける。

「ほかにも方法はいろいろあります。高齢者がよく風呂《ふろ》で溺死《できし》するのはご存じでしょう。居室の入浴介助は密室ですから、溺《おぼ》れさせるチャンスはいくらでもあります。ちょっと目を離した隙になんてことはよくある話で、用事を作ってその場を離れたということにすれば、故意に死なせたとは思われない。でも、まあ、過失責任は問われるかもしれませんね。だったら、確実性は落ちるけれど、床に水を撒《ま》いて滑りやすくするとか、ベッドから落ちやすいように柵《さく》をいい加減にはめる方法もあります。うまく頭を打てば脳内出血を起こすでしょう。頭蓋骨《ずがいこつ》骨折や頸椎《けいつい》骨折を起こすかもしれない。ほかにもパンを使う手もあります。高齢者にパンを食べさせると、よくのどを詰まらせるんです。高齢者は唾液《だえき》の分泌が落ちてますからね。餅《もち》や肉の塊だと、なぜそんなものを食べさせたと批判されますが、パンならどうということはない」

「あなた、本気でそんなことを……」

小柳は笑いをこらえるように答える。

「本気ですよ。高齢者の中には死なせたほうがいい人がいるって、前にも言ったでしょう。いいことだと思ってるんですから、躊躇《ちゅうちょ》はしません。悪意には良心のブレーキがかかりますが、善意はどこまでも突き進みますからね」

「そんな善意、おかしいわ」

「おかしくないです。朝倉さん、〝殺す〟と〝死なせる〟のちがいはわかってますか」

「同じよ。どちらも命を奪うんだから」

「いいえ。殺すのは悪意や怒りだけれど、死なせるのは慈悲なんです。死にたいと願う高齢者はたくさんいます。しかし、自力で死ねなくて困ってるんです。だから手を貸してあげる。人助けじゃないですか」

——僕は困っている人を見るのがいちばんつらい。

小柳が高校のエッセイ集に書いた一節が思い浮かんだ。もしかして、やはり彼が手を下したのか。美和は混乱し、切り立った断崖《だんがい》に押し出されるように立ちすくむ。小柳は美和のほうに顔を突き出して、声をひそめた。

「だから、僕なんか怪しいでしょう。悪いことだと思ってないんだから」

「嘘よ。あなたは言ってるだけよ。机上の空論だわ」

必死ににらみ返す。ここで言い負けるわけにはいかない。

五秒ほどの沈黙のあと、小柳はふいに大声で笑いだした。身体を折って腹を抱える。

「アハハハハ。見破られましたね。その通りです。悪い冗談です。すみません」

呼吸を整え、まじめな調子で続けた。

「ご存じかもしれませんが、今、日本の介護施設では、毎年、千人以上の入所者が不慮の死を遂げているんです。窒息、転倒、転落、溺死。別に人為的に死なせなくても、高齢者はよく死ぬんですよ。アミカル蒲田ではたまたま三件続いたけれど、それくらいの偶然は不思議でも何でもないんです」

そうなのか。こちらを言いくるめようとしているのではないか。美和は表情を変えずに見つめた。

それに気づくと、小柳はふいに顔を曇らせ、悲しげに眉《まゆ》を寄せた。

「やっぱり僕を疑ってるんですね。僕が不謹慎なことを言ったから。お年寄りが少しでも喜んでくれるように、一生懸命働いているのに、信じてもらえないんですね。いやなことを言われても、汚い仕事をさせられても我慢して、できるだけ笑顔でいようとしてるのに、どうして変な目で見られなくちゃいけないんですか」

「小柳君は頑張ってる。それはわたしも認めるわ」

「ほんとうに?」

潤んだ目が美和を見つめる。

「あなたに黙って高校の先生や友だちに会ったことは悪かったわ。でも、それはあなたの頑張りに感心したからでもあるの。だから許してちょうだい。つらい思いをさせてほんとうにごめんなさい」

美和は正面を向いて頭を下げた。小柳はしばらくそれを眺め、やがて低く言った。

「別に謝ってもらわなくてもいいです。僕がおかしなことを言ったのが悪かったんですから。介護施設で働いていると、お年寄りがかわいそうになるんです。でも、だからと言って、死なせたほうがいいなんて思っちゃいけませんよね」

媚《こ》びるように言い、キュッと口角を持ち上げる。半透明の瞳《ひとみ》はこちらの脳髄をのぞき込むかのようだ。泣き笑いのような愛くるしい笑顔が、美和を捉《とら》えて離さなかった。

▼

表面がキツネ色に焦げたグラタンを見て、真里亜は「わあ、おいしそう」と歓声を上げた。チーズとシーフードの香りが広がる。

「真里亜に喜んでもらおうと思って、腕によりをかけたんだ」

恭平は焼きたてのグラタンを半分に切り、大ぶりの耐熱皿から姉と自分の皿に取り分けた。この日は真里亜が残業で遅くなるので、恭平が夕食を作ったのだ。

「恭平は料理もうまいね。何でもできて羨《うらや》ましいわ」

「僕は真里亜にほめてもらうのがいちばん嬉しい」

和やかな笑みを交わす。

食事が終わり、真里亜が片づけに立ったときチャイムが鳴った。

「だれかしら。今ごろ」

訝《いぶか》る真里亜を制して、恭平がドアスコープに目を当てた。二人の男が立っている。恭平は舌打ちをして、ゆっくりとドアを開けた。

「夜分、遅くにすみません。あちこちで話を聞いているうちに、こんな時間になってしまって」

山辺春江が転落死したとき、事情を聞きに来た安東と島だった。田所乙作が亡くなったあとも、彼らが職員に聞き取りをした。もちろん、恭平も話を聞かれた。

「知ってることは全部話しましたけど」

戸惑って見せたが、刑事たちは首だけの会釈をして一歩前に出た。

「すみませんねぇ。念のためにみなさんに確認をお願いしているのです。少し話を聞かせてもらってよろしいですか」

背後で真里亜が不安そうにしているので、恭平は仕方なく二人を招き入れた。

「蒲田署から来ました。こういう者です」

二人は真里亜に名刺を差し出した。

「わたしは奥の和室にいるわね」

遠慮がちに言い、襖《ふすま》の向こうに消える。

「山辺春江さんが亡くなったときのことを、もう一度、話してもらえますか」

安東が素早く部屋を見まわしてから、食卓の椅子に座り、内ポケットから手帳を取り出した。島は後ろに立ち、柱に掛けた黒いキャップを見ている。一カ月半前に話したことはすべて覚えているが、ふつうはどれくらい忘れるものか。恭平は頭の中で考えながら説明した。

「あの夜は、たしか午前零時半、いや四十五分ごろだったかな、山辺さんの部屋を巡回して、様子確認だけで次の部屋にまわったと思います」

安東はしかつめらしい顔で手帳から視線を外さない。前回の聞き取りとの齟齬《そご》を指摘したいのだろうが、記憶力のいい恭平には無駄な試みだ。

「岡下寿美子さんが亡くなった夜のこともうかがってよろしいですか」

安東がふいに話題を変えた。岡下寿美子の転落死を調べに来たのは別の刑事で、安東たちは関わっていないはずだ。

「引き継ぎで聞いたのですが、岡下さんがベランダから落ちたとき、小柳さんは三階のフロアにいらっしゃったんですね」

「306号室にいました」

岡下が落ちた音を聞き、すぐ下へ見に行ったことを説明する。

「そのようですな。あのとき、307号室の入居者さんも、岡下さんが落ちた音を聞いたと言っています。音を聞いたのは、となりの306号室からだれかが出ていったあとだったと言ってるんですがね」

恭平はいかにも不可解だという表情を作って見せた。307号室は八十九歳の神経質な女性であることは織り込みずみだ。口うるさくて面倒くさい入居者だが、老化現象による思いちがいも少なくない。

「僕は外の音を聞いたから、堂之本さんの部屋を出たんですよ。僕が出てから音を聞いたなんておかしいじゃないですか」

「でも、３０７号室の人はそう言ってるんです」

聞きちがい、思い込み、認知症。高齢者の証言など、何とでも否定できる。あるいは、刑事がハッタリで動揺させようとしているのか。

「小柳さんは岡下さんが転落した時間は、午前一時二十二分だったと証言したそうですね。なぜそんな具体的な時刻を」

「とっさに時計を見たんです。堂之本さんの部屋の時計はデジタル表示ですから」

「なるほど。その堂之本さんが、翌朝、いつもより十分ほど早く朝食に下りてこられたのはご存じですか」

「いいえ」

安東が恭平を見つめる。島も手帳から顔を上げている。恭平は意味がわからないというように二人を見た。それでも相手が表情を変えないので、思いついたように説明した。

「堂之本さんはときどき早く下りるんですよ。定時に行くと食堂が混雑しますから。それにしても、入居者が朝食に下りた時間のズレまで調べるなんて、警察はすごいですね」

当てつけるように言うと、安東は「そういうわけでは」と苦笑した。島が代わりに手帳を繰りながら聞く。

「田所さんが亡くなった件についてですが、先日、話をうかがったとき、小柳さんはあの晩夜勤だった水本安奈さんが、田所さんのことを『早く死んでほしい』と言っていたとおっしゃいましたね。それはどこで聞いたのですか」

「どこだったかな。よく覚えてませんが」

ここはぼやかしたほうがいい。証言を重視しているなら、別の質問に移らず答えを待つはずだ。間を置くと、島が思惑通りの素振りを見せたので恭平は改めて答えた。

「介護士のおばさんたちが話してたのを聞いたんじゃないかな。そうです。昼食のとき、控え室でおばさんたちが言ってたんだと思います」

聞いたのはロッカースペースだったが、そこまで追及されることはないと判断した。

「水本さんがそんなことを言う理由はわかりますか」

「いいえ」

セクハラ行為が原因だが、それは知らないことにしておく。ほかの介護士に聞けばわかることだ。

安東がふたたび質問を交替した。

「話が前後して恐縮ですが、山辺春江さんが転落したとき、小柳さんは夜勤で居室の巡回をされていましたね」

話をころころ変えるのは、こちらを混乱させて矛盾を引き出す作戦だろう。安東が手帳を目で追いながら続けて聞く。

「各部屋の訪室と退室の時刻は記録に残されています。５０８号室には、午前一時二十四分に入って、午前一時三十五分に退室、同じ時刻に５１０号室に入って、午前一時四十七分に退室となっています。まちがいありませんか」

「記録にそうあるのならそうでしょう」

「５０８号室から出た時間と、５１０号室に入った時間が同じなのは、５０９号室が欠番だからですね。両方の部屋に十分余りいたので、続けて二十分以上、ここで巡回時間がかかっていることになります」

「それは聞き取りのときにもお話しした通り、入居者さんの話を聞いたからです。５０８号室の宇川《うかわ》さんには、息子さんが嫁の計略に引っかかった話、５１０号室の中沢《なかざわ》さんはオランダの話です」

つい先走り、しまったと口をつぐむ。安東が顔を上げ、改まった調子で告げた。

「前にもそううかがいました。しかし、その後の聞き取りで、宇川さんも中沢さんも、あの夜、小柳さんにそんな話はしていないとおっしゃってるんです」

恭平は余裕の笑みで返した。

「たしかに話を聞きましたよ。二人とも忘れたんじゃないですか」

「どうでしょう。宇川さんは寝ていたのに起こされて迷惑だったと言っています。中沢さんも、用もないのに起こされて、あなたがそのまま出ていったと証言しています」

「そんなはずありませんよ。５０８号室に入ったとき、宇川さんは寝ていましたが、無理に起こしたわけではありません。寝言を言ったんです。僕が何ですかと聞くと、それで目を醒《さ》ましたようで、ほんとに腹が立つ、あの嫁ほど狡《ずる》い女はいないと話しだしました。あの人の愚痴はお経みたいに長いし、ちょっとせん妄状態みたいだったので、ベッドから起き上がると危ないと思って、寝ていてくださいねと声をかけました。部屋を出るときには、またウトウトしていましたから、話したことを忘れたんでしょう。中沢さんも眠ってましたが、浅い眠りで、僕が様子確認をして出ていこうとしたら、その気配で起きたんです。足音がうるさいですかと聞いたら、オランダの木靴はもっと大きな音がするからと、むかし仕事で駐在していたロッテルダムかどこかの話をしてくれました。たしか、港の夜景がきれいだとか、有名なサッカーのスタジアムがあるとかいう話を聞いたと思います」

二人の話は、食事や着替えの介助のときに何度も聞いているので、いくらでも具体的に話せる。島は恭平の言った言葉を懸命に手帳にメモしている。あとでウラを取るつもりだろうが、そんなことをしても意味はない。二人が何も話していないと言っても、忘れている可能性は否定できないのだから。

安東もそれはわかっているようで、恭平の話を無表情に聞き流していた。ちらっと腕時計を見たので、そろそろ終わりかと思うと、ふたたび話題を思わぬ方向に変えた。

「一般論になりますが、アミカル蒲田のような介護施設では、長生きはよくないと考える職員も少なくないようですね。むしろ、早めに死んだほうが本人のためだと思っている人もいるとか」

「そうなんですか」

「小柳さんはどう思われます」

「そんなこと、考えもしませんよ。そりゃつらい思いをしている人もいるでしょうが、命はかけがえのないものですから」

「しかし、高齢者自身が死にたいと洩《も》らすこともあるのでは？」

「仮にそんなことを口走っても、それは本心じゃありません。なんとか希望を持って、頑張って生きてもらいたいです」

「なるほど」

安東がむずかしい顔でうなずき、島に目配せをした。

「ご家族がいらっしゃるならちょうどいいので、少し話をうかがわせてもらいます」

止める間もなく、島が奥の和室に向かった。目で追う恭平を、安東がこれまでにない強い声で振り向かせた。

「もうひとつ、お聞きしたいことがあるんですが」

「何です」

「二週間前ですが、五月二十三日から二十四日にかけての夜はどこにいましたか」

田所乙作が亡くなった日だ。わずかな表情の変化も見落とすまいとするように、鋭い視線を向けてくる。恭平は得意の無邪気な顔で壁のカレンダーを見た。

「その日は、えーと、火曜日ですか。仕事が終わったあとまっすぐ帰って、そのまま家にいたと思いますが」

「たしかですか」

「たぶん」

「深夜に外出は？」

「してません」

「証明してくれる人はいますか」

島が真里亜に話を聞きに行った理由がわかった。恭平はわざと馴《な》れ馴《な》れしく答えた。

「その日って、田所さんが亡くなった日じゃないですか。僕を疑ってるんですか。いやだなあ。僕は夜勤をはずされてますし、その日はずっと家にいましたよ。真里亜に聞けばわかります」

「いや、君を疑っているわけじゃない。我々の仕事は、可能性をひとつずつ潰《つぶ》していくことなんだ。悪く思わないでください」

「てことは、僕以外にも確認を取ってるんですね。たとえば？」

「それは、捜査に関わることだから言えない」

突っぱねるように言うが、声が硬い。ほかには確認などしていないのだろう。恭平は半ば嫌味を込めてつぶやいた。

「田所さんが亡くなったのは、事故じゃなくて事件の可能性があるんですか。僕は真里亜という証人がいるからいいけど、アリバイを証明できない職員もいるだろうなぁ。そんな人はどんな取り調べを受けるんだろう」

安東は苦い顔で沈黙している。奥の襖が開き、島が出てきた。小さく首を振るのが見えた。

思わず笑いが込み上げる。

「もういいんですか」

「遅い時間に失礼しました。ご協力に感謝します」

刑事たちは疲れた表情で手帳をしまい、戸口に向かった。

――ご苦労さま。よかったらいつでもどうぞ。

見送りながらそんな軽口を叩《たた》きそうになる自分を、恭平は抑えた。


扉を閉めてもどると、真里亜が暗い顔で座っていた。

恭平はわざと浮かれた調子で言った。

「二人とも悔しそうな顔して引き揚げていったよ。あいつらバカだね。不意打ちのつもりだろうけど、今ごろ来たってタイミングが遅すぎ」

「恭平。ここに座って」

真里亜が思い詰めたようすで、食卓を指す。

「あの日、DVDを借りに行ったことを、刑事さんが来ても言わないでって頼んだけど、どうしてアリバイ工作みたいなことをしたの」

五月二十三日の夜、恭平はTSUTAYAにDVDを借りに行くと言って、深夜に原付でアパートを出た。午後十一時半をすぎていたので、真里亜には先に寝ておいてと言い残したが、帰ってきたとき、真里亜は物音に気づいて時計を見たようだ。午前二時五十五分。遅かったねと声をかけられたが、恭平は何も言わず、自分の布団にもぐり込んだ。

翌日の夜、真里亜が銀行から帰ったあと、恭平は困ったような、苦しいような顔で言った。

「昨日の明け方、入居者がベッド柵に首を挟まれて亡くなったらしいんだ。事故の可能性が高いけど、アミカル蒲田は不慮の死が続いてるから、警察が調べるかもしれない。僕が外出したことがわかると、変に疑われるかもしれないから、一昨日《おととい》の夜はずっとアパートにいたことにしてほしいんだけど」

「疑われるって、どういうこと」

「僕が夜中にアミカル蒲田に行ったんじゃないかってさ」

TSUTAYAにいたのならだれかが証明してくれるだろうから、正直に話したほうがいいんじゃないかと真里亜は言ったが、恭平は拒んだ。借りたいDVDがなくて店員とは口を利いてないし、最寄りの大口《おおぐち》店だけでなく、鶴見西口《つるみにしぐち》バスターミナル店にも行って、コンビニで立ち読みもしたから、証明してもらうのはむずかしい、アパートにいたことにするほうが手っ取り早いからと、手を合わせたのだ。

心配顔の真里亜に、恭平はふてくされた調子で答えた。

「アミカル蒲田にあることないこと警察に告げ口するヤツがいるんだ。警察は手柄を立てたいから、だれかを犯人に仕立て上げようとするだろ。余計な疑いを持たれるようなことは話したくないんだよ」

「今の刑事さんは恭平を疑うようなことは言ってなかったわ。若いのにアミカル蒲田では優秀な介護士で通っている、介護は大変な仕事で頭が下がるって言ってた」

「ヤツらの手じゃないか。僕をほめて、真里亜を油断させて、しれっと聞き出すんだ。五月二十三日の夜のことを聞いただろ」

「最後のほうに、念のためって感じでね。わたしは恭平はずっとアパートにいたと言っておいた」

　恭平は礼を言いかけたが、やめにした。真里亜がすがるように聞く。

「ほんとうに疚《やま》しいことはないのね」

「疚しいことって何さ」

　半ば怒り、半ばとぼけるように聞き返した。真里亜は口に出すのも恐ろしいというように顔を背ける。

「僕がおかしなことをするはずがないだろう」

　慰めるようにのぞき込むが、真里亜は不安な表情を緩めない。恭平は身体を引いて、小さなため息をついた。

「警察が僕に目をつけてるのは、現場で過激なことを言ったからだよ」

「それだけで家まで聞き込みに来ないでしょ」

「ほかの家にも行ったと言ってたじゃないか。僕は岡下さんのときは第一発見者だったし、山辺さんのときにはアリバイがないから疑われやすいんだ。いつかうちに来た朝倉ってルポライターも、僕が何かしたんじゃないかと思ってたみたいでさ。あの人、僕の高校の担任や友だちのとこまで調べに行ったんだぜ。でも、この前、会って話したらわかってくれたけどね」

「そうなの」

「朝倉さんも、最初は死んだほうがいい高齢者がいるなんて、とても認められないようだったけど、現場の実情を話すと徐々にわかったみたいだった。高齢者の虐待は許せないけど、相手のことを思って死なせるのは、必ずしも悪いことじゃないってね」

ふたたび真里亜が不審な表情を浮かべる。恭平は慌てて話をもどす。

「だからって、僕が何かしたわけじゃない。考え方の問題さ。もう十分に生きて、あとはいいことが何もなくて、毎日、苦痛に耐えてる高齢者もいるんだ。その苦しみを乗り越えたら、いいことがあるんなら励ます意味もあるけど、ただ我慢しながら死ぬのを待ってるだけなんて意味ないだろ。ベランダから落ちた二人を羨ましいって言う入居者も、一人や二人じゃない。頼むから死なせてくれとか、早く楽にしてほしいってしょっちゅう言われるよ。それが現実なんだ」

真里亜の目から涙がこぼれた。恭平も感情が高ぶり、思わず両手で顔を覆った。自分の言葉がすべて真実のように思え、嗚咽《おえつ》が込み上げる。真里亜は指の背で涙を拭《ぬぐ》い、鼻を啜《すす》った。

「恭平は、子どものときから優しい子だったものね。それでつらいのね」

恭平は手に頬の冷たさを感じながら、自分が安全な岸辺に流れ着いたのを意識した。

真里亜が台所の片づけを再開したあと、恭平は先に浴室でシャワーを浴びた。

顔を上げ、噴き出す湯を見ながら考える。真里亜はどこまで信じただろうか。真里亜を慕う気持と、批判されたら許せないという衝動がせめぎ合う。

身体を洗い終え、脱衣場で湯気とセッケンのにおいを吸い込むと、わずかに気持が落ち着いた。だが、このまま収めるわけにはいかない。

パジャマに着替え、恭平はふたたび食卓に着いた。

「真里亜。ここに座って」

強い口調に、真里亜は暗い顔つきで前に座る。

「僕は子どものころから、真里亜のことが好きだった。変な意味じゃなくて、姉として慕っていた。だれよりも大切に思ってたんだ」

「わかってる」

ほんとうにわかっているのか。真里亜を大切に思うがゆえに、支配したい情動と、理想の関係を追う欲求が頭と心でのたうちまわる。

幼い思慕が激変した日。忘れもしない。十二歳のとき、うっかり風呂の脱衣場の扉を開けて、湯上がりの真里亜と鉢合わせになった。

――あっ。

声にならない悲鳴の瞬間、真里亜の面《おもて》をよぎったのは、意外なことに喜びだった。反射的に裸身をかばおうとしながら、見開いた瞳《ひとみ》には明るさが透けていた。

それがきっかけだったというわけではない。自分でも理由がわからないまま、真里亜に対して強い愛着を抱いた。それはおそらく分析も解明も受け付けない本能的な情動だ。

真里亜が大学生になったとき、彼氏ができても恭平は知らん顔を装った。しかし、今、恭平は窮地に立たされている。真里亜が奪われることと、幸せになることが同時に起こる日が近づいている。自分の心はどちらに振れるのか。耐えがたい苦しみに振れたとき、どんなことになるのかが恐ろしい。姉を強く慕う気持には、そんな暴虐が内包されている。真里亜はそれをわかっているのか。

「真里亜には幸せになってほしい」

呻《うめ》くように言った。真里亜は言葉を返さない。弟の暗い情念を感じているのだろう。

「僕には真里亜が幸せになるのを邪魔する権利はない。だけど、真里亜がみすみす不幸になるのは許せない。黙って見過ごすことはできないんだ」

「塚本さんのこと……?」

全身が強《こわ》ばる。気障《きざ》な服装、六本木の豪華なオフィスが思い浮かぶ。

「この前、あいつが僕に会いにきた。脅しにきたんだ。真里亜は知らないのか」

首を振る。塚本が岡下の息子とのつながりを利用して、身勝手なギブ・アンド・テイクを持ちかけたことを告げた。その上でさらに念を押す。

「ほんとうに連絡はないのか」

「ないわよ、何も」

怒ったように答え、食卓に視線を落とした。かすかな憎悪を滲《にじ》ませて言う。

「わたしのことを心配してくれるのは嬉しいわ。でも、ときどき、わたしは恭平の操り人形のような気がする」

ちがう。そんなふうにした覚えはない。恭平は拳《こぶし》を握りしめ、何かを殴りつけたい衝動を必死に堪《こら》える。

真里亜が取りなすように言った。

「わたしも恭平のことが好きよ。頭もいいし、何でもできるし、自慢の弟だわ。ほんとなら、介護の仕事でつらい思いなんかしなくてもいいのに、わたしのために高校をやめたことも、悪いと思ってる」

「それはちがうと言ってるだろ！」

反射的に金切り声が出た。「高校は僕が勝手にやめたんだ。幼稚で低能な奴ばかりの高校で、学べることなんか何もないから。勉強だって自分でやったほうがよっぽど効率がいいから」

「そうね。高卒認定の試験も一度で受かったものね」

真里亜はふたたび涙をこぼす。

「なんで泣くんだ。泣かないで。僕も悲しくなるよ」

手を伸ばし、真里亜の顔から涙を掬《すく》い取った。指がベビーオイルにまみれたように濡《ぬ》れる。

真里亜がその手をそっと押し返した。

「もういい。子どものとき、父さんも同じようにしてくれたわ」

ああ、どうして真里亜はこうも無神経なのか。吐く息が怒りに震える。

「あいつのことなんか言うな」

「どうして。小さいころかわいがってもらったじゃない。あんたはお父さん子で」

「うるさいっ」

両手で食卓を思い切り叩いた。立ち上がり、テーブルの上のものを払い落とす。

真里亜が悲鳴を上げる。恭平は激情に駆られ、横の椅子を蹴《け》り倒す。サイドテーブルを引き倒し、手あたり次第にものを壁に投げつける。それでも収まらず、平手で自分の顔を打ちはじめる。

「やめて。お願い」

真里亜は恭平に抱きつき、両手で頬を包み込んだ。恭平は呻くような声を上げ、カーテンを引きちぎった。真里亜は恭平を抱きしめ、そのままソファに倒れ込む。

「恭平、怒らないで」

自分の顔を殴ろうとするのを必死で抑える。手首を握る真里亜の指が、思いのほか強いことに虚を衝《つ》かれ、恭平は動きを止めた。全身から力が抜けていく。

「なんで、こんななんだろう……。俺は、なんで抑えられないんだろう。自分が苦しい。どうにかなってしまいそうだ」

「かわいそうな恭平」

真里亜が恭平を胸に抱え込む。苦悩の底で酸味を帯びた芳香が、恭平の嗅覚《きゅうかく》を甘く刺激した。

翌朝、恭平はすっきり目覚め、憑《つ》き物が落ちたように爽快《そうかい》だった。

朝食を終え、真里亜より先にアパートを出た。満員電車に揺られ、京急蒲田駅からいつもの道を職場に向かう。太陽が眩《まぶ》しい。

アミカル蒲田に近づいたとき、ふと妙な視線を感じた。正面玄関の手前に、見慣れない男が立っている。小太りの丸顔で、カッターシャツにダブダブのズボンをはいて、しきりに額の汗を拭《ふ》いている。

近づくと愛想笑いを浮かべ、甲高い声で呼びかけた。

「小柳恭平さん?」

胸ポケットから名刺を取り出す。「私、『週刊現春』の松沢《まつざわ》と申します。アミカル蒲田の入居者の不審死について、お話を聞かせていただきたいんですが」

「何のことです」

身を引くと、男は恐縮するように足踏みをした。

「最近、こちらで三人の方が亡くなりましたよね。それについてご存じのことを……」

「話すことなんかありません」

そのまま裏の出入り口に向かおうとすると、松沢と名乗った記者は、鉤針《かぎばり》で引っかけるように言葉を投げつけた。

「三人の不審死に関して、君に殺人の疑いがかかってるんだけど」

振り返ると、松沢は眉を下げて、卑屈な笑みを浮かべていた。

「小柳君。お茶がこぼれてるわよ」

チーフヘルパーの羽田が走ってきて、車椅子の老人が倒したコップを取り上げた。談話エリアで入居者たちの様子観察をしているときだ。

「すみません。気がつかなくて」

恭平は慌てて布巾《ふきん》でテーブルを拭った。羽田が老人の服を拭きながら顔半分で聞く。

「どうしたの。朝からぼんやりして。何か気になることでもあるの」

「いえ。大丈夫です」

いつものアヒル口笑いを作ろうとしたが、うまくいかなかった。恭平の頭を占めていたのは、松沢の言葉だった。

殺人の疑いとはどこからの情報か。まさか、昨夜の刑事の聞き込みが関係しているのか。しかし、真里亜は頼んだ通りに証言してくれたし、自分も質問に動揺することはなかったはずだ。とすれば、だれが記者をそそのかしたのか。

松沢はいずれまた接触してくるだろう。取材に応じるべきか、拒絶すべきか。恭平は答えの出ない問いを反芻《はんすう》し続けていた。

午後五時四十分、恭平はほかの職員と時間をずらしてアミカル蒲田を出た。裏の出入り口からあたりを確認したが、松沢の姿はない。恭平は黒いキャップを目深にかぶり、人目を避けて駅への道を急いだ。ふと、朝倉美和が京急新子安の駅を出たところで声をかけてきたことを思い出し、ＪＲの蒲田駅に向かった。できれば今日はつかまりたくない。そう思って足を速めたが、アーケードを抜けようとしたとき、後ろから声がかかった。

「小柳さん。今朝方は失礼しました。あなたを悪く言うつもりはなかったのです」

朝と同様、おどおどした素振りの松沢が立っていた。

黙ってにらみつけると、松沢は小さな目を細めて恐縮した。

「突然、殺人の疑いだなんて言ってすみません。そういう噂が流れていて、小柳さんの耳に届いているかどうかわからなかったもので、つい露骨な言い方をしてしまいました」

「だれがそんな噂を流してるんです」

「詳しくお話ししますよ。喫茶店かどこかに、ごいっしょしていただけませんか」

簡単に応じるわけにはいかない。あたりを気にして目を配ると、松沢は自分の迂闊《うかつ》さに気づいたように、「あっ」と小さく叫んだ。

「人のいないところのほうがいいですよね。近くの公園に行きましょう。そこなら人目もありません。どうぞ、こちらです」

素早く背を向け、そそくさと脇道に入って行く。数歩進んだところで振り返り、「どうぞ」と促す。恭平は仕方なくあとに従った。

公園は商店街から一筋入ったところにあった。幾何学的なパーゴラがあり、空を隠すほどの大樹が茂っている。松沢は下見でもしてあったのか、まっすぐ進んで、立方体形の腰かけの前に行った。あたりに人はいない。

「ここなら話を聞かれる心配はありません」

あくまで不承不承という物腰で、恭平は腰を下ろした。松沢は大ぶりのショルダーバッグから取材用のノートを取り出し、指に唾《つば》をつけてページを繰った。カッターシャツの襟元が汗ばんでいる。

「アミカル蒲田の一連の不審死には、小柳さんも迷惑されてるんじゃないですか。妙な憶測も出てますが、小柳さんにも言い分があるでしょう。もしそうなら、早めに表明されたほうがいいと思いましてね。私がきちんと記事にしますよ」

恭平は問いかけには答えず、硬い声をぶつけた。

「あなたがさっき言った噂の元は誰なんです。まずそれを聞かせて下さい」

質問を無視された松沢は、一瞬鼻白んだようだが、改まった調子で答えた。

「噂の根拠は、あなたが最初の二人の転落死のときに夜勤だったこととか、岡下さんのときは第一発見者だったとかですね。田所さんとの関係もよくなかったようですし」

「そんなことを聞いてるんじゃない。噂の出所ですよ。詳しく話すと言ったじゃないですか」

「すみません。我々にはネタ元を守る義務がありますので、お教えするわけにいかないんです。その代わり、小柳さんから得た情報も、あなたからのものだとは決して明かしませんから」

お得意の情報源の秘匿か。ほかにもいろいろ隠していることがあるんだろうと、恭平は相手に険しい目線を向けた。

「いずれにせよ、僕に殺人の疑いがかかってるなんて不愉快ですよ。入居者さんのために一生懸命働いてるのに、なぜそんなことを言われなければならないんです。人殺し扱いされるなんて僕は悔しい」

「でしょうね。わかります。介護の仕事は大変ですもんね。まじめに働いているのに、あらぬ疑いをかけられたら気分を害されて当然です」

いかにも共感するように言う。気を許さずに沈黙していると、松沢はせわしなく付け加えた。

「濡れ衣《ぎぬ》だとしたら、名誉毀損《きそん》もいいところですよ。それは断じて許せない。だから私は小柳さんの言い分をうかがいたいのです」

「僕は関係ないと言ってるじゃないですか」

「しかし、我々も軽々に噂を信じているわけではありませんので」

恭平はついカッとなって聞き返した。

「噂に信憑《しんぴょう》性があるとでも言うんですか。じゃあ、具体的に言って下さい。ネタ元は明かせなくても、内容は言えるでしょう」

「小柳さんは以前、高齢者が亡くなることを容認するような発言をしていたそうですね」

「ちがいますよ。僕が言ったのは、無理な長生きで苦しむのはよくないということです。何も高齢者に早く死ねなどと言った覚えはない。それで殺人を疑うなんて、飛躍もいいところだ」

答えながら考える。この発言を知っているのはだれか。自分に示唆したのは医師の黒原だ。それを聞いた可能性があるのは、施設長の久本を含む職員たち。施設をやめた金井昌代も聞いたかもしれない。そして、これを問題視したのはルポライターの朝倉美和だ。

松沢はネタをアテる口調で聞いた。

「小柳さんは岡下寿美子さんと、ちょっとしたもめ事があったそうですね」

「あんなもの、些細《ささい》なことですよ」

恭平は岡下寿美子との一件を早口にまくしたてた。松沢は相槌《あいづち》を打ちながらメモを取り続けている。よけいな口を挟まないのは、言うだけ言わせて少しでも情報を得ようとしているからだろう。

一段落すると、また話を移した。

「山辺春江さんも、けっこう厄介な入居者だったと聞いてますが」

「とんでもない。山辺さんはいい人ですよ。おとなしくて、ほとんど文句も言わなかったし」

「しかし、夜中に取り乱したり、徘徊《はいかい》で行方不明になって家捜ししたこともあったのでしょう」

「滅多にありませんよ。少なくとも、僕が夜勤のときには一度もなかった」

「田所乙作さんはいかがです。暴言とか介護への抵抗などもあったらしいですね。職員の評判も最悪だったとか」

「そんなことありません。田所さんはごくふつうの入居者です」

恭平が断定すると、松沢はメモの手を止め、怪訝《けげん》な顔をした。

「おかしいですね。田所さんは困った人で、みなさん、介護に手を焼いていた、特に小柳さんとは関係が悪く、いつか大きな問題が起こるのではないかと、恐れていた職員もいたと聞いていますが」

「だれがいったい……」

言いかけて、恭平ははっと気づいた。田所乙作との関係は険悪というほどではなかったのに、意図的な噂が流されている。自分を陥れようとしている者がいるのだ。恭平はわざと否定せず、荒いため息ひとつでその場をやり過ごした。

松沢が続けて聞く。

「あなたは田所さんに腹を立てることもよくあって、田所さんもあなたを恨んでいたとか。それでつい感情的な介護になってしまうこともあったのではないですか」

恭平は考えを巡らせる。この件を松沢に伝えるとしたらだれか。

「もちろん、本気ではないでしょうが、腹立ちまぎれに、田所さんが早く死ねばいいのにとおっしゃったこともあったとか」

わかった。水本安奈だ。警察の聞き取りのとき、恭平が同じことを話したので、意趣返しに週刊誌の記者に洩らしたのだろう。目途がつけば、こんな相手に長く付き合う必要はない。

「僕はそんなことは言ってません。言ったのは別の職員です。田所さんにセクハラをされて、怒っていた女性がいるんです。松沢さんもご存じなんじゃないですか」

思わせぶりに言うと、松沢はあからさまに困惑を浮かべた。

「だれです」

「水本安奈ですよ。彼女は僕のことが嫌いみたいで、あることないこと言いふらすんです。彼女は問題職員で、入居者さんの薬を勝手に捨てたり、夜勤の巡回記録に嘘の時間を書き込んだりして、あの子は信用できないって、みんな言ってますよ」

松沢は目線を下げ、「なるほど」とつぶやいた。何か考えているようだったが、敢《あ》えて無視した。松沢はおもむろにノートを閉じ、ひとつ大きく息を吸った。

「いろいろありがとうございます。やはり当事者に話を聞かなければ、わからないことがありますね。もう少し取材を続けてみます。また、お話をうかがうかもしれませんが、そのときはよろしく」

首だけで会釈し、ショルダーバッグを肩にかけて立ち上がった。コント芸人みたいな動きでせかせかと去って行く。表面上は納得したようだが、本心はどうだろう。恭平はまだまだ油断できないと思いながら、松沢の後ろ姿を見送った。

深夜、自宅の台所に立ち、正方形に切った紙に片栗粉をスプーンに半分ほど載せる。薬包紙の折り方で、こぼれないように包む。折り方はネットの動画で覚えた。片栗粉を使うのは、小麦粉や塩より薬品らしく見えるからだ。ビニールの小袋に入れ、デイパックにしまう。

翌朝、アミカル蒲田でユニフォームに着替えるとき、恭平はそれをポケットに忍ばせた。

午後三時すぎ、詰所にもどろうとしたときに、水本安奈とすれちがったので何気ない調子で呼び止めた。

「ちょっとこっちに来てもらえますか」

警戒させないように、困っている顔で非常階段の踊り場に引き入れた。人目がなくなったところで表情を消す。

「田所さんのこと、水本さんもショックだったでしょ」

相手は怪訝そうに首を傾げたが、恭平はわずかな眼球の揺れ、口元の変化も見逃すまいと全神経を集中した。

「田所さんが亡くなったのは、水本さんが夜勤のときだったから、警察から変な目で見られてるんじゃないの」

水本は答えない。呼び出された意図がわからず、戸惑っているようすだ。

「あんたがまずい発言をしてたことも、伝わってるみたいだし」

「まずい発言って？」

「田所さんのこと、早く死んでほしいって言ったこと」

恭平が警察にチクったことを知っていれば、必ず変化が現れるはずだ。その報復として週刊誌の記者に情報を洩らしたのなら、見破られたことにも気づくだろう。

しかし、彼女の反応は予想とちがった。顔に浮かんだのは純粋な驚きと狼狽《ろうばい》だった。

「あたし、そんなこと言ってないわよ。死んでほしいなんて、言うわけないじゃない。それ、だれが言ってるの」

「僕は知らない。職員のおばちゃんたちが噂してただけだから」

恭平は話をぼかした。

「その話、警察にも伝わってるの？　そんなの困る。濡れ衣だわ」

「ほんとうに死んでほしいとか言ってない？」

「言ってないわよ。そりゃ怒鳴られたり、セクハラされたりしてムカついたけど、田所さんのことを悪く言ってたのはみんなじゃない。どうしてあたしだけ、そんなこと言われなきゃいけないのよ」

　水本は持ち前の早口でまくしたてた。死んでほしいと言ったのはたしかにこの耳で聞いた。だがそれは言えない。彼女は忘れたのか、それとも嘘を吐いているのか。いずれにせよ目論見がはずれた恭平は、元の困ったような口調にもどって言った。

「僕に言っても仕方ないでしょ。そういう噂を聞いたから、水本さんも用心したほうがいいかなと思って」

「だれが言ったのかしら。ここってほんとレベル低いよね。油断できないわ」

　金井のときとはまるでちがう反応だ。身に覚えのあった金井は土下座までしたが、水本にはまるで後ろめたさが感じられない。これでは〝ヒ素〟を持ち出す意味もない。

　それでも念のために、さりげなく相手を観察しながら聞いた。

「僕も変に疑われてるみたいなんだけど、水本さん、何か心当たりはない？」

「知らないわよ。だれかが妙な噂流したんじゃないの。いやよね、ここ。もうやめちゃおうかな」

　噂を流した本人にはとても出せない無防備な声だった。

職員控え室から裏の出入り口に向かうところで、恭平は羽田奈美恵を待った。彼女はいつもほかの職員より遅めに帰るので、二人になるのは簡単だ。

「小柳君、まだ着替えないの」

出てきた羽田は意外そうに恭平を見た。

「相談したいことがあるんです」

職員控え室にもどってもらい、テーブルで向き合った。目線を下げ、言い出しかねているという素振りで相手の反応を待つ。まさか羽田がという思いもあったが、先入観は禁物だ。

「どうしたの」

「実は、田所さんのことなんですが、警察は羽田さんを疑うようなことは言ってませんか」

「どうして」

「だって、第一発見者でしょう」

羽田の頬にわずかな緊張が走る。もしかして、彼女も疑われているのか。しかし、変化は一瞬で消え、すぐにふだんの穏やかな声にもどった。

「別に疑われてるとは思わないけど」

「そうですか」

ここが見極めのポイントだ。恭平は羽田を正面から見据えて、不意を突くように言った。

「実は僕のところに『週刊現春』の記者が取材に来たんです。だれかが情報を洩らしたらしくて」

情報？　と聞き返せば怪しい。わざとらしい驚きも裏のつながりを疑わせる。ところが、羽田の反応は失笑だった。

「バカバカしい。そんなの相手にする必要ないわよ」

恭平はさらに言葉を重ねた。

「記者は確かな情報を持ってるみたいなんですよ。松沢という記者でした」

「確かな情報って何なの」

かすかに訝るような表情が顔をよぎった。何か心当たりがあるのか。しかし、それは松沢とは無関係のようだった。

恭平が言い淀《よど》むと、羽田のほうから問い質《ただ》すように聞いてきた。

「小柳君は何か疚しいことがあるの？」

じっと恭平の目を見据える。疑惑を持たせないように即答した。

「ないですよ、もちろん」

「なら、週刊誌なんかほっとけばいいわよ」

「わかりました。足を止めさせてすみませんでした」

頭を下げると、羽田はそそくさと帰っていった。恭平に無実を問い質したときの目線が気になったが、理由は思い当たらない。もしかして、彼女は何かを見たのか。

しかし、もしも羽田が異変に気づいていたなら、すぐに田所の部屋に駆けつけたはずだ。彼女が田所の部屋に行ったのは、死亡してから二時間ほどたってからだ。つまり、田所がベッド柵に首を挟んだときには、何も気づかなかったということだ。

恭平はふりだしにもどった気分で、職員控え室に立ち尽くした。


翌日の木曜日は、黒原の診察日だった。

診察は順調に終わり、黒原の機嫌は悪くないようだった。一階の応接室でコーヒーをいれたあと、恭平は遠慮がちに話を切り出した。

「黒原先生。実は一昨日、週刊誌の記者が取材に来たんです。アミカル蒲田の三人の入居者が亡くなった件で、話を聞きたいと」

「なぜ君の話を聞きたがるんだ」

「記者が言うには、僕に殺人の疑いがかかっているらしくて」

「疑いだけか」

黒原は片眉を上げて皮肉な笑いを洩らした。恭平が顔を伏せると、いつもの通りパイプ煙草に火をつけた。

恭平は気を取り直して、真顔で訴えた。

「だれかが僕を陥れようとしてるんです。警察やマスコミにでたらめな情報を流して、僕を疑うように仕向けてるんです。それがだれだかわからなくて」

「わかったら、どうするつもりだ」

口封じなど簡単にできないぞ、と暗黙のうちに示している。黒原はコーヒーを啜り、気怠《けだる》そうに言った。

「週刊誌の取材など無視しておればいいんだ。マスコミにあるのは、売るための戦略と功名心だけだからな」

「でも、変な噂が立つと困ります」

「気にしなければすむことだ。それができないのなら、君の心の弱さのほうが問題だな」

心の弱さと言われればそうかもしれない。しかし、単に無視しているだけで事態の悪化は防げるのか。

黒原は肘《ひじ》掛け椅子に浅く腰かけ、自分の腹を見て自嘲《じちょう》的な笑いを洩らした。

「この前、俺のところに朝倉というルポライターが来よったよ。君も知ってるだろう。彼女が俺に言ったんだ。人間の心の闇にばかり目を向ける俺は、不幸なんじゃないかとな。笑わせる。闇を見つめて不幸に感じるのは、情緒的軟弱さのゆえだ。知的強靭《きょうじん》さを持てば、闇は闇として怖れもなく見つめられる」

「知的強靭さ？」

「そうだ」

黒原はうまそうにパイプをふかし、目を細めた。

「今の日本は自由で豊かで安全な国だ。だから、情緒的軟弱さが蔓延《まんえん》してる。優しさ、共感、思いやり。そういうものは一見、よさそうに見えて、実は人々を堕落させる。必要なのは忍耐、克己、死をも恐れない信念だ。たとえば、江戸《えど》時代の隠れキリシタンが、過酷な弾圧に耐え、命さえも投げ出せたのはなぜだ。自分の信じたものを貫き通す知的強靭さがあったからだろう。幕末の志士たちもそうだし、二・二六事件で決起した青年将校たちもそうだ。特攻隊の隊員たちにもそういう者はいたはずだ。今どきそんなことを公言すると、すぐ特攻隊を美化するのかと批判されるが、命を惜しみながら出撃した者ばかりではないだろう。国のため、大義のため、大切な家族のために、決然と死地に向かった者も少なくはなかったはずだ。彼らを支えたものは、迷わず己の信念に邁進《まいしん》する知的強靭さにほかならない」

黒原は年齢相応の威厳をたたえて言い放った。恭平は高揚しつつも、戸惑いながら訊《たず》ねる。

「先生が今言ったのは、特別に強い人たちじゃないんですか」

「ちがう。市井にも知的強靭さを持った者はいくらでもいる」

黒原は傲然《ごうぜん》と恭平を見返した。肥満した頬に微《かす》かな影が差す。

「たとえば、俺の母がそうだった。軍属だった自分の父親が戦死したあと、母は空襲で家と全財産を失い、頼れる親戚《しんせき》もなく、自分の母親と妹の女三人で、死ぬ思いで戦後を生き抜いたんだ。心のケアとかカウンセリングはおろか、避難所も自治体の支援もいっさいなしに、生活を立て直さなければならなかった。それでも弱音を吐かず、自らの矜持《きょうじ》と忍耐で戦後の混乱期を生き延びた。母を支えたものは、自分をごまかすことなく、甘っちょろい期待や、まやかしの希望にすがることもせず、現実を直視し続ける強さだ。すなわち、知的強靭さだ。かつての日本にはそういう人間がたくさんいた。当時は情緒的軟弱さに浸っていても、何も得られなかったからな」

六十二歳の黒原の母親なら、生まれはおそらく昭和一桁《けた》だろう。今の八十代後半には、似たような経験をした人が少なくないかもしれない。彼らから見れば、今の日本はまさに甘ったれの集まりだろう。

恭平が聞き入っていると、黒原はゆっくりと目を逸《そ》らし、口元に皮肉な笑みを浮かべた。

「おもしろいことを教えてやろう。行動心理学の研究者が行った調査で、大災害のあと、心のケアの手厚かった地区と、手薄だった地区で被災者の精神面での立ち直りを調べたんだ。そしたらケアの手厚かった地区のほうが、立ち直りが遅いという結果が出た。ふつうは逆だと思うだろう。しかし、手厚いケアをすると、ますますそれに甘える人間が出てくるんだ」

「じゃあ、ケアをしないほうがいいということですか」

「心のケアは必要だ。しかし、それはあくまで立ち直りを促すものでなければならない。優しさは、すぐ甘やかしにすり替わる。ケアする人間が、自分の優しさに酔うからな」

黒原は薄笑いを浮かべて恭平を斜めに見る。

「優しさには、危険な快感が伴うだろう?」

「されるほうじゃなくて、するほうにですか」

「そうだ。君だって秘《ひそ》かに感じているんじゃないか」

入居者の話を聞き、親切にし、励ますように笑顔を向ける。たしかに快感だ。感謝されるのは気持がいい。

「それが落とし穴だと言うのだ。優しさは期待を生む。これからの日本で、高齢者が十分な介護を受けられる可能性は、ほぼゼロに近い。裕福な高齢者とそうでない者が受けられる介護サービスには、大きな差が出るだろう。そのとき、徒《いたずら》に期待値が高まっていると、裕福な高齢者でさえ不平を口にし、裕福でない者は怒りと絶望に打ちひしがれる。よけいな煩いだ」

「知的強靭さがあれば、煩いは避けられるのですか」

「現実をあるがままに受け入れることができればな」

恭平は黒原の否定的な主張に、身体が熱くなる思いだった。優しさや甘さを否定することは、自分が〝強者《きょうじゃ》〟になったような錯覚を生む。恭平はかりそめの高揚感に満たされた。

黒原はさらに恭平を煽《あお》るように言った。

「ことのいかんを問わず、知的強靭さに裏打ちされた行動なら迷う必要はない。週刊誌の記者風情がまとわりついても、平気な顔をしておればいいのだ」

「はい」

「たとえそれが新しい一歩であっても、踏み越えるのに躊躇することはない」

恭平は黒原の目を見てうなずく。黒原が気怠そうに話題を変えた。

「ところで、君はこの前、権田《ごんだ》の爺《じい》さんが窒息で死にかけたのを助けたそうだな。久本がほめていたぞ」

〝激怒さん〟のことだ。

「なぜ助けたんだ」

「権田さんが苦しそうだったからです」

率直に答えると、黒原はふむと軽くうなずいた。

「で、助けたときはどんな気分だった」

「興奮して、全身に痺《しび》れが走りました」

恭平はあのときの疑問を黒原に聞いてみた。

「なぜそんなふうになったか、自分でもわからないんです。あの痺れみたいなものは、どういうときに起こるのか」

「非日常の衝撃だな」

「善悪に関係なくですか」

「悪事を働くときに感動はないだろう」

あれはよいことをしたときの感動ということなのか。非日常の、つまり通常では経験しない状況での善行がもたらす衝撃ということか。

黒原は疲れた老人のように椅子にもたれてつぶやいた。

「助けられる者は助ければいい。助けられない者を助けようとするところに煩いが生じる。あるがままを受け入れるとは、そういうことだ」

△

何気なく朝刊を見ていた美和は、下欄に出ていた「週刊現春」の広告に思わず目を剝《む》いた。白抜きの毒々しい文字が躍っている。

『疑惑の介護職員　有料老人ホーム連続不審死』

小見出しには、『深夜にベランダから転落死　女性入居者二人　男性入居者はベッド柵に首をはさまれ死亡』とある。さらに『渦中の介護職員　不自然なアリバイ』とも書いてある。アミカル蒲田の事例にまちがいない。

美和はすぐコンビニに走り、店頭に並んだばかりの「週刊現春」を手に取った。代金を払うのももどかしく、その場でページを繰る。グラビアのページに、施設から出てくる小柳の姿が出ていた。写真の目が粗いのは、遠くから隠し撮りしたせいだろう。顔にモザイクがかけられているが、細身のジーンズに黒いキャップ、黒っぽいデイパックは見まがいようがない。

写真の下に説明文がついていた。

『6月6日、午後5時40分。有料老人ホームAの裏の出入り口から出てきた小柄な介護職員K氏（21）は、周囲を気にしつつ、最寄り私鉄駅を通り過ぎ、ＪＲの駅に向かった』

イニシャルと年齢まで書かれている。亡くなった三人の入居者も、Oさん（84）、Yさん（79）、Tさん（78）と表記され、それぞれの死亡状況が簡潔に説明されていた。

美和はページを閉じ、レジで支払いをすますと、来たとき以上の早足で自宅マンションにもどった。再度、特集のページを開く。記事は写真入りで四ページにわたり、三人の入居者の死亡の日時と状況が具体的に出ていた。

『K氏はOさんとYさんが亡くなった夜の夜勤であり、Oさんとは深刻なトラブルを抱えていた。Tさんが亡くなった夜は夜勤ではなかったが、職員であれば夜間の出入りも可能。さらにK氏は以前からTさんを嫌っており、Tさんを名指しして、「死ねばいい」と口にすることもあったという』

小柳が三人の死に深い関わりがあるのはまちがいないように書いてある。週刊誌にありがちな煽情《せんじよう》的な表現や、推測をさも事実のように書くあざとさはあるものの、記者はかなり内部に詳しい者から情報提供を受けているようだった。

記事の後半には、昨年、アミカル蒲田で発生した虐待事件が詳しく報じられ、背景にある介護現場の過酷さ、介護職員の資質の問題などが解説されていた。そして、施設での虐待が殺人にまで発展しかねない現実をことさら強調する形で、記事は締めくくられている。

いったい、どういうわけでこんな記事が出たのか。いったん記事が出てしまえば、疑惑は容易に消えないだろう。場合によっては冤罪《えんざい》にもつながりかねない。逆に、もし小柳が関与しているのなら、報道によるプレッシャーで、警察での自供に追い込まれるかもしれない。

美和はグラビアを見返して、末尾に『撮影　松沢俊紀《としのり》』とあるのに気づいた。「週刊現春」の版元である現代春思社《げんだいしゆんししや》に電話を入れると、うまい具合に当の松沢が、甲高い早口で応対に出た。

「取材を担当しました松沢と申します。記事について何か」

美和はアミカル蒲田の件で取材を続けているルポライターだと名乗ってから、冷静に訊ねた。

「記事によると、Kという介護職員が三人の入居者の死亡に深く関わっているようですが、客観的な根拠はあるのですか」

「関わっているとは書いていませんよ。入居者の死亡状況と、K氏との関係およびご遺族の発言を列挙しているだけです」

言を左右にしてごまかすつもりだ。そうはさせるかと、美和は声を強めた。

「でも写真まで載せて、『疑惑の介護職員』と書いているじゃありませんか。疑惑というからには、Kを容疑者扱いしているのも同然でしょう。読者はみんなそう思いますよ」

「読者の印象を操作するつもりはありません。こちらはただ、疑わしい状況があるということを報じているだけで」

クレーム対応はあらかじめ準備しているのだろう。それならこちらも戦略を変更するまでだと、美和は感情を抑えて声を和らげた。

「失礼しました。実はわたしもKの言動に疑問を持っていましたので、御誌に先を越されたかと少々動転したんです。記事には大いに興味を惹《ひ》かれました。さすが『現春』さん、取材力は半端ないなと」

「それはどうも」

「今言われたように、記事にはKが入居者の死亡に直接手を下したとまでは書かれてませんね。つまり、未《いま》だ疑惑の段階だと」

「おっしゃる通りです」

「もしも、疑惑が事実でなかったら、そのときはただの思いちがいではすまないですね。ということは、かなりの確信があって書かれたと理解してよろしいでしょうか」

イエスともノーとも答えない。美和はさらに言葉を重ねた。

「実はわたしもKに対しては不自然さを感じているのですが、決定的な証拠や証言を得られずにいるのです。松沢さんも同じではないですか。わたしはたまたま、最初の転落死が起きる前に、別件でKに取材しています。その後も何度か会い、彼の自宅にも行って話を聞きました。もしよかったら、お互いの情報を交換しませんか。わたしはフリーで、特定のメディアには所属していませんから、情報を他誌に流すようなことはいたしません」

これは魅力のある誘いのはずだ。確実な事実を掴《つか》んでいれば、松沢はもっと断定的な記事を書いたはずで、それはまだにちがいない。

案の定、松沢は誘いに乗ってきた。

「いつお目にかかれます？」

「早いほうがいいでしょう。松沢さんさえよければ、今から御社にうかがいますが」

同じ目的を持つ者同士の親しみを込めて提案すると、松沢は「ご足労ですが」と受け入れた。

美和は外出の用意をしながら、小柳にＬＩＮＥでメッセージを送った。

〈今日発売の「週刊現春」のこと知ってる？　あなたのことが出てるわよ〉

この時間、彼は勤務中のはずだが、一分もたたないうちにレスが来た。

〈どんな記事？〉

〈匿名扱いだけど、ひどい記事。とにかく読んでみて〉

どんな記事？　とふたたび同じ問いかけが来たが、無視して部屋を出た。エレベーターを待つ間、ふと、小柳が以前、勤務中にメールをした女性介護士のケータイをへし折ったことを思い出した。他人には怒るくせに、自分はいいのか。身勝手なと腹が立ったが、今は松沢との対決のほうが重大だと雑念を追い払った。


現代春思社の本社は渋谷区代々木《しぶやくよよぎ》にあり、「週刊現春」の編集部は隣接する第二ビルにあった。一階の受付で名乗ると、すぐに松沢が下りてきて、三階の打ち合わせブースに案内してくれた。

美和はこの男があの記事を書いたのかと、一瞬、信じられない気がした。色白で丸い頭に薄い髪を撫《な》でつけ、人はよさそうだが、仕事ができるタイプにはとても見えない。しかし、記事の内容を思えば、決して油断できる相手ではないはずだ。聞き出さなければならないのは、松沢がどの程度の事実を摑んでいるのかということと、情報源はだれかということだ。

「わたしが小柳恭平を取材したのは今年の二月で、高齢者の虐待について現場の話を聞くのが目的でした。施設長の話では、彼はアミカル蒲田のマスコット的な存在で、入居者の人気も高いとのことでした。実際、話を聞いてもしっかりしているし、最年少ながら介護の大変さもよくわかっているようでした」

「へえ、そうですか」

愛想よく感心して見せる。

「岡下寿美子さんがベランダから落ちたのは、その約一カ月後でした。テレビでニュースが流れたとき、たまたま彼がインタビューに答えているのを見たんです」

「顔出しで？」

「いえ。映ったのは胸から下ですが、ブレスレットに見覚えがあって。小柳が岡下さんの転落死の第一発見者だったことは、松沢さんの記事にもありましたが、その情報はどこから？」

松沢はとぼけたようすで首を傾げる。

「だれに聞いたんだっけかな」

「アミカルの関係者ではないんですか」

「それはないです。あそこはガードが堅いから」

「じゃあ、警察の関係者ですか」

「警察が情報をくれるなら、そんな楽なことはないですね。へヘッ」

からかうように笑う。美和が唇を噛《か》むと、逆に松沢が聞いてきた。

「朝倉さんは小柳の自宅にも行ったそうですけど、どうやって近づいたんですか」

「たぶん松沢さんと同じ方法ですよ。彼の帰宅途中に待ち伏せたんです」

「生活はどんな感じでした」

「彼は新子安のアパートでお姉さんと二人暮らしです。お姉さんは銀行勤めで、お母さんはすでになく、お父さんは小柳が中学のときに離婚して、彼が小柳姓になったのはそれからとのことです。以前は槇田姓でした。高校は横浜星ケ丘高校。校内模試で十番以内の成績だったようですが、二年のときに退学しています。でも、高卒認定試験に合格して、いずれ医学部に入りたいと言っていました」

続けざまにしゃべったが、松沢は小さな目で瞬きを繰り返すばかりだった。すでに知っているのか、そう装っているだけなのか。つけこまれないように、もう一度、松沢の情報に関する話を出した。

「記事には岡下さんと田所さんのご遺族の証言も出てましたね。どうやって取材されたんですか」

「間に入ってくれる人がいるんですよ。もちろん、だれとは言えませんが」

先手を打たれる。

「それより、朝倉さんが小柳に疑惑を感じたきっかけを聞きたいですね」

松沢が質問を繰り出してきた。迂闊なことを言えば、即、記事にされるだろう。黒原の影響ももちろん言えない。

「テレビのインタビューを見たとき、彼の悲しみ方がどこか不自然というか、演技っぽい気がしたんです。それに第一発見者でもあったし、第二の転落死が発生したときも彼が夜勤だったと聞いたので、これはおかしいと」

「しかし、小柳以外にもう一人、二夜とも夜勤だった職員がいたでしょう」

目の奥に鋭い光が瞬く。はじめに見せたぼんやりとした印象は、こちらを油断させるための見せかけだったのか。美和は気を引き締めて答えた。

「竹上勇次氏ですね。彼に疑念を抱かなかったのは、単なる印象にすぎません」

「じゃあ、小柳にはなぜ怪しいという印象を持ったんです？」

ネタのにおいを嗅《か》ぎつけた週刊誌記者の目が、執拗《しつよう》な視線を向ける。美和は小柳の虚言癖を口にしかけて、ふとうまい逃げ道を思いついた。

「わたしじゃないんです。アミカル蒲田の元チーフヘルパーが怪しいと言ったので」

「元チーフヘルパー？」

「もうアミカル蒲田をやめてしまったので、連絡はつきませんが」

今度は美和が先手を打った。松沢が納得できないとばかりに眉根を寄せる。

「それだけで小柳を疑ったんですか」

「現場の同僚の印象ですから、当然、重視すべきでしょう」

さらりといなして、反撃に転じる。「それより、松沢さんの記事には小柳のアリバイには不自然な点があるとありましたが、具体的な理由には触れてなかったですね。あれはどういうことですか」

「証言している入居者が高齢ですからね。でも、高齢というだけで信用できないみたいなことは書けませんので」

「306号室の堂之本さんですね。元大学教授で、頭はしっかりしているそうですよ。それでも信用性が低いとおっしゃるのですか」

「耳が遠いんですよ。だから、岡下さんが転落した音も聞いていないらしくて」

美和の知らない情報だ。松沢は堂之本に取材をしたのか。いや、さっきアミカル蒲田の関係者には話を聞いていないと言った。

「松沢さんの情報源は、そうとう事情に詳しい人なんですね」

踏み込んで聞くと、松沢はごまかすようにまた肩をすくめた。手振りを交えて早口に言う。

「もう少し正直に話しませんか。情報を交換しようと言いながら、朝倉さんは肝心のことは何もおっしゃらないじゃないですか。小柳が怪しいと思った理由はまだほかにあるんでしょう。でなきゃ、ここまで追いかけるはずはない」

「正直に話さないのは松沢さんのほうでしょう。週刊誌であそこまで大っぴらに書くということは、かなりの確信があるからじゃないですか。その根拠は何ですか」

「今の段階でお話しすることはできません。朝倉さんはほんとうに小柳を疑ってるんですか。どちらかと言うと、私の記事に不満があるようですが」

「不満はありますよ。予断で報道が先行したら、メディアスクラムが発生して、当人の生活が脅かされるじゃないですか。だから聞いてるんです。予断でないというのなら、根拠を示してください」

負けずに突っ張ると、松沢は表情を変え、不敵な笑みを浮かべた。

「週刊誌が疑惑を暴露するときは、相応のウラを取ってるんです。あなたも言った通り、疑惑が事実でなかったらただではすみませんからね」

松沢は面会はこれで終わりだと言わんばかりに、両腕を組み合わせた。美和は怒りより不安のほうが心を占めていることを感じながら席を立った。

彼の自信の根拠は何か。田所乙作が亡くなったとき、小柳は夜勤でさえない。仮に、防犯カメラに写らない方法で施設内に入ったとしても、田所の死亡時刻にその場にいたことが証明されなければ、疑うことはできない。もしかして、確かな目撃証言があるのか。だが、その場を見た人物がいたなら、すぐに田所の安否を確認するだろう。夜勤の羽田が彼の異変に気づいたのは、推定死亡時刻から二時間ほどもたってからだ。

記事が断定的なものでなかったことと、松沢の自信にあふれた態度には齟齬《そご》がある。その理由は何か。

美和は割り切れない思いを抱えたまま、現代春思社のビルを後にした。

マンションにもどったあと、美和は昼休みの時間まで待って小柳にＬＩＮＥを送った。「週刊現春」の松沢に会ったことを告げ、取材を受けたのかと聞くと、受けたとの返事だった。無視すればいいものをと思ったが、松沢はきっと言葉巧みに接近したのだろう。

考えていると小柳からメッセージが来た。

〈急で申し訳ありませんけど、夕方、会ってもらえませんか〉

美和も話したいと思っていたので了解した。

午後五時十五分。小柳が指定した蒲田東口商店街のカフェで待っていると、ＬＩＮＥに連絡が入った。

〈すみません。すぐ店を出て蒲田郵便局の前に来てください〉

何か異変があったのか。美和は急いで勘定をすませ、蒲田郵便局に向かった。商店街からは五分とかからない距離だ。オレンジ色の表示の前で待っていると、南から環八通りの歩道を早足で歩いてくる小柳の姿が見えた。周囲を三、四人の男が取り巻いている。レコーダーを突きつけ、前にまわって写真を撮っている者もいる。

小柳は前方に目線を固定し、デイパックのストラップを握って突進するように歩いてくる。美和は居場所を知らせるために手を振ったが、気づいたかどうかわからない。横断歩道を渡って近づくと、小柳は目の前で車道側に向き直り、通りかかったタクシーを停めた。

「乗って」

乗り込みながら美和に命じると、奥に身体をずらして「早く」と怒鳴った。車内に入ると、男たちがすがるようにレコーダーの手を伸ばしてきた。

「どちらへ行くんですか」

「小柳さんとはどういう関係？　答えてください」

小柳が苛立《いらだ》った動作で美和の身体越しにドアを閉め、「新子安までお願いします。急いで」と運転手に頼んだ。車が急発進すると、小柳は後ろを振り返り、記者たちが追ってこないか目を凝らしながらさらに言った。

「脇道でお願いします」

運転手は緊張したようすでうなずき、ＪＲの高架を越えたところで信号のない道に入った。さらに四つ角を右折する。後続車がないことを確認すると、小柳はようやく安心したように前を向き、大きく息を吐いた。美和も肩の力を抜く。

「もうマスコミが取材に来たの」

「午後に『週刊現春』の記事がらみで、アミカル蒲田に何件か問い合わせが来たんです。久本さんはノーコメントで通したみたいですが、さっきの連中が出口で待ち構えていて、カフェまでついてきそうだったので、朝倉さんにＬＩＮＥを送ったんです」

新子安に向かっているのは、自宅に帰るためだろう。美和は少し考えて運転手に言った。

「すみません。日吉に行ってもらえますか」

アパートの前で待ち伏せされているかもしれないので、取りあえず自分のマンションへ行こうと小柳に提案した。

車は裏道から都道に入り、そのまま多摩川を渡った。日吉駅の手前で折れ、マンションの近くで車を停める。三千円弱のタクシー代を小柳が払おうとするので、美和が代わりに出すと、神妙な顔で頭を下げた。

部屋に小柳を招き入れ、落ち着かせるために冷蔵庫から作り置きのコーン茶を出した。

「ありがとうございます。急にお邪魔してすみません」

小柳はそわそわと動きを止めない。ストローも使わずグラスに直接口をつける。美和は氷をかき混ぜ、時間を稼ぐようにわざとゆっくり飲んだ。

「松沢という記者は、そうとうクセ者みたいね」

「あの人は僕に味方するような口振りで近づいてきて、濡《ぬ》れ衣《ぎぬ》だったら名誉毀《き》損《そん》だと言ったんです。だから取材に応じたのに、記事そのものが名誉毀損じゃないですか。あまりに卑劣です」

小柳は悔しさをぶちまけるように声を震わせた。色の薄い目に涙が浮かんでいる。その反応が、どことなくオーバーに感じられるのは気のせいか。

美和は微妙に話を逸《そ》らした。

「警察は何か言ってきた?」

二人の刑事がアパートに来たと小柳は答えた。田所が亡くなった夜、自宅にいたかどうか聞かれたので、真里亜が証言したと付け加えた。

「それなら、あなたが田所さんの死に関係してるみたいに書いてあるのは、まったくのでためじゃない」

「そうですよ。だから怒ってるんです」

勢いづいて身を乗り出したが、美和と目が合うと、すぐにまた顔を伏せた。声を落として独り言のように呻《うめ》く。

「僕は高校中退だから、みんながバカにするんです。そりゃ失敗もあるし、うっかりミスもします。でも、僕は介護が好きなんです。一生懸命やってるつもりなのに」

「わかるわよ。小柳君はよくやってると思う」

つい同情してしまう。小柳は相変わらず目線を上げない。いかにも弱々しく、寄る辺ない少年のように嘆く。

「だれかが僕を誹謗《ひぼう》してるんです。でなけりゃこんな疑いなんかかかるはずがない。でも、それがだれかわからない」

言いながら、一瞬、鋭い目線を向けた。まさかわたしを疑っているのか。

「小柳君は心当たりないの？　たとえばアミカル蒲田のだれかとか」

「はじめはそう思いました。でも、ちがうみたいなんです」

「松沢という記者は、かなり内部に詳しい人から情報を得てるようよ。岡下さんが転落したとき、堂之本さんが音を聞いていないということも知ってたから」

アリバイに関わる疑問をぶつけると、小柳は即座に反論した。

「堂之本さんは耳が遠いから聞こえなかったんですよ。僕があの人の部屋で確認した時間が正しかったことも証明されてます。それは警察も信用しています」

いやに自信ありげに言うので、美和は今一度、「週刊現春」の記事を思い起こした。

「記事には、アミカル蒲田の内情だけでなく、入居者の遺族の証言も出ていたわ。遺族の中にあなたを疑う人がいるんじゃないの」

小柳の目が泳ぎ、ふいに何かに思い当たったのか動きを止めた。確信したように、拳《こぶし》を太腿《ふともも》に打ちつける。

「そうか。あいつか」

「わかったの？」

「朝倉さん。すみませんが、タクシーを呼んでもらえますか。今からそいつのところへ行ってみます」

▼

朝倉の運転する車は都心環状線の飯倉出口を出て、信号を二つ続けて通過した。時刻は午後七時十分。

「高架の下を左に曲がって、六本木通りに入ってください」

タクシーを頼んだあと、どこへ行くのかと聞かれて、恭平は塚本秀典の名を挙げた。真里亜につきまとう男で、以前、恭平に脅迫めいたことをしたと言うと、朝倉は自分の車で送ると言ってくれた。

「その人が週刊誌に情報を洩《も》らした可能性があるの？」

「まちがいないです。マスコミに顔が利くみたいなことを言ってたから。六本木のタワービルに会社を構えてますが、詐欺同然の手口で稼いでいる悪辣《あくらつ》な男です」

朝倉を味方につけるために、恭平はわざと塚本を悪しざまに言った。さらに決意を込めて声を強める。

「僕を陥れて真里亜と付き合おうとしても、無駄だとはっきり言いますから、朝倉さんも証人になってください」

「わかった」

会社のあるタワービルに着くと、朝倉は駐車スペースを見つけて車を停めた。恭平は正面玄関から入り、エレベーターで三十八階に上がった。受付は無人だったが、時間外用の内線電話が置かれている。表示の番号を押すと、男の声で用件を聞かれた。

「塚本さんに会いたい。小柳恭平が来たと伝えてください」

約束がないと取り次げないと言われ、恭平は、「あんたじゃわからない。小柳が来たと言えばいいんだ」と怒鳴った。

しばらく待つと、解錠のブザーが鳴った。扉を開けると、目の前に見上げるようなスーツ姿の屈強な男が立っていた。恭平は男を無視して、朝倉とともに社長室に向かった。

ノックもせず部屋に入ると、塚本が怪訝《けげん》な顔で席から立ち上がった。恭平から朝倉に目をやり、目線をもどして言う。

「私も君に連絡しようと思ってたところなんです。で、そちらは？」

「ルポライターの朝倉と申します。小柳君からいろいろ相談を受けている者です」

朝倉が名刺を出すと、塚本も名刺入れから一枚取って差し出した。塚本は二人に応接ソファを勧め、自分も向き合って座った。

「僕がここへ来た理由はわかってますよね」

恭平が声を低めると、塚本は何のことかと眉根《まゆね》を寄せた。問いかけを無視して逆に聞く。

『週刊現春』の記事を読みました。君はどうして週刊誌の取材なんかに応じたんです」

自分で情報を洩らしながら、知らないふりをしているのか。なんと白々しいと、恭平は強気に言った。

「あんたの魂胆はわかってるんだ。マスコミに情報を流して、僕を窮地に追い込んで、自分のところに助けを求めるように仕向けるつもりだったんだろう。残念だったな。だれがあんたの思惑通りに動くものか」

「何の話をしてるんです」

「この前、言ったじゃないか。マスコミ関係者の顧客がいるとか、岡下の息子とも関わりがあるとか。週刊誌の情報源はあんたしかいないんだよ。恥を知れ。卑怯者《ひきょう》」

「私は真里亜さんを愛しているのに、弟の君を陥れるようなことをするわけがないだろう」

「出任せを言うなっ」

叫ぶや否や、恭平は立ち上がって相手につかみかかった。塚本はとっさに身をかわそうとしたが、恭平に胸倉をつかまれ、ソファの背もたれに押しつけられる。

「暴力はやめろ」

「小柳君、やめて」

塚本と朝倉が同時に声を上げると、扉が開いて先ほどの男が飛び込んできた。扉の外に控えていたのだろう。秒速の素早さで恭平を羽交い締めにし、塚本から引きはがす。

「放せ。邪魔するな」

男は慣れた身のこなしで関節技をかけ、恭平の動きを封じた。右腕が背中でVの字に曲げられ、恭平は悲鳴をあげる。

「手荒なことはするな」

塚本が命じると、男は恭平をソファの前に連れもどし、投げ出すように座らせた。塚本は肩で息をしている恭平に言った。

「週刊誌の記事には私も驚いているんだ。岡下さんの息子の話を聞かせてくれたのは、『週刊現春』の関係者じゃない。息子の言い分には思い込みに近いこともあって、記事にはできないと言っていた。だが、もしも君がアミカル蒲田の不審死に関わっているなら、さらに報道が過熱する危険があるぞ。正直なところを聞かせてくれ。君は事件に関わったのか、関わっていないのか」

「記事はでたらめに決まってるだろ」

「関わりはなくても、疑われるようなことがあったんじゃないのか」

横を見ると、朝倉も同じく疑念の表情を浮かべている。恭平は目まぐるしく頭を回転させた。どう答えれば二人に潔白を信じさせられるのか。

自分はまちがったことはしていない。なのになぜ、週刊誌ごときに責められなければならないのか。世間はきっと好奇の目で見て、無責任に非難するだろう。そんなものに負けてたまるか。くだらない常識や嘘っぱちの理想に、翻弄《ほんろう》されてたまるか。そう思うと恭平は感情が高ぶり、自然と涙声になった。

「僕は何もしていない。疑われるようなことも、非難されるようなことも。だけど、僕は施設長に依怙贔屓《えこひいき》されてるから、それをやっかむヤツがいるんだ」

「だれか心当たりがあるのか」

黙って首を振る。涙が頰を伝う。塚本と朝倉の気持が動きかけているのがわかる。ここで焦ってはいけない。

「朝倉さんはどう思います」

塚本に問われると、朝倉は考えがまとまらないという顔で答えた。

「小柳君が施設長にかわいがられているのは事実ですが」

「同僚のいい加減な証言だけで、週刊誌があそこまで書くだろうか」

「書きますよ」

とっさに言葉を被《かぶ》せた。振り向いた塚本に早口に言う。

「松沢という記者はハイエナみたいなヤツなんだ。味方のふりをして、あれこれ聞き出す卑怯者ですよ。ほんとうのことを話したのに、それを無視して僕を犯人のように書き立てたんだ。ヤツの目的は世間の目を惹《ひ》くことだけだから、嘘でも何でも書きますよ」

塚本は恭平を見つめ、しっかりとうなずいた。

「わかりました。君が無実だと言うのなら、これ以上マスコミが騒がないように私のほうでも手を打ちましょう。君も取材には応じないようにしてください」

恭平は即座に確認する。

「これは真里亜の件とは別ですね」

「……もちろんです」

刹那《せつな》、返事が遅れた。取り繕うように塚本が言い足す。

「このことで、交換条件を出すようなことはしません」

新たな疑念が頭をもたげる。塚本がマスコミを抑えたら、当然、自分は借りができる。それを利用して、真里亜との交際を認めざるを得ない状況に持ち込もうとしているのではないか。

恭平は怒りと疑念をたぎらせた目で塚本をにらみ、きっぱりと言った。

「いや、あんたの助けはいらない」

朝倉が驚いたように恭平を見た。塚本は意味がわからないという顔で問う。

「何が気に入らないんです」

「下心が丸見えじゃないか。あんたは裏で手をまわして、僕を追い詰め、自分が救いの手を差し伸べるように仕組んでるんだろう。交換条件は出さないと言いながら、あれこれ恩に着せ、じわじわと自分の要求を通す魂胆なんだ。まったく蛇みたいな男だな」

恭平が憎々しげに嘲笑《ちようしよう》すると、朝倉はあきれたように顎《あご》を引いた。塚本が「いい加減にしないか」と一喝する。

「私はそんなつもりはまったくないし、週刊誌の報道にも一切関わっていない。君が私の助力を必要としないのなら何もしない。言っておくが、私は真里亜さんとずっと連絡も取っていないんだ。君は自分の家族のことがわかっているのか。真里亜さんの悩みを理解しているのか」

「何のことだ。また策略を巡らせるつもりか」

高飛車に返したが、一抹の不安が胸をよぎった。真里亜は塚本のこと以外にも気がかりがあるようすだったからだ。

塚本が静かに言った。

「君たちのお祖父《じい》さんのことだよ」

「祖父がどうしたって言うんだ。問題なんか何もないぞ」

「真里亜さんが気にしているのは、父方のお祖父さんだ」

虚を衝《つ》かれ、考えを整理するのに数秒を要した。父方、すなわち槇田の祖父とはずっと疎遠なままだ。

「父方のお祖父さんが今どうしているか、君は知っているのか」

答えられない。

「一度、ようすを見に行ってあげたらどうだ。真里亜さんも喜ぶぞ」

「あんたに何がわかるというんだ。祖父まで利用して、真里亜に近づこうとするつもりか」

凄《すご》んでみたが、返ってきたのは失笑交じりのため息だけだった。

「これ以上は話しても無駄だな。帰ってくれ」

塚本が立ち上がると、さっきの男が扉を開けた。鋭い目で帰りを促す。

「行きましょう」

恭平は朝倉に肘《ひじ》を取られてソファから立った。何か言いたかったが、言葉が浮かばなかった。

新子安に向かう車の中で、朝倉が前を見たままつぶやいた。

「塚本さんのこと、まだ疑ってるの？」

「だって、すべてが演技くさいじゃないですか。あいつは真里亜に下心があるから、油断できないんです」

夏至に近い空はまだ薄明かりを残していたが、恭平の心は闇をさまようようだった。塚本が週刊誌の記事に関わっていないとしたら、だれが松沢に情報を洩らしたのか。

しばらく黙っていた朝倉が、思い出したように訊《たず》ねた。

「塚本さんはお祖父さんのことを言ってたけど、どちらにいらっしゃるの」

「何年も連絡してないんです」

「真里亜さんはどうして悩んでるのかしら。お祖父さんがどうしてるか、知ってるんじゃない？」

たぶんそうだ。いや、そうにちがいない。怒りが込み上げかけたが、恭平はそれを朝倉に悟られたくなかった。

「でたらめに決まってます。塚本は真里亜に近づくために、いろいろ嗅《か》ぎまわって僕に揺さぶりをかけてるんです。真里亜が祖父のことを心配するわけはないし、仮に何かあれば、僕に言わないはずはありませんから」

朝倉は答えず、運転を続けた。

車はJRと京急本線の高架をくぐり、北西に進んだ。国道を越えたところで、恭平が道順を教えた。

「マスコミが来てないかどうか、確かめたほうがいいわね」

朝倉の指示に従い、恭平は外から見えないように身体をシートに沈めた。朝倉はスピードを落としてアパートの前を通り過ぎる。幸い、報道陣の待ち伏せはないようだ。車は曲がり角を一周して停まった。

「ありがとうございます。送ってもらって悪いんですが、今日はここで失礼します」

早口に言って朝倉と別れた。一刻も早く祖父のことを確かめずにはいられない。

「ただいま」

扉を開けると、真里亜が不安そうな顔で座っていた。食卓に「週刊現春」が伏せられている。

恭平は出鼻を挫《くじ》かれた思いで訊ねた。

「それ、読んだのか」

「銀行で記事のことを話してる人がいたから、帰りに買ったの」

「もしかして、真里亜も記者に取材された？」

黙って首を振る。向き合って座ると、恭平は勢いを取りもどしてまくしたてた。

「こんな記事、気にすることはないよ。だれが情報を流したかが問題だから、朝倉さんといっしょに塚本の会社に行ってきたんだ」

塚本の名前を出しても、真里亜はさほど驚いたようすは見せなかった。

「で、どうだったの」

「わからない。情報を流していても認めるはずないからな。それより真里亜に聞きたいことがある。槇田の祖父ちゃんのこと、真里亜は何か知ってるのか」

真里亜は困惑と恐怖を同時に浮かべる。

「塚本さんが、何か言ったの」

「僕が聞いてるんだよ！」

思わず食卓を叩《たた》いた。真里亜は反射的に身をすくめたが、恭平を見返して答えた。

「怒らないで。世田谷のお祖父ちゃんは、今、施設に入ってるの。重症のパーキンソン病で、寝たきりになってるのよ」

そんなことは関係ない。真里亜が自分に内緒で、祖父の病気を知っていることのほうが問題だ。恭平は感情を抑えて聞いた。

「なんでそれを知ってる」

「父さんから連絡があって」

やっぱりか。怒りにたぎった鼻息が洩れる。

「いつから連絡してるんだ」

「去年の十二月。お母さんの一周忌が終わったあとに、電話があったの」

「どうして言わなかった」

「恭平が怒るのがわかってたから」

恭平は怒りの発作が秒読みに入ったのを感じながら、早口に聞いた。

「隠してたのがバレたら、もっと怒るのがわからなかったのか」

「わかってた」

「じゃあ、なぜ！」

さっきの倍以上の激しさで食卓を打った。真里亜がふたたび身を震わせ、両肩を縮ませる。

それでも顔を上げ、必死に言葉を紡いだ。

「隠していたのは悪かったわ。でも、どう打ち明けたらいいかわからなかったの。塚本さんに相談したのも困り果てたからよ」

「父さんと連絡を続けようと思ってたからだろ。その場で縁切りにすればよかったんだ」

「そんなこと、できるわけないじゃない」

思いがけず強い声が返ってきた。恭平は頭に血が上り、思わず手を上げかけたが、かろうじて思いとどまった。

真里亜は蒼《あお》ざめていたが、覚悟を決めたように目線を上げた。

「恭平だって、世田谷のお祖父ちゃんは好きだったでしょう」

食卓に手を伏せて、記憶を呼びもどすように言う。「小さいころ、二人でよくお祖父ちゃんちに泊まりに行ったじゃない。おいしいものを食べさせてもらって、散髪もしてもらって」

父方の祖父、槇田亮平《りょうへい》は世田谷で理髪店を営んでいた。土曜日や休みの前の日に泊まりにいくと、祖母の明恵《あきえ》と二人で歓迎してくれた。明恵は料理が得意で、シチューのパイ包みやスコッチエッグなど、手の込んだ料理を作ってくれた。恭平の両親が離婚したとき、孫に会えなくなると泣いて、半ばうつ状態になったらしい。その後、明恵は脳梗塞《こうそく》の発作を起こし、意識がもどらないままこの世を去った。享年六十八。今から五年前のことだ。

恭平が最後に祖父に会ったのは、祖母の葬儀のときだった。すでに小柳姓に変わっていたし、父といっしょにいるのがいやだったので、告別式が終わると骨上げを待たずに帰った。あとで「お祖父ちゃんが淋《さび》しがってたよ」と真里亜に言われたが、ふてくされて答えなかった。すべては父が悪いのだ。

父のことを思い出すと、今でも抑えようもないほど腹が立つ。理由を考えたこともあるが、いつも嫌悪が募りすぎて、答えが出る前に頭がまわらなくなった。だが、祖父に関していやな思い出があるわけではない。

——恭平は頭がいいから、将来が楽しみだな。

祖父はよく恭平をほめてくれた。今でも覚えている。小学三年生のとき、二月の寒い朝に祖父といっしょに新聞を取りに行ったら、庭に霜柱が立っていた。

——サンゴ礁みたいだね。

そう言うと、祖父が驚いた顔で感心した。

——うまいこと言うな。恭平は独特の感性があるから、将来は詩人になれるかもしれんぞ。

霜柱をサンゴ礁にたとえたのは、少し前、テレビの番組で霜柱にそっくりなサンゴ礁を見たからだ。何気なく言ったのに、詩人になれるかもと言われて嬉《うれ》しかった。

「真里亜は祖父ちゃんに会いに行ったのか」

「二回」

またカッとしかけたが、堪《こら》えて聞く。

「どんなふうだった」

「ずいぶん年を取ってた。ベッドに寝たきりで、身体もほとんど動かなかった。わたしが見舞いに来たのはわかったみたいだけど、顔が強《こわ》ばって笑えなかったわ」

祖父はもともと朗らかで、孫の前ではいつも笑顔だった。

「もう、長くないのか」

「わからない。施設には定期的にお医者さんが来てくれるようだったけど」

祖父の世話はだれがしているのか。

「父さんはどうしてる。祖父ちゃんの世話はだれがしてるんだ」

関われるのは一人息子の父しかいない。ほったらかしなら許さない。棘《とげ》のある声で聞くと、返ってきたのは意外な答えだった。

「父さんは今、介護ヘルパーをやってるの。お祖父ちゃんのいる施設じゃないけど」

父が介護士？　女好きでインテリぶっていたあの父がと、恭平は俄《にわか》にイメージできなかった。

編集者だった父は、何冊かベストセラーを出したあと、独立してフリーになった。仕事は多忙を極め、家を空けることも増えた。母以外の女性と親密になったのもそのころだ。あとのことは知りたくもなかったが、真里亜が問わず語りに説明した。父の仕事はしばらくは順調だったけれど、やがて出版不況に陥り、収入がじり貧になったらしい。女性とも別れ、アルバイトのような仕事をこなしながら、かろうじて出版業界にしがみついていたが、二年前、祖父がパーキンソン病と診断されたため、世田谷の実家にもどったという。

「父さんはお祖父ちゃんの世話にも役立つと思って、介護の仕事をはじめたらしいの。もう五十歳よ。大変だと思わない？」

「介護の現場じゃ珍しくもないよ。ほかの職場であぶれた連中が集まる業界だから」

「でも一流の編集者として活躍してた人が、介護の仕事を続けるのは、身も心もつらいんじゃないの」

たしかに、介護の現場は体力と精神力を消耗させる。中高年の男たちは、要領が悪い上に忍耐力がないので、一カ月ともたずにやめる者も少なくない。

「父さんはどこで働いてるの」

「世田谷の有料老人ホーム。恭平と似たような職場だと思う。恭平が父さんのことを嫌ってるのはわかってる。でも、お祖父ちゃんはちがうでしょう。一度、見舞いに行ってあげない？お祖父ちゃん、恭平の顔を見たらきっと喜ぶよ」

恭平の胸にわだかまりが浮かび、それを打ち消すように真里亜に問うた。

「祖父ちゃんが母さんの葬式に来なかったのは、病気がはじまってたからか」

「そうよ。亡くなったことを知らせたとき、調子が悪いと言ってたから」

そのことは覚えがある。単なる言い訳だと思っていた。息子の別れた妻の葬式になど、行く義理はないと思ってるのだろうと、勝手に決めつけていた。

「二人で顔を見せてあげようよ」

「………」

恭平は首を縦にも横にも振らなかった。ただ、身内は他人より優先すべきだという考えが、漠然と頭に浮かんだ。もし、祖父が助けを必要としているのなら、当然、力を貸さなければならない。

「週刊現春」に記事が出た翌日から、マスコミは恭平のアパートの周囲に張り込みはじめた。真里亜は質問攻めにあうことに耐えきれず、銀行の同僚のマンションに避難した。恭平は変わらずアパートと職場の往復を続けたが、記者たちの質問にはいっさい答えず、ただひたすら前方を見つめて歩くことに徹した。

帰宅するとき、新子安駅を出たところでふと異質な視線を感じた。マスコミのそれとはちがう奇妙に熱の籠《こ》もった気配が伝わってくる。顔を向けると、陸橋を行き交う人の隙間から、こちらを見つめる男がいた。刈り上げの金髪、白目がくっきりした異様に鋭い目。恭平が自分を見たことに気づくと、男は赤い唇を引きつらせるようにして笑った。不快感が込み上げ、恭平は顔を背けて家路を急いだ。

しばらくして振り返ったが、後ろからだれかがつけてくる気配はなかった。

土曜日の朝、恭平は部屋を飛び出して原付に乗り、アパートの前にたむろする記者たちを置き去りにして走り去った。京急新子安駅に向かうように見せて、途中で脇道に逸れ、Uターンする形でJR横浜線の町田《まちだ》駅を目指した。祖父の亮平がいる施設を訪ねるためだ。

真里亜との待ち合わせは午後二時だった。途中のファミレスでモーニングを食べ、さらに駅前のコンビニのイートインで時間をつぶした。

待つ間、恭平は気持を落ち着かせるために、腕組みをして黙想した。自分は真里亜の行動を把握しているつもりだったのに、知らないうちに二回も祖父に会っていた。いつ行ったのか問い質《ただ》すと、恭平が休日出勤のときだと打ち明けた。それだけでも不愉快だったが、もしやと思って、父にも会ったのかと聞くと、一度だけと告白した。屈辱を感じた。自分があれほど嫌っているのを知りながら、電話ばかりか、こっそり会うなんて裏切りも同然ではないか。

「どうしてそんなに大袈裟《おおげさ》に考えるの。わたしたちの父さんじゃない」

「真里亜は許せるのか。僕には我慢できない」

言い合いになりかけると、真里亜は黙った。恭平は言葉を重ね、無理やり真里亜を納得させようとした。いつものことだ。最後には「わかった」と言わせることに成功するが、それは心底からの納得ではなく、致し方なしの屈服にすぎない。

時間になり、恭平は原付をコンビニの駐車場に置いたまま駅に向かった。真里亜はすでに改札口で待っていた。

祖父のいる特別養護老人ホーム「みゆき苑《えん》」は、鶴川《つるかわ》行きのバスに乗って二十分ほどのところにあった。三階建ての鉄筋コンクリート造りで、ベージュに塗られた外壁は洒落《しやれ》た感じだが、あちこち汚れて黒ずんでいた。

玄関で上履きに履き替え、面会簿に記入して階段を上がる。祖父の部屋は北棟の二階だった。

真里亜がノックをして、スライド式の扉を開ける。

「お祖父ちゃん。見舞いに来たよ。今日は恭平もいっしょよ」

祖父はベッドに仰向《あおむ》けになり、虚《うつ》ろな目で天井を見ていた。まぶたが半開きのまま固定され、まるで表情がない。パーキンソン病に特有の仮面様顔貌《がんぼう》だ。重症であることは、老人を見慣れている恭平にはすぐにわかった。

「祖父ちゃん、久しぶり」

顔をのぞき込むと、祖父はわずかに開いた唇を震わせ、「キョー、ヘイ」と、錆《さ》びた蝶番《ちようつがい》が軋《きし》むような声を出した。頬に深い皺《しわ》が刻まれ、掛け布団の上に出した両腕も枯れ木のようにやせ細っている。祖父は天井を向いたまま、右腕を恭平のほうへ伸ばした。静脈の浮き出た手が大きく揺れる。

恭平が握ると、かすかに笑みを浮かべたのがわかった。気持の上ではその何十倍も笑っているのだろう。

真里亜が上体を屈《かが》めて言った。

「恭平は介護の仕事をしてるの。だから、お祖父ちゃんの容態もわかると思う」

祖父が首を揺らしながらうなずく。節くれ立った指が恭平の手の中で震えている。恭平は聞き忘れていたことを小声で真里亜に訊ねた。

「認知症はないの」

「たぶん」

祖父を見ると、仰向けのまま開いた目から涙がこぼれた。

「どうしたの」

真里亜がハンカチで祖父の目元を拭《ぬぐ》う。涙は涙腺《るいせん》から押し出されるように湧いてくる。

「お祖父ちゃん、泣かないで。せっかくお見舞いに来たんだから笑って」

真里亜に言われて、祖父は笑顔を作ろうとするが、頬は強ばり、唇は震え、口からかすかな吐息が洩れるばかりだ。

ノックが聞こえ、看護師が処置用ワゴンを押して入ってきた。

「ガーゼ交換の時間ですよ。面会の方は外でお待ちいただけますか」

真里亜が不安そうに聞く。

「祖父は怪我をしてるんですか」

「いいえ。床ずれです」

太った看護師は処置の準備をしながら答えた。

部屋を出るとき恭平が振り返ると、看護師は勢いよく掛け布団を剥《は》いで祖父を横向きにした。あとは見なくてもわかる。廊下で待つ間、恭平には祖父のやせさらばえた仙骨《せんこつ》部に、生のハンバーグのような床ずれができているのが見えるようだった。もしかしたら、皮膚がえぐれて、骨が露出しているかもしれない。

十分ほど待つと看護師が出てきて、「どうぞ」と中へ入れてくれた。祖父は最初に来たときと同じく、仰向けで天井を見つめていた。

「お祖父ちゃん。床ずれがあるんなら、横向きになったほうがいいんじゃないの」

真里亜が向きを変えようとすると、祖父は小刻みに首を振って抵抗した。

「アオムケ、ガ、イイ」

「仰向けだとお尻《しり》が圧迫されるでしょう」

なおも真里亜は祖父を横向きにしようとする。恭平は「やめなよ」と止めた。

「祖父ちゃんは仰向けがいいって言ってるじゃないか」

「でも、それだと床ずれが治らないじゃない」

「いいんだよ。介護は本人の望むようにしてあげるのがいちばんなんだから」

「だけど、床ずれが広がったらどうするの」

真里亜が眉を八の字に寄せる。祖父の目にふたたび涙が盛り上がり、脂気のない目尻から流れ落ちた。恭平にはその涙の意味がよくわかった。

「祖父ちゃん、つらいんだね」

「……ツライ」

「もう、生きていたくないんだよね」

「モウ、生キテ、イタクナイ」

「何てこと言うの」

真里亜が驚いたようにたしなめ、恭平の腕をピシリと打った。そのあとで祖父の手を両手で握り、懇願するように言った。

「そんなこと言わないで。わたしは何もできないけど、お祖父ちゃんが死んだら悲しい」

真里亜の頰にも涙が伝う。

恭平は重苦しい倦怠《けんたい》に襲われた。

――真里亜は自分の言っていることがわかっていない。床ずれを治したいのも、祖父に死なないでほしいと思うのも、すべて自分のエゴなのに。ほんとうに祖父のことを思うなら、祖父の望む通りにしてあげるべきなのに――。

しかし、それは言えなかった。なぜなら自分もエゴで、真里亜を悲しませたくなかったから。


祖父の部屋を出て一階のロビーに下りると、ソファに座っていた男が立ち上がった。

恭平の全身に筋肉が締めつけられるような衝撃が走る。とっさに真里亜を見て、鋭い舌打ちをした。はじめからそのつもりだったのか。問い詰めようとしたが、当の真里亜も色を失い、足をすくませている。

「……恭平」

五年ぶりに会う父、耕平はみすぼらしくやつれ、記憶の中の父よりひとまわり以上も縮んで見えた。

「お父さん。どうして……」

恭平より先に、真里亜が唇を震わせた。父は弁解するように首を振った。

「時間があるときは、いつも親父の面会に来てるんだ。今日、面会簿を見たら、おまえたちの名前があったから、ここで待ってたんだよ」

「真里亜。帰ろう」

恭平は真里亜の腕を摑《つか》んで出口に向かおうとした。父が素早く動いて道を阻む。

「待ってくれ。せっかく会えたんだ。ちょっと話そうじゃないか」

「話すことなんかない」

強引に出て行こうとする恭平に、父は深々と頭を下げた。

「申し訳ない。この通りだ。俺はずっとおまえに謝りたいと思ってた」

父のやせた背中が目の前にある。恭平はそれを見下ろして言った。

「今ごろ何言ってるんだ。母さんの葬式にも来なかったくせに」

「あのときは、おまえたちに合わせる顔がなかったんだ。和美にも申し訳なくて、どうしても行けなかった」

頭を下げたままの父を、恭平は複雑な思いで見た。これまで憎み、蔑《さげす》んできた相手が無抵抗に頭を下げている。しかし、だからと言って、許す気にはなれない。

「お父さん。頭を上げて。こんなところで恥ずかしい」

真里亜がたまりかねて父の肩を起こそうとした。しかし、父は応じない。

「これで許してもらえるとは思ってない。土下座しても足りないくらいだ。だけど、ずっと謝りたいと思ってたんだ。嘘じゃない」

恭平は急に気持が冷めるのを感じた。一歩下がって冷ややかに嗤《わら》う。

「それはあんたの勝手だろう。謝って自分がすっきりしたいだけなんだ」

その言葉に、父は五センチほど身体を持ち上げかけ、思いとどまるようにまたうなだれた。

「そうかもしれない。俺はとことん身勝手な男だ」

「僕は履歴書の親族の欄に、父親は死亡と書いてるんだ。僕に父親はいない。あんたはもう死んでるんだよ」

「恭平。やめて」

真里亜が両手で恭平を抑えようとする。父が上体を起こし、顔を伏せたまま真里亜に言った。

「いいんだ。俺が悪かったんだから仕方がない。ただ、恨まれたまま……」

「うるさい。今さら何を言っても遅いんだよ。二度と僕の前に現れるな」

恭平は父を押しのけるようにして、玄関に向かった。真里亜が立ち往生して、父と弟を交互に見ている。上履きを靴に替えながら、あたりに構わず怒鳴った。

「真里亜。早くしろ！」

真里亜がうろたえながらこちらに向かってくるのを確認して、恭平は荒々しく玄関を出て行った。

△

久しぶりの京子からの電話は、深夜のせいではなく、その内容のために声がひそめられていた。

「美和。明日の新聞に出ると思うけど、アミカル蒲田の件、警視庁が捜査本部を設置したよ」

これまで事件と事故の両面で捜査していたが、事件の疑いが深まったということか。まさかと思いつつ、ついにという気持もあり、美和は同じく声をひそめて聞いた。

「小柳君は逮捕されるの？」

「そこまではわからない。でも、『週刊現春』の記事の影響は無視できないと思う。何かわかったらまた連絡するから」

電話はそれだけで切れた。京子はもともと小柳の関わりには否定的なはずだったのに、今は立場を百八十度変えたのがわかる冷ややかな口振りだった。

翌朝早く、新聞が配達されるのを待てず、美和は近くのコンビニで購読紙以外の全国紙を買った。記事は社会面だったが、三段抜きで大きく報じられていた。

『大田区　介護施設不審死　警視庁が捜査本部設置』

『高齢者3人不審死　重大事件に発展か』

容疑者に関する記載はないものの、三月からの不審死のすべてに事件性が疑われると報じられていた。「週刊現春」が記事を公表したのは、警察の動きを察知したものだったのか。松沢の笑い顔が目に浮かぶようだった。

美和は小柳にＬＩＮＥで今電話で話せるかどうか問い合わせた。〈ＯＫです〉の返事を見て、すぐ通話に切り替えた。

「アミカル蒲田の件で警視庁が捜査本部を立ち上げたの、知ってる？」

「いえ」

「警察は本格的に事件性を疑ってるってことよ」

「僕には関係ないですよ」

「ほんとにそうなの」

「ほんとうですよ」

声に怒りがこもっている。疑われて気分を害したのか、それとも捜査本部が設置されたことへの苛立ちか。これ以上の追及はさらに機嫌を損ねそうだったので、美和は口調を改めた。

「アミカル蒲田でだれか疑われてる人がいるの？」

「さあ」

「あなたは気にならない？」

「ぜんぜん」

まるで悪びれたところがない。事件と無関係だからだと思いたいが、不自然なほど口調が乾いている。

事情聴取について聞くと、前に二人の刑事がアパートに来て以来、何もないとのことだった。そのことが、逆に美和を不安にした。警察はすでに決定的な証拠をつかんでいるのではないか。ならば、小柳の逮捕は時間の問題だ。

▼

朝倉との通話を終えたあと、恭平は寝間着兼用のジャージのまま、台所の窓から外を見た。時刻は午前六時十五分。外には報道陣が集まりかけている。舌打ちをして、洗面所で顔を洗う。通勤用の服に着替えてから、昨夜の炒飯《チャーハン》を温め、インスタントのワカメスープを作った。テレビはうるさいからつけない。

スプーンを動かしながら、スマートホンのニュースサイトをチェックした。蒲田署に捜査本部が設置されたことが出ている。バカバカしい。警察は焦っているのだ。週刊誌がくだらない記事を書いたものだから、このまま何もしないと自分たちに非難の矛先が向く。それを避けるために、形ばかりの捜査本部を設置したにすぎない。これまでもめぼしい証拠もないのに、今さら何か見つかるわけがない。

恭平は食事の後片づけを終えてから、黒いキャップを目深にかぶり、扉を開いた。待ち構えていた報道陣が色めき立つ。公道に出ると、いっせいにフラッシュとシャッター音が襲いかかった。

「捜査本部が設置されましたが、何かひとこと」

「小柳さんも捜査対象に挙がっていますが、反論は」

恭平は完全無視を貫いて、駅へ向かう。黒原が言った知的強靭《きょうじん》さを、今こそ発揮すべきだ。

駅に着くと、さすがに記者たちも改札の中までは追って来なかった。通勤客が異様な目で見る。恭平はそれを無視して、ホームの中ほどに進んだ。ほどなく来た電車に乗り込む。

京急蒲田駅の改札にはマスコミの姿はなかった。だが、アミカル蒲田の前に三十人ほどの報道陣が詰めかけていた。テレビの中継車まで来ている。恭平の姿を認めると、我先に近づいてきて、あたりは騒然となった。恭平の行く手を阻みながら、怒号交じりに質問を投げつける。

「高齢者が自力でベランダの柵《さく》を越えるのは不自然ですよね」

「入所者に死ねと言ったんですか」

「小柳さんは関与してないんですか」

恭平は無言で進む。ジャガイモ、カボチャ、ピーマン。こいつらはみんな野菜だ。無視して進めばいい。そう念じて裏の出入り口を目指す。

「小柳君。こっち」

目を上げると、久本が扉の横で手を挙げていた。記者をかき分けて近づく。

「すみません。こんなことになって」

「いいのよ。だけどほかの職員も困るから、マスコミにはきちんと話をしたほうがいいんじゃない」

「話すことなんかありませんよ」

「それでは納得してもらえないでしょう。一回きりという約束で、正式に取材を受ける場を設けたほうがいいわよ。わたしが付き添ってあげるから」

黙っていると、久本が恭平の耳元に顔を近づけて言った。

「わたしに考えがあるから、任せて」

ここは言う通りにしたほうがよさそうだ。そう判断して恭平は「わかりました」とうなずいた。久本は報道陣に向かって声を張り上げた。

「アミカル蒲田の施設長をしています久本と申します。こんなふうに押しかけられては、入居者さまに迷惑がかかります。小柳君に取材していただく時間を設けますから、いったんお引き取りください。取材は本日の午後五時三十分、場所はアミカル蒲田の駐車場。取材にはわたしも同席いたしますので、ご協力願います」

報道陣がざわついた。きちんと答えてくれるのか、取材をすっぽかさないかなど、懸念の声が上がったが、後方から小太りの男がしゃしゃり出て、愛想よく久本に言った。

「これはこれは、ご配慮ありがとうございます。そのほうがいいですよね。施設長さんが同席してくれるのなら、施設側の見解も聞けるし」

「週刊現春」の松沢だった。ヨレヨレのカッターシャツに太いズボンをひきずるようにはいている。記者たちはスクープを報じた松沢に一目置いているのか、久本からの提案を受け入れる空気になった。松沢が久本に向き合い、薄い眉を思い切り下げて要求した。

「その代わり、こちらは好きなことを聞かせてもらいますよ。質問妨害もなしに願います」

「取材は一回かぎりにしていただきます。時間は一時間。夕方までに質問のし残しがないよう十分ご準備ください。明日以降、無断で取材に来られた場合は、警察に通報しますのでそのつもりで」

久本が言い返すと、松沢は媚《こ》びるような笑みを崩さず、慇懃《いんぎん》無礼に一礼した。

「中へ入りましょう」

久本に背中を押されて、恭平は施設内に入った。


業務を終えたあと、恭平は午後四時すぎから施設長室で久本と打ち合わせをした。入居者の死亡はあくまで事故であること、恭平はいずれの死にも関わっていないこと、アリバイの証明などを確認し、すでに警察の事情聴取を複数回受けたことも申し合わせた。

約束の時間に駐車場に出て行くと、朝より多い報道陣が詰めかけていた。恭平はユニフォーム姿のまま、久本に付き添われて駐車場の奥で報道陣と対峙《たいじ》した。最前列に松沢が陣取っている。

久本が取材の開始を告げ、進行を取り仕切った。

「まず、わたしから入居者さまがお亡くなりになった経緯について、説明させていただきます」

クリップボードの資料を見ながら手短に説明する。続いて記者たちの質問に挙手を求めた。

質問は当然のことながら、恭平が容疑者であることを前提にしている。

「亡くなった方へのお気持は」

「重要参考人にされていることについては」

「亡くなったのは、介護が厄介な人ではありませんでしたか」

恭平は正面を向いてはっきりした調子で答えた。

「警察が僕を疑っていることは知っています。三人の入居者さんには、家族同様に接していましたから、とても悲しいです。三人が亡くなったことには、僕はまったく身に覚えがありません。三人とも手のかかる人ではありませんでしたし、個人的にいやな印象を持ったこともありません」

報道陣はこれで納得するはずもなく、去年のアミカル蒲田での虐待事件も絡めながら、恭平への追及を続けた。しかし、決定的な証拠はなく、すべては憶測にすぎない状況で、恭平の主張を覆すには至らなかった。記者たちの質問が払底しかけたとき、それまで黙っていた松沢が手を挙げた。

「三人目の田所さんのときは、小柳さんは自宅にいたということですが、警察はそうは見ていないようですよ。あなたが深夜、アミカル蒲田に向かったところを見た人がいるんじゃないですか」

恭平は怒りの発作に駆られかけたが、自分を抑えて答えた。

「僕がアパートにいたことは、姉が証明してくれてます」

「身内の証言ではねぇ、どうも」

「じゃあ、だれが見たというんです。はっきり言ってください」

突っかかるように求めたが、松沢は答えをはぐらかして別の質問に移った。

「岡下さんは入れ歯をするしないで、あなたともめたそうですね。田所さんは入浴中にセッケンが目に入ったか何かで、あなたに暴力をふるったことがあったとか」

「そんな覚えはありません」

「山辺さんは何度も死にたいと繰り返して、転落死した岡下さんのことを羨《うらや》ましがっていたと聞きましたが」

「知りませんよ。だからどうだって言うんだ」

恭平は松沢につかみかかろうとしたが、久本が素早く身体を割り込ませ、背中で恭平を制した。

「いやがらせのような質問は控えてください」

松沢は反論しかけたが、久本はそれを無視して、ほかの記者たちに向かって声を高めた。

「みなさん。九十二歳の男性です。小柳君は先日、食事中にのどを詰まらせて窒息しかけた入居者さまを救ったんです。顔色が紫になって、危ないところでした。そんな状況でとっさに命を救う行動に出るのは、ふだんから命の大切さを意識していなければできないことです。そんな小柳君が、三人もの入居者さんの命を奪うはずがないでしょう。たまたま夜勤だったり、第一発見者だったり、不用意な発言があったりしても、それで殺人の容疑をかけるなんてあんまりです」

〝激怒さん〟の窒息を防いだときの奇妙な感覚がよみがえり、恭平は身震いした。

記者たちは久本の言い分を吟味するように、前のめりの姿勢をわずかに引いた。

そのとき、恭平は少し離れた駐車場の入口から、若い男が腕組みをしてこちらを見ているのに気づいた。突出した眼球が、異様に鋭い視線を向けてくる。短い髪を金色に染め、すり切れたジーンズを腰パンにしている。この前、新子安駅の陸橋にいた男だ。

久本が続ける。

「わたしは小柳君が入職してから、ずっとその仕事ぶりを見ています。彼は親切で忍耐強い介護士です。警察がどんな捜査をしているのか知りませんが、小柳君に疑いの目を向けているのは、ここにいる『週刊現春』さんだけですよ。どうか、憶測で判断しないでください。施設としては、警察の捜査には全面的に協力する所存ですが、小柳君が三人の死亡に関わっていないことは、わたしが保証いたします」

久本の力強い発言は、報道陣に一定の効果を及ぼしたようだ。松沢は呆気《あっけ》にとられたような表情を浮かべたが、ほかの記者たちは気まずそうにしながらも、うなずく顔がちらほら見えた。

久本が時計を見て、「そろそろ時間ですね」と言い、記者たちに向けて声を高めた。

「それでは質問を終わらせていただきます。今後は取材される場合は、きちんとアポを取っていただくようお願いします」

報道陣は今日のところは取りあえずという感じで、三々五々引き揚げていった。松沢も笑顔を強ばらせたまま去って行く。

「これで明日からは静かになるでしょう」

久本が恭平の肩を二度ほど叩いた。施設内に促そうとしたが、恭平は駐車場の入口付近に立つ鋭い目つきの金髪男から目が離せなかった。

男は先程から恭平を見つめたまま、声を立てずに笑っていた。

報道陣が引き揚げたあと、恭平は久本といっしょに施設内にもどり、私服に着替えて裏の出入り口から外へ出た。居残っているメディア関係者はいない。

商店街から駅へ向かうと、突然、後ろから肩に手をかけられた。指先で筋肉を探るように触れ、はしゃいだ声で言う。

「へえ、案外華奢《きやしゃ》な身体つきなんだな。もっとパワフルなヤツかと思った」

振り向くと、さっきの金髪男が立っていた。口を横に引きつらせ、唇の隙間に白い歯をのぞかせている。

恭平は無言で相手をにらんだ。

「そんな恐い顔すんなよ。俺たちゃ似た者同士なんだから」

男はニヤニヤ笑いを浮かべたまま、ゆっくりと恭平の前にまわり込んだ。だれなんだと聞くと、片眉を上げ、とぼけたように親指で自分を指さす。

「俺？　須知《すち》智毅《ともき》ってんだ。川崎市の特養の元介護士。おまえ、二十一だろ。俺より四つ下だな」

なぜ年齢を知っているのか。恭平は警戒しながら用件を訊ねた。男はいったん目線を下げ、思わせぶりな笑みを浮かべて答えた。

「おまえに興味あんだよ。『週刊現春』の記事を読んでさ。あれ、ひどかったよな。おまえはもっと評価されるべきだ。何たって新機軸だもんな」

何のことかわからない。黙っていると、須知と名乗った男は右から左へボクサーのように身体を揺らしながら続けた。

「俺も同じことを考えてんだ。介護の現場で働いてたら、だれだってわかることだよな。寝たきりや認知症の年寄りは、かわいそうで見てらんねぇ。安楽死させてやるのが親切ってもんだ。そうだろ」

無視して行こうとすると、須知は向かい合ったまま後ずさって前に立ちふさがった。

「隠すなって。おまえはまちがってねぇよ。てか、とやかく言う連中のほうがおかしいんだ。物事をストレートに見れねぇ臆病《おくびょう》者とか、上品ぶってる建前野郎が、きれい事を振りかざしてるだけさ。俺はそういうのがいちばん嫌いなんだ。現実はもっと厳しいだろ」

「どいてくれ」

「そう邪険にするなって。俺はおまえの味方だぜ。同志と言ってもいい。おまえの言う通り、苦しんでる老人は安楽死させてやるべきさ。本人だって、死にたいって繰り返してんだから」

恭平は構わず先へ進む。須知は飛び跳ねるようにまとわりつき、笑いながら続けた。

「これって人助けだろ？　家族も喜ぶぜ、手間がはぶけたってな。家族は年寄りを大事にすべきだとか、感謝の気持を持たなきゃいけないとか言うけど、介護に疲れ果てりゃ、みんな心の底で思ってんだ、早く逝ってくれねぇかなって」

　商店街ですれちがう人が怪訝な顔でこちらを見る。須知は恭平をからかうように顔を突き出し、頬にえぐれたような皺を寄せてさらに言い募った。

「フツーそうだろ。ひとりで何もできない年寄りに、カネと時間と手間をかけて、メシを食わせたり、着替えさせたり、シシババの世話をするなんて、明らかに無駄じゃねぇか。年寄りに過剰な介護をするのは、だれが見たって不合理だぜ。死なせてやったほうがどれだけ本人と家族のためかわかりゃしねぇ。殺すんじゃない。ちょっとお手伝いするだけさ。功徳だよ功徳。ヒャハハハハッ」

　耳障りなかすれ声で笑う。恭平は立ち止まり、面と向かって言った。

「何を言ってるのか、さっぱりわからない。僕に近づかないでくれ」

　須知は動きを止め、真剣な顔つきにもどって言った。

「俺はおまえを評価してんだぜ。新しい考えの持ち主同士、力を合わせたほうがいいじゃないか。世間の連中は現実を直視しねぇで、問題を先送りしてるのさ。だけどな、このままじゃ日本は年寄りに押しつぶされちまうぞ。だれかが勇気を出して、きれい事を打ち破らなきゃならねぇ。革命だ革命。今こそ介護革命が求められてんだよ」

　須知の目が輝く。この男はクスリでもやっているのか。そんな疑いが恭平の胸をかすめた。

「俺は世間をあっと言わせるぜ。おまえにもチャンスをやる。いっしょに決起しよう。世の中を変えるんだ。おまえならわかるだろ。これを読んでくれ」

須知はずり落ちかけたジーンズのポケットから、ひん曲がった封筒を取り出し、恭平に突きつけた。「檄《げき》」とサインペンで大書してある。胸元に押しつけられ、恭平は不承不承受け取った。

「じゃあな。返事を待ってるぜ」

背を向けて人差し指を立てると、須知はダンサーのように軽やかに身を翻して走り去った。

男の体温が残る封筒は、封がされていなかった。恭平は一瞬、迷ったが、中の紙を取り出して広げた。そこには大ぶりで几帳面《きちようめん》な文字がコピーされていた。

『同志諸君！
今や　介護の現場は改革待ったなしの厳しい状況だ
老人虐待！　介護殺人！　介護難民！
特養は老人牧場と化し　サ高住は牢獄《ろうごく》も同然だ
尿道に管を突っ込まれ　大便も出たまま放置され　床ずれが広がり
誤嚥《ごえん》と嘔吐《おうと》を繰り返して　長生きに苦しむ老人は　安楽死させるべきだ
自分で生きることができなくなった老人は　苦痛から解放されるべきだ
医療の発達による不自然な長生きは　地球の秩序に反する

命に執着するのは人間のエゴである
日本が破綻《はたん》する前に　だれかが踏み切らなければならない
それを証明するために　我々は近々ある行動を起こす』

宣言めいた文言に続けて、『行動要領』が箇条書きにされていた。

『1　標的は川崎市麻生《あさお》区五月台《さつきだい》の特養「もえぎ苑」
2　決行は深夜
3　職員はスタンガンで脅し　猿ぐつわ+結束バンドで縛る
4　対象は寝たきり及び認知症の老人　五十五人
5「もえぎ苑」が成功すれば　次は横浜市青葉《あおば》区あざみ野《の》の有料老人ホーム「レインボー」を第二の標的とする
以上により　苦痛老人抹殺の効用をあまねく世間に知らせる
老人安楽死の流れを形成し　介護革命の前段階とする
長寿に苦しむ老人たちよ
今や解放の時は近い
同志諸君！
これは正義と愛の行動である

輝かしい未来に向け　誇りを持って決起せよ』

その場で読み終えて、恭平はたまらない嫌悪感に襲われた。

「バカバカしい」

コピー用紙を折りたたんで封筒に入れ、ゴミ箱をさがした。近くに見当たらず、発作的に封筒ごと二つに引き裂いた。そのまま捨てるわけにもいかず、仕方なくデイパックに押し込んだ。駅で捨てればいい。そう思って早足で駅に向かい、改札口横のゴミ箱の前で手紙を取り出した。捨てようとしたとき、封筒の裏に連絡先が書いてあるのに気づいた。恭平は破れた手紙を重ね、ふたたびデイパックにしまい込んだ。ホームへの階段を二段飛ばしで上がりながら考える。

須知はなぜ自分のことを知っているのか。

安楽死をさせると言っても、今の日本では法律で認められていない。苦しみから解放するために苦しめては、本末転倒だ。

五十五人もの老人を、どうやって苦痛なしに死なせるつもりか。

△

美和は、深刻そうにしゃべるＭＣの口振りを見つめていた。

ここ数日、アミカル蒲田の連続不審死がテレビで大きく取り上げられている。注目はもちろん「疑惑の介護職員Ｋ」こと小柳恭平だ。捜査本部が設置されたとはいえ、まだ逮捕もされていないのに、なぜここまであからさまに報道されるのか。名前は伏せられているし、路上の取材に無言を通す小柳の顔にはモザイクがかけられているが、容疑者として扱われているのは明らかだ。

週刊誌も同じで、「週刊現春」以外の雑誌も特集を組み、小柳の写真に目線やぼかしを入れながらも、プライバシー侵害ぎりぎりの書き方をしている。

ネット上ではもっとひどく、小柳を異常な殺人者と決めつけ、無責任に人格を貶《おとし》めるような書き込みがあふれていた。

茶の間でおなじみのＭＣが、コメンテーターに意見を求めている。でっぷり太った女性エッセイストが眉をひそめてしゃべりだす。

『最近、介護の現場でこういう事件が多いでしょう。去年も奈良の高齢者施設で、九十七歳の女性が首を絞められて亡くなったし、岐阜では高山《たかやま》市の施設で、約半月の間に五人もの入居者が死傷する事件がありましたよね。東京でも粗相を繰り返した高齢者が浴槽に顔をつけられて殺されてます。いずれも内部の人間が関わった可能性が高いらしいです。介護の仕事が大変なのはわかりますが、あってはならないことですよね』

口髭《ひげ》をはやしたタレント教授も、垂れ下がった頰を二本指で持ち上げるようにしながら語った。

『そもそも、介護の現場に不適格な人間が紛れ込んでるんだよ。介護は人助けだから、本来、やり甲斐《がい》のある仕事だろ。その喜びを感じることができない人間が、些細《ささい》なことでキレたり、感情的になって粗暴な振る舞いに出るんだよ』

発言を受けて、若いアナウンサーが、早口にめくり付きのボードの説明をはじめた。

『今回、疑惑の介護職員とされるK氏、二十一歳ですが、高校は神奈川県内の進学校を二年で中退し、去年の六月、有料老人ホームのアミカル蒲田に就職しています。仕事ぶりを元の同僚に取材しましたのでご覧ください』

映像が切り替わり、テレビ局の暗い部屋で、パイプ椅子に座った中年女性が映し出された。顔は照明の影に隠され、声はボイスチェンジャーで変えられている。

『彼はちょっと変わっていて、何を考えてるかわかんないところがありました。好き嫌いも激しくて、お気に入りの入居者には親切なんだけど、嫌いな相手には投げやりな介護をしてました。……ええ、キレやすい性格で、気に入らないことがあると大声を出してテーブルを叩いたり、車椅子を蹴《け》ったりしてましたね。虚言癖みたいなところもあって、すぐバレる嘘を吐くんです……』

元チーフヘルパーの金井昌代だと、美和は思い当たった。金井は明らかに小柳なら入居者の殺害もやりかねないという口振りで証言した。もともと彼女は小柳を疑っていたし、彼に脅されるようにしてアミカル蒲田をやめたのだから、悪く言うのは当たり前だ。しかし、その事情を知らない視聴者は、これを客観的な意見だと思うだろう。

画面がスタジオにもどると、アナウンサーがボードの紙をめくりながら小柳の生い立ちを話しだした。両親の離婚や母親の死を語ったあと、思わせぶりな間を置き、『中学時代のエピソード』と書かれた紙をめくった。

『猫殺し疑惑。元同級生が聞かせてくれた話なんですが、K氏は野良猫が産んだ子猫を捕まえてきて、紙袋に入れて公園の石垣から投げ落としたというんです。このまま生かしておいても、飢え死にするだけだからと、友だちに説明したそうです』

MCが顔を歪《ゆが》めて割って入る。

『それって、高齢者をベランダから投げ落として死なせる行為に、つながるものがあるんじゃないの』

『可能性はありますね。ほかにもこんな話があります』

同意しながら、アナウンサーが『高校時代のエピソード』と書かれた紙をめくる。『スズメバチけしかけ事件』。奥多摩での林間実習で、ペットボトルの罠《わな》にかかっていたスズメバチを、自分を嫌っていた女生徒に向けて故意に逃がしたという話だった。

MCがもっともらしい顔で眉をひそめる。

『スズメバチに刺されると、アナフィラキシーという強いアレルギー反応が起きて、ショック死することもあるんでしょう。それを女生徒に向けるなんて、残酷というか、ちょっと人間性を疑いますね』

美和は思わず声を上げた。

「ぜんぜん話がちがうじゃない」

高校の担任、川瀬綾子によれば、小柳がペットボトルの中のスズメバチを逃がしたのは、もがき苦しむスズメバチがかわいそうだったからのはずだ。

アナウンサーが続ける。

『ほかにも、小学生のときには万引きを繰り返し、盗んだ消しゴムやカラーマーカーを見せびらかしたり、勇気の証《あかし》として、交通量の多い国道を目をつぶって突っ切ったりもしたようです』

口髭のタレント教授が怒りを滲《にじ》ませて発言する。

『歪んでるね。そんな人間にまともな介護などできるはずがない。介護施設は採用のときに見抜けなかったのかね』

太った女性エッセイストも続く。

『あたしも母を施設に預けてるんだけど、介護現場にそんな人がいると知ったら、すぐ自宅に引き取るわ。恐ろしくってとても介護を任せておけないもの』

MCも仮定の話だと断りながら、三件の不審死が殺害だとすれば断じて許せないとか、高齢者には敬意を払い、無条件に保護すべきだなどと、正義を振りかざすような発言を続けている。それが世間から求められる反応なのかもしれないが、美和は言いようのない違和感に、背骨が軋むほどの不快を感じた。

小柳は熱心な介護者だし、介護に喜びも感じている。高校のエッセイ集には、『困っている人を見るのがいちばんつらい』と書いた優しさもあるはずだ。それが入居者の不審死に関わった疑いを持たれると、極悪な冷酷人間のように喧伝《けんでん》される。小柳を弁護する発言は封印され、だれも口にしようとしない。

仮に小柳が三人の不審死に関わっていたとしても、彼のいい面は無視すべきではなく、彼の言い分には耳を傾けなければならないはずだ。しかし、週刊誌もテレビも新聞も、小柳を残忍で無気味な高齢者殺害の容疑者としてしか報じない。

美和は凶悪な事件が起きるたびに、メディアに抱く落ち着きの悪さを感じていた。

――犯行を生んだ闇の解明を

――事件はどんな経緯で起きたのか　捜査当局には徹底解明が望まれる

権威ある全国紙が、社説に堂々と書き立てる。だが、そんなことがほんとうにできるのか。そもそも犯行の背景を〝闇〟と決めつけること自体が、すでに安易ではないか。闇なら光を当てれば隠れていたものが見える。世間が求めるわかりやすい〝解明〟はそれだ。しかし、生身の小柳に接触することもなく、無責任な証言と印象だけで、群盲象を撫《な》でるかのように〝解明〟することに意味はあるのか。いや、たとえ小柳自身に語らせたところで、犯罪に潜むものを明らかにするのは無理だろう。何かが見えたと思ったとたんに、見えなくなるものがあるはずだから。

それにしても、このメディアスクラムは異様だ。だれが主導しているのか。他社に後れを取るまいとして、メディアはいっせいに同じものを追いかける。ふと気づけば、流れが流れを作っている。

メディア全体の責任はだれも取らない。個々のメディアは免責され、頬被りでやり過ごす。美和は自分もその末端にいながら、今さらながらジャーナリズムの呪縛《じゅばく》に身動きがとれない気がした。

梅雨空の雲が低く垂れこめ、緑濃いイチョウの葉を低く圧していた。

明治神宮外苑《めいじじんぐうがいえん》のイチョウ並木。

思い詰めたようすでベンチに座る真里亜の姿は、遠くからでもすぐに見分けられた。

歩みを速めて声をかける。

「おまたせしました。わざわざ出てきてもらってすみません」

真里亜は顔を上げ、「こちらこそ」と、自分が謝罪に来たかのように深々と頭を下げた。

彼女が連絡してきたのは、昨日の午後十時過ぎだった。スマートホンの番号は前に渡した名刺で知ったのだろう。至急、会ってほしいと頼まれ、千駄ヶ谷《せんだがや》の出版社に用事があった美和は、人目のないところがいいという真里亜の希望を聞きいれて、この場所を選んだのだった。

「弟がいろいろ相談にのっていただいているようで、ほんとうにすみません」

真里亜は膝《ひざ》の上で両手を握りしめた。「週刊現春」の報道以来、彼女は耐えきれない不安な毎日を送っているのだろう。美和のほうは見ずに、告白するように声を落とした。

「銀行でもいろいろ噂されて、上司からも外まわりはしないように言われました。弟はぜったいに入居者さんの不審死には関わってないと言うし、少し話を聞いただけでも怒るし、わたし、もうどうしていいか」

小柳が関与を否定するのは当然だ。だが、彼には困った性癖がある。聞きにくいことだが、虚言癖について訊ねると、真里亜は観念したように答えた。

「弟は小さいころからよく嘘をついて、親に叱られてました。弟が小学校一年生のとき、遊びに行くなら宿題をすませてからにしろと父に言われ、もうすませたと言って遊びに行ったのに、ほんとうはまだで、帰ってきてから平気な顔で宿題をはじめたことがあったんです。そのとき、父はものすごく怒って、嘘をつくのはいちばん悪いと思い切り頰を張り飛ばしました。その剣幕が恐ろしくて、わたしのほうが泣きだしたくらいです。でも、弟は叩かれた頰を撫でるだけで、ぜんぜん反省してませんでした」

「小柳君が嘘をつくようになった理由とか、きっかけみたいなものはあるんですか」

真里亜は記憶をたぐるように目線を下げたが、答えは見つからないようだった。自信なさそうにつぶやく。

「意味のない嘘やつく必要のない嘘をつくのは、もしかしたら病気かもしれません。そんな病気があるとすればですが」

美和はアミカル蒲田での三人の不審死について、今一度、状況を整理した。小柳が夜勤だったのははじめの二件だから、少なくとも三件目は関わっていないはずだ。そう言うと、真里亜は急にそわそわしはじめ、バッグからハンカチを取り出して口元に当てた。

「実は、嘘の証言を頼まれたんです。あの夜、弟は次の日がオフだからと言って、遅くに原付でＤＶＤを借りに行きました。何軒かはしごをしたようですが、気に入ったのがなくて、帰ってきたのは午前三時前でした」

疑念が沼のように深まるのを感じたが、美和は思いと反対の言葉を口にした。

「外出したというだけではアミカル蒲田に行ったということにはならないし、まして田所さんを手にかけたということにはならないでしょう」

「でも、わたし心配で」

「その夜の前後とか、小柳君のようすはどうでしたか」

「いつもと変わりません。刑事さんが来たときも動揺してなかったし、むしろハイになってたくらいです。そう言えば、前に朝倉さんがいらっしゃったあたりから、弟はイライラしたり、興奮したりすることが多くなって、わたしにもきつく当たるし、それは塚本さんのことがあるからかもしれないけれど……」

真里亜は自分に言い聞かせるようにつぶやいた。

小柳は塚本を悪しざまに言っていたが、たぶん歪曲《わいきょく》しているのだろう。真里亜はどう思っているのか。率直なところを聞くと、彼女は悪感情を抱いていないようだった。

「弟がなぜあんなに塚本さんを毛嫌いするのかわかりません。既婚者だからというのなら、離婚が成立すれば、少しは変わるかもしれないんですが」

そうだろうか。小柳の憎悪は、そんな生やさしいものではないように思われる。黙っていると、真里亜が続けた。

「もしかしたら、塚本さんが父のことを思い出させるので、腹が立つのかもしれません」

「お父さまのこと？」

真里亜は父が母を捨ててほかの女のもとに去り、恭平がそのことを深く恨んでいることを話した。

「でも、父にも致し方ない事情がなくはないんです。弟はたぶん、それを知らなくて……」

どういう事情があるのか。真里亜がそれ以上話そうとしなかったので、美和は話題を変えた。

「塚本さんは父方のお祖父《じい》さんのことを言ってらしたけど、そちらでも何か問題があるのですか」

「祖父は重症のパーキンソン病で寝たきりなんです。今は町田市の施設に入っています。そちらでも困ったことがあるんです」

真里亜はふいに不安に駆られたように身震いした。彼女が口にしたことは、美和の胸をもざわつかせるものだった。小柳は寝たきりの祖父に、「モウ、生キテ、イタクナイ」と言わせたというのだ。

「そのとき、小柳君はどんなようすでした」

「黙ってうなずいていました」

「お祖父さんが入っている施設は、警備とか安全面の管理は十分なのかしら」

つい洩《も》らすと、真里亜は美和のほうに向き直り、胸を掻《か》き抱くように声を震わせた。

「どういう意味ですか。まさか、恭平が祖父を殺《あや》めるというんですか。もしそんなことになったら、わたし、もう……」

「落ち着いてください。心配させたのなら謝ります。いくら小柳君でも身内を手にかけることはないでしょう。いえ、アミカル蒲田の入居者をどうかしたという意味ではないけれど」

慌てて補足したが、真里亜の耳に届いたかどうかは疑問だった。彼女は顔面蒼白《そうはく》になり、いっぱいに見開いた目線を地面に落とした。

美和は気分を変えるために、自分が聞いた小柳の好ましいエピソードを話した。高校で書いたエッセイのこと、前を歩いていたおばあさんが落としたミカンを素早く拾ってあげたことなどだ。

「たしかに、弟には優しいところもあります。いえ、優しすぎるから、いろんなトラブルが起きるのかも」

「どういうこと？」

真里亜は答えない。美和はネットに書き込まれていた小柳の高校時代の噂を思い出し、ようすをうかがいながら訊《たず》ねた。

「小柳君が高校を中退した理由ですけど、もしかして真里亜さんが関係してるんですか」

真里亜は顔を赤らめ、「どうしてそれを」と美和に聞き返した。書き込みのことを告げると、覚悟を決めたように一部始終を話した。

小柳の高校の文化祭に、卒業生である真里亜が遊びに行ったとき、ませた男子生徒がちょっとしたもめ事を起こしたのだという。美人の真里亜に言い寄り、交際を求めたのだ。真里亜が断ると、男子生徒は真里亜に卑猥《ひわい》なあだ名をつけ、小柳をしつこくからかったらしい。

真里亜が消え入りそうな声で説明する。

「わたしが口でするアレをいかにもしそうだと、その生徒が言いふらしたので、弟がキレたんです」

殴りつけ、倒れた相手を蹴《け》り上げたので、男子生徒は鼻の骨を折る大怪我を負った。警察沙《ざ》汰《た》にはならなかったが、小柳は二週間の謹慎処分を受けた。復学は可能だったが、謹慎三日目に、自分で退学の手続きをしたのだという。

「だから、弟が高校を中退したのはわたしのせいでもあるんです」

真里亜はそう思い込んで自分を責めているようだった。

話の接ぎ穂を失って、美和は歩道を行き交う人々を見た。観光客らしい姿も見えるが、高齢者が多い。背中を曲げ、杖《つえ》をつき、手押し車を押して通り過ぎる。日本はこれまでにない長寿社会を迎えている。いや、長寿などと安易に寿《ことほ》いではいられない。

「もしも……」

真里亜がうわごとのように口を開き、思い直してはっきりと美和に言った。

「もしも弟が、アミカル蒲田の不審死に関わっているとしたら、わたしはどうしたらいいんでしょう。弟は気まぐれだから、突然、ほんとうのことを告白するかもしれない。そのとき、わたしはどうすべきでしょう」

「もちろん、自首を勧めなくてはいけないわ」

「でも、三人も殺めていたら、極刑になる可能性が高いでしょう。わたし、弟をそんな状況に追い詰めなければいけないんですか。弟はきっと善意でやったことなのに」

真里亜はすでに小柳が潔白でないことを確信しているようだった。しかも、その行為を肯定しかけている。止めなければいけない。美和は反射的に口を開いた。

「被害者のことを考える必要があるんじゃない？」

その瞬間、思いがけない居心地の悪さに襲われた。嘘を言うなと、自分の中の何かが声を上げている。おまえも小柳の行為をどこかで是認しているのじゃないか。

いや、とその声に必死に抗《あらが》う。高齢者だから死んでもいいなんて思ってはいけない。当たり前だ。自分を叱咤《しった》しながらも、居心地の悪さは消えない。

ふと、祖母のことを思い浮かべた。八十五歳になっても老いが受け入れられず、不安と恐れに苦しみながら、プライドを捨てられずにいる祖母。もし、だれかが知らないうちに死なせてくれるなら、きっと喜ぶような気がする。まだ若い自分が、実際の老いのつらさも情けなさも体験せずに、無闇に命は大切と喧伝《けんでん》するのは、高慢ではないのか。

そんなことを考えてはいけない。何かが押しとどめようとする。だが、足元はスカスカだ。母も常に言っている。長生きなんかしたくない。娘の世話になるくらいなら、さっさと死にたい。自分の命さえそんなに軽く見ているのに、他人の命を大切に思えるのか。そこに抜きがたい欺瞞《ぎまん》はないのか。

真里亜は美和の困惑をよそにしっかりとうなずいた。

「そうですね。亡くなった方のことを思えば、やっぱり自首させるべきですね。ありがとうございます」

待って。ちがう。そうじゃない。美和の中で真里亜を引き留める声が巻き起こったが、口にすることはできなかった。

真里亜が立ち上がって頭を下げた。救われたような、失望したような表情が浮かんでいる。美和は何も言えない自分に戸惑いながら、茫然《ぼうぜん》と相手を見つめた。

「乾杯！　久しぶり」

京子が明るい声でビールのジョッキを掲げた。

青谷がそれに応じ、美和は少し遅れてジョッキを合わせる。捜査本部の設置以来、どことなく元気のない美和を励ますために、京子が居酒屋での飲み会をセットしてくれたのだった。青谷を呼んだのは、美和が先輩ライターとして信頼しているのを京子も知っているからだ。

「知り合いの記者が教えてくれたんだけど、小柳の容疑はほぼ固まったらしいわよ」

小柳を呼び捨てにするのは、京子も容疑を認めているということだ。

「亡くなった入居者の遺体は解剖をしていないし、目撃者もないみたいだから、自白以外に証拠がないのよ。だから、警察は慎重になってるらしいわ」

「逮捕してしまうと、二十日の勾留《こうりゅう》期間内に処分を決定しなきゃならんからな」

青谷が補足する。警察は小柳がちょっとやそっとで自白しそうにないことまでつかんでいるのか。

美和が京子に聞く。

「警察は小柳君をわざと泳がせてるということ？」

「さあ。時間をかけてるのは、水面下で動いてるってことでしょう」

「南木さんもその小柳っていう介護士に会ってるんだろ。どんな感じだった」

京子は最初に美和とアミカル蒲田に取材に行ったときの印象を青谷に話した。小柳は頭もよさそうだし、介護にも熱心に見えたと言っていたのに、今はどことなく無気味だったとか、笑顔が嘘くさかったなどと言っている。

「テレビでやってたけど、中学や高校のときから問題行動もあったみたいだしね」

「それはお昼の情報番組でしょう。わたしも見たけど、事実とぜんぜんちがうことを言ってたのよ」

美和は「スズメバチけしかけ事件」の実態を説明した。京子は疑わしそうな顔をしていたが、青谷は「それはひどいな」とテレビを批判する側にまわってくれた。勢いを得て美和が続ける。

「週刊誌もそうだけど、テレビの報じ方を見てたら、あまりに偏ってる気がするの。はじめから悪辣《あくらつ》、冷酷っていう見方しかしてないでしょ」

「当然でしょう」と京子が反論する。「だって、抵抗もできないお年寄りを、ベランダから投げ落としたかもしれないんだよ。そんな人間に、実は優しい一面もありましたなんて言えるわけないでしょ。言う必要もないし」

「じゃあ、みんなで極悪非道って決めつけていいわけ？　わたしは違和感あるな。凶悪な犯罪が起きたら、いつもそうでしょ。犯人の悪い側面ばかりが強調されて、それを見た人は一様に眉《まゆ》をひそめて、だからあんなひどいことをするのかって、わかったような気になるけど、それってイジメの構造と同じじゃない？」

「ぜんぜんちがうよ。悪いことをした人間を非難するのは当たり前じゃない」

水掛け論になりかけたところで、青谷が割って入った。

「加害者の悪い面ばかりを強調するのは、被害者感情を考えてのことじゃないか」

「そうよ」

京子が即応する。「被害者の立場になったら、加害者のいい面とか聞かされても、ふざけるなって感じよ」

「だから、メディアも世間も空気を読んで口をつぐむのね。被害者だけを優先して、加害者には理解も同情もいっさい無用というわけ。おかげで小柳君はネットでは得体の知れないモンスターみたいな言われ方もしてるわ。それでいいんですか」

美和は救いを求めるように青谷を見た。青谷は美和と京子に均等に顔を向けながら答えた。

「世間は納得したいんだよ。犯人がモンスターだとわかれば合点がいくだろう。古くは連合赤軍でも、オウム真理教でもそうさ。理想や善意もあったはずなのに、凶悪なエピソードばかりが強調される。そのほうがわかりやすいからな。附属池田《いけだ》小事件や、秋葉原《あきはばら》通り魔事件もそうだ。犯人に美点があったり、人間味にあふれた側面があったりしたら、物事を深く考えない読者や視聴者は混乱するんだ。不安になって、何を信じたらいいのかわからなくなる。だから、わかりやすいストーリーが求められるんだ」

一般の人を蔑《さげす》むような青谷の発言には、さすがに京子も同意できないようだ。話をもどす形で京子が持論を繰り返した。

「とにかく、被害者の立場になったら、加害者は絶対悪でないと我慢できないのよ。だって被害者は殺されてるんだよ。小柳はお年寄りの中には死んだほうがいい人もいるとか言ってるんでしょ。あり得ないわよ」

以前は美和も同じ意見だった。しかし、今は揺れている。京子が焦《じ》れったそうに言い募った。

「小柳の言い分は命を軽視する発想じゃない。それを認めたら、いつ自分が抹殺される側になるかわからないんだよ」

「だけど高齢者の中には、生きているかぎり苦しみが続く人もいるでしょ」

「だからって、殺していいわけ?」

京子の声が跳ね上がった。まわりの客が振り向く。青谷は口元に人差し指を立ててボリュームを下げるよう求めた。

「今日の飲み会は、朝倉さんを励ますためじゃなかったのか」

「そうなんだけど、美和があんまり変なことを言うから」

「朝倉さんはその小柳という介護士に、ちょっと歩み寄りすぎてるみたいだな。今まで何回くらい会ったの」

直接会ったのは、最初のアミカル蒲田での取材を入れて四回だ。あと電話やＬＩＮＥのやり取りが数回。そのときのやり取りを手短に説明した。聞き終えた青谷は、何かを吟味するように目線を上げ、さらに腕組みをして、唸《うな》り声を洩らした。

「あまり関わらないほうがいいんじゃないか。彼は人を翻弄《ほんろう》して、それを愉《たの》しんでるように思える」

「そうですよね。小柳は危険なのよ」

京子がビールをあおって割り込んできた。黒原もいつか、小柳に近づきすぎると思わぬことになるかもしれんと言っていた。しかし、美和はすでにもう小柳から手を引けないところまで来ている。その戸惑いを無視して、京子が酔った声で美和に迫った。

「死ぬことを選択肢に入れたら、介護や長生きがつらいとき、ついその道を選んでしまいかねないじゃない。安楽死と同じ〝滑りやすい坂〟よ。ぜったいに選ばせないためには、選択肢を作らないことがいちばん確実なのよ」

彼女が頑《かたく》なに死を拒絶するのは、死ぬ以外に逃げ道がないほどひどい苦しみを目の当たりにしたことがないからではないか。美和はそう疑ったが、口に出すと感情的になるだけなので黙っていた。

美和は話題を変えて青谷に聞いた。

「もしも小柳君が不審死に関わっていたとしても、その行為を非難するだけでいいんでしょうか。問題は背景にある介護負担だと思うんですけど」

「たしかにな。介護は有限な資源だから、みんなで分けなければならないんだ。高齢者が増えれば、一人当たりに分配される介護の量は当然減る。均等に分ければ、全員が不十分な介護になる。一部に十分な介護を提供すれば、それ以外は劣悪な状況になって、介護格差が広がってしまう。団塊の世代が後期高齢者になる二〇二五年問題がすぐそこに迫っている今、なんとか打開策を見つけないと、それこそ取り返しがつかなくなるよ」

「打開策ってありそうですか」

「今、僕も『高齢者施設のあり方』みたいな仕事が来てるから、さがしてみるけど、むずかしいかもな」

青谷は腕組みをして残り少ないビールを見つめ、重苦しく唸った。

▼

スライド扉の向こうでドスンという音が響いた。

「あぁーっ」という悲鳴も聞こえる。

扉を開けると、男性介護士がまずいところを見られたというふうに振り向いた。恭平だとわかると、照れ隠しのように苛立《いらだ》った声を出す。

「小柳か。いいところに来た。おまえも手伝え」

男性介護士は布団の上から入居者を押さえつけていた。重度の認知症で徘徊《はいかい》のひどい〝煮干しさん〟だ。やせ細って背中が曲がり、ヒョロヒョロと歩く姿が煮干しみたいに見える。さっきの音は、男性介護士が彼女をベッドに投げつけた音のようだ。昼寝のためにベッドに寝かせようとするが、煮干しさんは何度も起き上がって、居室から出て行こうとする。

「おとなしく寝てろ。面倒をかけるな。小柳、ぼうっと見てないで、おまえも押さえろ」

「ここは僕がやっときますから、ほかの部屋をお願いします」

恭平は交替するようにまわり込んで布団を押さえた。煮干しさんはうんうん唸りながら、信じられないほどの力で起き上がろうとする。男性介護士は肩で荒い息をしている。

「まったく世話を焼かせやがって。こんな婆《ばば》ぁ、早くくたばりゃいいんだ」

唾《つば》でも吐くように言い捨て、居室を出て行った。

扉が閉まるのを確認してから、恭平は力を緩めた。煮干しさんがバネ仕掛けのように起き上がる。

「ああぁー、ううぅー」

情けない声を出しながら、ヨタヨタと出て行こうとする。恭平は扉の前に立ち、笑顔で首を振る。みすぼらしい白髪頭、乾いた皮膚、目は虚《うつ》ろで、半開きの口からは意味のない声が洩れるばかりだ。

煮干しさんには家族もいるが、だれも面会に来ない。来てもだれだかわからない。衣服も乱れ放題で、ときどき腕や胸に青痣《あざ》を作っている。ヘルパーに押さえつけられたり、突き飛ばされたりするからだ。それも致し方ないことだと恭平は思う。ひどいとか、許せないとか思う人は、一度、煮干しさんの介護を二十四時間やってみればいいのだ。

虐待を受けても煮干しさんは被害を訴えない。叩《たた》かれれば悲鳴を上げるが、すぐに忘れる。言葉らしいものはいっさい出ない。喜怒哀楽もない。何のために生きているのか――。

多目的ホールの掲示板に、催し物の写真がたくさん貼ってある。面会に来た家族に見せるためだ。クリスマス、節分、誕生日会、七夕祭り。アミカル蒲田の入居者はこんなに楽しい時間を過ごしていますよというアピールだ。

眺めるたびに恭平は思う。写っているのは自然な笑顔なのか。もちろん、心から楽しんでいる人もいる。だけど、全員じゃない。

車椅子に座らされた老人の仏頂面。早く終わらないかと苦痛に耐えるしかめ面。よく見れば、半分泣いているような人もいる。折り紙をさせられ、童謡を歌わされ、職員が扮《ふん》した鬼に豆の代わりの落花生を投げさせられる。楽しいふりをしているが、心の中では幼稚園児のように扱われることに忸怩《じくじ》たる思いが渦巻いているにちがいない。

この先、いくら頑張っても、事態が好転することはない。老いて衰え、不如意が増えるだけだ。老人を介護するということは、不幸を長引かせることではないのか。世間は猫なで声で「いつまでも自分らしく」とか、「老いても元気に明るく」などと調子のいいことを言っているが、実態は悲惨の極みだ。

――年寄りに過剰な介護をするのは、だれが見たって不合理だぜ。死なせてやったほうがどれだけ本人と家族のためかわかりゃしねぇ。

須知の言葉が頭をよぎる。

元気な高齢者もたしかにいる。しかし、それはごく一部だ。死にたいという者にまで生きろというのは、健常者の驕《おご》りではないのか。それは一種の虐待だと恭平は思う。

少しでも入居者に喜んでもらおうと頑張ってきたが、介護が虐待につながるとしたら、いったい自分は何をしているのか——。


「今日はご気分、どうですか」

居室で聞いただけで、滂沱《ぼうだ》の涙を流す寝たきりの老婆。九十四歳の〝教諭さん〟だ。元小学校の先生で、ヘルパーがうっかり「教師」と言ったら、「小学校は教師じゃありません。教諭です」と訂正した。別のヘルパーが「おばあちゃん」と呼びかけたら、「わたしはあなたの祖母ではありません」と、名前で呼ぶことを要求した。インテリで教育一筋の独身。不幸なことに、頭がしっかりしている。

気分を聞いただけで泣き崩れるのは、今の自分があまりにも情けないからだろう。

教諭さんはかすれ声で言う。

「わたしは、ずっと、人に迷惑をかけてはいけないと、子どもたちに教えてきました。その自分が、みなさんに、迷惑ばかりかけて、情けない。早く、死にたい、生きて、いるのが、つらい」

「そんなこと言わないでください。生きていればまたいいこともあるでしょう」

慰めたら、教諭さんはカッと目を見開き、絞り出すように怒鳴った。

「いいことなんか、あるもんですかっ」

見る見る涙があふれ出し、眼窩《がんか》が水たまりのようになった。震える手で拭《ぬぐ》おうとするが、うまく目に当たらない。灰色の爪、ミイラのような指先。自分もこうならないと、だれが言えるだろう。

そんな高齢者を生かし続けるのは、ネグレクト《介護放棄》と同じではないのか。必要な世話をせずに、苦しみに見て見ぬふりをする。何が必要かは本人の希望次第だ。

もちろん、死のすべてが望ましいものでないことはわかっている。

恭平は久しぶりに浦さんを思い出した。アミカル蒲田に来て、最初に亡くなった浦八洋子さん。きれいな白髪で、入れ歯のないことを自慢していた。それが何の前触れもなく、突然、亡くなった。七十四歳だった。早すぎると思ったが、黒原は理想の死に時だと言った。急死なら死の恐怖に怯《おび》えることもないから、本人のためにはむしろ喜ばしいとも。

そうなのか。しかし、浦さん自身は決してまだ死にたいとは思っていなかったはずだ——。

久本がアミカル蒲田で共同取材の場を設けてくれてから、恭平に対する取材攻勢は収まった。アミカル蒲田でも、恭平の疑惑について話すことはタブーとなり、恭平は夜勤からははずれているものの、それ以外は通常の勤務を続けていた。

自宅周辺に張り込む記者は減っていたが、ゼロになったわけではない。アパートから顔を出すと、明らかにマスコミとわかる人間が、きまり悪そうに目を逸《そ》らす。直接の取材を控えるよう、各社が協定を結んでいるのかもしれない。しかし、いったん新たな事実が発覚すれば、また腐肉に群がるハイエナのように襲いかかってくるだろう。

真里亜は同僚のマンションからもどってきて、以前と同様、アパートから通勤しはじめた。彼女にも取材は行われなかったが、露骨な好奇の目で見られることに彼女は不快と無気味さを感じているようだった。

「行ってきます」

真里亜が沈んだ声をかけ、アパートを出て行く。恭平は戸口まで姉を送り、すぐに扉を閉めた。今日はオフの日なので、短パンに上半身は裸だ。この前、二人で町田市の施設に祖父を見舞ってから、間もなく二週間になろうとしていた。

祖父は助けを必要としているのだろうか。恭平は薄暗い部屋で考えた。

あのとき、「モウ、生キテ、イタクナイ」とはっきり言った。かわいそうな祖父ちゃん。祖父ちゃんにはもっと長生きしてほしい。子どものときみたいに話を聞かせてほしい。いっしょに笑って、もっと喜ばしてあげたい。

しかし、それは自分のエゴではないか。黒原ならそう言うだろう。

――知的強靭《きょうじん》さに裏打ちされた行動なら迷う必要はない。

黒原の声が恭平の耳をかすめる。そうだ、迷うのは情緒的軟弱さのゆえだ。

恭平は、強くなれと自分に言い聞かせ、事実を直視することに専念する。祖父が苦しんでいるのはまちがいない。この先、状況が改善される見込みもない。むしろ、苦痛は増すばかりだろう。もし、本人が楽になりたいと望んでいるなら、希望を叶《かな》えるべきだ。たとえ最後の別れになっても。

だが、一方で別のものが恭平を引き留める。須知への嫌悪だ。須知の言い分は理解できるが、承服できない。この拒絶感は何だ。

須知から預かった手紙は引き出しに入れたままになっている。読み返しはしないが、捨てることもできない。現実に五十五人も安楽死させられるのか。須知はなぜ自分に接触してきたのか。無視したいが気になる。

時刻はいつの間にか午前九時をすぎていた。真里亜の目を気にせずに動けるのは、平日のオフしかない。

恭平はジーンズとTシャツに着替え、用意しておいたものをバッグに詰めて外へ出た。原付を駆ってJR横浜線の町田駅に向かう。みゆき苑の面会は午前十時からのはずだ。空はどんより曇っているが、気温は三十度を超えている。なのに背筋が冷たい。

強くなれ。

再度、自分に言い聞かせた。坂道を登ると、三階建ての薄汚れた建物が見えた。この前よりも黒ずんで見える。駐車場に原付を停め、バッグから黒いキャップを取り出して目深にかぶった。玄関の自動扉、靴箱、スリッパ。恭平を止めるものはない。

受付の面会簿には偽名を書いた。面会相手も架空の名前にして、訪問先は三階の部屋にする。エレベーターホールを抜けて、階段を上がる。祖父の部屋は二階だ。ベランダから転落しても怪我をするだけだ。ベッド柵《さく》はパイプ型ではなく、ボードタイプだから、首を挟むこともできない。だから、恭平は仕事で使うディスポのゴム手袋を持ってきた。

スライド扉を開けると、祖父はベッドで仰向《あおむ》けに寝ていた。窓から午前とも午後ともつかない光が、やせ衰えた横顔を照らしている。

「祖父ちゃん。僕だよ」

祖父はぎこちなく首をまわし、恭平を見た。かすかに喜びの色が浮かび、静かにうなずく。恭平が何をしにきたかわかっているかのように。

祖父は前と同じように右腕を伸ばそうとした。しかし、肘《ひじ》の関節がぐらぐら揺れ、二の腕が伸びない。恭平はベッドに近寄り、祖父の手を握った。

「祖父ちゃん。変わりない？」

湿った線香のようなにおいが漂う。アミカル蒲田でも同じものを嗅《か》いだ。自分で何もできない高齢者が、苦悶《くもん》のあまり発する怨念《おんねん》のにおいだ。

恭平は祖父を見つめた。乾いて縮んで干からびた皮膚。節くれ立った指はまるで枯れた竹だ。

「むかし、祖父ちゃんが散髪してくれたとき、前髪を短くしすぎて、僕が泣いたの覚えてる？小学校二年生のとき。次の日、好きな女の子の家に遊びに行くつもりだったんだ」

祖父の頬が震える。きっと笑っているのだろう。

「枕の上に座って、怒られたこともあったね」

祖父の家に泊まりに行ったとき、うっかり枕の上に腰を下ろしたら、珍しく祖父が「だめだ」と言った。たぶん覚えていないのだろう。祖父の目から光が消える。

「小学校の卒業式の日、新宿《しんじゅく》で中華料理をご馳走《ちそう》してくれたね。帰りに、祖父ちゃんは恭平のことが好きだって言ってくれただろ。僕は返事しなかったけど、ほんとは嬉《うれ》しかったんだ」

祖父の目から涙が流れる。胸が喘《あえ》ぎ、呼吸が切迫する。

——もう十分だ、これ以上苦しめないでくれ。

祖父の無表情がそう訴えていた。恭平は上体を傾け、耳元で聞いた。

「楽になりたい？」

即座にうなずく。

「僕が楽にしてあげようか」

二度、三度、短いけれど強くうなずく。これ以上の意思表示があるだろうか。この状態を目の当たりにして、この深い絶望を否定するよりひどい欺瞞があるだろうか。希望を持つべきだとか、命は尊いだとか、どこか遠い国で言うようなことを、口にすることは許されない。祖父は十分、準備ができている。望んでもいる。孫としてなすべきことはひとつだ。

恭平はバッグからゴム手袋を取り出した。四枚を両手に二重にはめる。

「苦しいけど、少しの間だから」

両手を見つめ、生唾を呑《の》む。祖父がわずかに顎《あご》を上げ、目を閉じた。首を絞めたら痕《あと》が残る。

口と鼻をゴム手袋で密閉するだけならわからないはずだ。終わってから、昨日コンビニで買っておいたゼリー菓子をのどの奥に詰めれば、それが原因と見なされるだろう。声門が舌根の下にあることは、ネットの画像で確かめてある。舌の奥にえぐるように押し込めば、嵌《は》まるはずだ。

「やるよ。いいね」

恭平はまず右手で祖父の鼻と口を覆い、指を閉めてゆっくり押した。その上に左手を重ねる。掌《たなごころ》に剃《そ》り残した髭《ひげ》がチクチク当たる。細い鼻梁《びりょう》、薄い唇、その下の顎の湾曲。じんわりと祖父の体温が伝わってくる。祖父は顔を動かさない。三十秒、四十秒。祖父はしっかり目を閉じている。一分たったころ、下顎がわずかに動いた。苦しいのか。しかし、顔は無表情のままだ。

「もう少しだよ」

さらに十秒がすぎ、顎の動きが激しくなる。手袋の下で髭がザラザラ音を立てる。恭平は空気が入らないよう懸命に力を込める。祖父はきつく目を閉じ、まぶたの上下に幾重にも深い皺《しわ》が刻まれ、どれが眼裂かわからない。頰の薄い筋肉が盛り上がり、こめかみの静脈が怒張して、苦痛の強さが見えるようだ。両腕を持ち上げ、羽ばたくようにけいれんする。膝《ひざ》が曲がり激しく震える。

頑張れ。頑張れ。

恭平は必死に胸の内で声援を送る。手のひらに祖父の苦悶が直《じか》に伝わる。それを終わらせるために力を込める。ここで空気が入ったら、よけいに祖父ちゃんが苦しむんだ。これは祖父ちやんのためなんだ。

そう思ったとき、ふいに須知の顔が思い浮かんだ。般若《はんにゃ》とピエロを混ぜたような顔で嗤《わら》っている。

——そうだ、頑張れ、もう少しだ。

恭平は祖父から顔を背け、目を閉じる。歯を食いしばり、浮かんだ顔を無理やり消し去る。両腕が何かに突き上げられる。身体全体が揺れ、自分がどこに立っているのかわからない。意識が歪《ゆが》み、光と音と熱が嵐のように脳裏に渦巻く。これでいいのか。まちがっていないのか。激しい混乱と動揺で、自分をコントロールできなくなる。

ふいに今まで猛烈に盛り上がっていたものが、手の下から抜けていくのがわかった。祖父の手足が脱力する。名状しがたい寂寞《せきばく》の情が恭平を覆い尽くす。

目を開けると、祖父の顔が白髪と同じ色に変色していた。最後の何かが消えかけたとき、強烈な畏《おそ》れが恭平を襲った。思わず手を引く。手袋越しに、忌まわしく穢《けが》れた何かが全身に広がっていくような気がした。

腰が砕け、後ずさる。何かしなければならない。祖父がかすかに喘いでいる。もう一度、口と鼻を密閉するのか、それとも口から息を吹き込むのか。

そのとき、後ろでスライド扉が開いた。

「恭平……」

耕平が驚いた顔で立っていた。祖父を見て、素早く気配を察して怒鳴る。

「おまえ、何をしてるんだ！」

「わぁーっ」

口から抑えようのない叫びが洩れ、父を突き飛ばして部屋を飛び出した。背後で激しく咳《せ》き込むしわがれた声が聞こえた。


翌土曜日、恭平はできるだけ祖父のことを考えないようにして、仕事に集中した。何かの拍子に、苦い思いが胸をかすめる。祖父を最後まで死なせられなかったのは、身内だからか。だとしたら、それは唾棄《だき》すべき情緒的軟弱さだ。否定したかったが、頭が煮詰まってそれ以上考えられない。

仕事を終えて裏の出入り口から出ると、梅雨らしい雨が降っていた。傘に当たる雨音が恭平を抑圧する。アーケードのある商店街まで足早に歩いた。雑貨屋、クリーニング店、コンビニ。行きかう人々はそれぞれ日常の顔で歩いている。恭平は自分だけが見えない何かにがんじがらめにされている気がした。

アーケードの出口に来て、屋根のある通路を駅に向かおうとしたとき、ポケットでスマートホンが震えた。見覚えのない番号が表示されている。通話ボタンを押すと、神経を逆なでするような笑い声が聞こえた。

「ヒャハハハハッ。どうした、惨めな顔して」

須知だ。恭平はとっさにあたりを見まわした。

「どこ見てんだよ。こっちだ、こっち」

だれもいない敷石の広場に、須知が脚を開いて立っていた。傘もささず、びしょ濡《ぬ》れのままスマートホンを耳に当てて笑っている。白いTシャツに白い細身のジーンズで、腰パンではなくきっちり上まではいている。

「どうして返事を寄越《よこ》さない。ずっと待ってんだぞ」

「返事なんかするかよ」

恭平が答えると、須知は通話を切って近づいてきた。雨の音が強くなる。Tシャツが須知の身体に貼りつき、引き締まった肉体を浮き上がらせる。

「おまえ、傘を持ってるのか。バカだな」

須知は恭平の手元を見て、優越感を誇示するように鼻で嗤った。

「俺は濡れたって平気だ。みんな雨に濡れるのがいやで必死に傘をさしてるがな、そんなことはいじましい弱虫どものすることさ。濡れることを受け入れたら、雨なんかどうってことなくなるぜ」

金髪の短い前髪から、水滴がしたたり落ちる。相変わらず目は異様に鋭く、唇はなまめかしいほど赤い。

「おまえも濡れることを受け入れてみな。気が晴れるぜ」

「あんたはどうして僕のスマホの番号を知ってるんだ」

「教えてほしいか」

「どうせマスコミから聞き出したんだろう。週刊誌の記者かだれかに頼んで」

「バーカ、そんなことするかよ。どうやって知ったか教えてやるぜ。ちょうどいいや。そっちで話そう」

須知は広場と通路の境にある鉄柵を顎で指した。ついて行くと、軽い身のこなしで柵に腰かけた。恭平は傘をさして向き合う。雨に濡れながら奇妙な笑みを浮かべる須知は、異次元の人間のようだ。

「そんないやそうな顔すんなって。俺とおまえは似た者同士だって言っただろ」

「僕のことはだれから聞いた」

「それを聞かないと落ち着けないのか。小心者だな。教えてやるよ。竹上だ。知ってんだろ」

竹上勇次。岡下と山辺が転落死したとき、いっしょに夜勤をしていた男だ。

「俺が勤めてた施設に竹上が入ってきたんだ。『週刊現春』に記事が出たのを見て、俺はこの犯人を知ってるって言いだして、まるで自分の手柄みたいに言いふらしてたぜ。このKってヤツは小柳恭平で、ぜったい犯人にまちがいないってな」

「スマホの番号はどうしてわかった」

「竹上が自分のスマホに登録してたのさ」

たしか職員の緊急連絡網で、恭平は竹上から連絡を受けることになっていた。竹上はアミカル蒲田をやめたら介護業界から足を洗うと言っていたが、結局、ほかに行くところがなかったのだろう。

「竹上は興奮してしゃべってたぜ。おまえが役立たずの年寄りは死なせたほうがいいとか、無駄な介護は年寄りの苦しみを増やすだけだって、大っぴらに言ってたってな。俺もそう思ってたから、興味を持ったのさ」

「僕はそんなことは言ってない」

「じゃあ、どんな年寄りも生かし続けたほうがいいってのか。ただ死ぬのを待ってるだけの年寄りを、無理やり生かすのが正しいのか」

言葉に詰まる。須知は冷笑を浮かべて言葉を重ねた。

「死んだほうがいい老人は確実にいる。だけど、自分じゃ死ねない。家族も自分の手は汚したくない。眉をひそめたくなるようなことは、だれかが知らないうちにすませてくれるのがいちばんなんだよ」

恭平は須知に屈服させられそうになり歯ぎしりをする。

「それにな」

須知は知識をひけらかすように続けた。「二〇二五年問題って知ってんだろ。これ以上よくならないとわかってる年寄りに、限られた場所と人材を提供する余裕はもうないんだ。医者の世界じゃ、高齢者の誤嚥《ごえん》性肺炎は治療しない、心不全も放置するってガイドラインが出てるんだぜ。リハビリの保険適用も切られてるしな。それくらい現実は切迫してる。頭を切り替えて、自分で生きることができなくなった年寄りは、切り捨ててもいい社会を作るべきなんだよ」

「あんただって、年を取れば老人になるんだぞ。そうなっても同じことが言えるのか」

「当然じゃないか。サルの群れだって、ボスを追い落とした若いボスは、いずれ次の若手に追われるんだ。それが自然の摂理ってもんだ」

須知には鼻持ちならない高慢のにおいがした。ほんとうにそれほど潔くなれるのか。恭平は疑念の目で相手を見た。須知はそれを無視して続ける。

「この世の幸福と富の量は決まってんだ。俺たち若者が苦しいのは、年寄りが不当に安楽を独占してるからだぜ。何も生み出さない年寄りを減らせば、配分はもっと公平になる。若い連中を豊かにするだけでなく、絶望に喘ぐ老人を解放することになるんだ」

須知は人差し指を突き上げるように天を指した。目は恍惚《こうこつ》の色に染まっている。

「そんなこと言って、実際にはどうするんだ。檄《げき》文に五十五人を死なせるみたいなことを書いてたけど、そんなにたくさん殺せるのか」

「簡単さ。あっと言う間だ」

「どうやって」

須知は背中に手をまわすと、素早くTシャツをめくり、ジーンズの後ろからケース入りのダガーナイフを取り出した。流れるような動作で刃を抜く。

「これで年寄りの首を掻き切る」

刃渡りは十五センチほどだが、切っ先が反り返り、刃の背にギザギザのある見るからに凶暴な黒いナイフだ。

「狙うのは頸動脈《けいどうみゃく》だ。のど仏の横を触ってみな。ドクンドクンしてるだろ。そこを一気に突き刺す。頸動脈を切断すれば、すぐに失血死するから苦しくもない。眠るようにあの世行きさ。このナイフを五本用意してる。刺したときに自分の手を切らないように、本番では丈夫な鍔《つば》をつける。思い切り刺しても手が滑らないようにな」

ブレードのエッジが光っている。刃の上に雨が降り注ぐ。オイルで磨いてあるのか、水滴は痕跡《こんせき》も残さず滑り落ちる。このナイフが五本あれば、五十五人の首を切るのも可能だろう。恭平は心が引き裂かれるのを感じた。嫌悪と誘惑。恐怖と高揚。

「だけど、防犯カメラはどうする」

「そんなもの気にするかよ。目出し帽をかぶってりゃわかるもんか」

雨に打たれ続ける須知は、感覚が麻痺《まひ》したように大胆に見えた。自分も無感覚になりたい。平気で雨に濡れてみたい。傘を下ろす誘惑に必死に抵抗する。

恭平は混乱し、呻《うめ》くように訊ねた。

「あんたは身内でも殺せるか」

「何？」

「自分の身内でも、ナイフで首を切れるのかって聞いてるんだ」

須知は短く鼻を鳴らした。

「当然さ。親父でもお袋でも、苦しむ年寄りになったら死なせてやるよ。それが親孝行ってもんだろ」

できるのか。須知ならできるのか。自分は強さが足りなかったという思いが、恭平の胸に込み上げた。

「ゴム手袋じゃなくて、ナイフでなら……」

目を逸らしてつぶやく。いつの間にか、傘が力なく下がっている。雨粒が恭平の黒いキャップを濡らす。

「そうだ。おまえも濡れろ。平気だろう。二人で計画を実現させよう。介護革命の実践だ」

須知はナイフを鞘《さや》に入れ、背中にもどして柵から立ち上がった。

「じゃあ、行くぜ。またな」

両腕を斜め上に広げ、わざと雨を浴びながら腰をくねらせるようにして、須知は去っていった。恭平の脳裏に凶悪なナイフの残像が焼き付いた。


その夜、真里亜が帰ってきたのは午後九時すぎだった。

午後から外出して、食事は外ですませるとＬＩＮＥがあり、恭平は自分で野菜炒めと味噌《みそ》汁を作って食べた。

強《こわ》ばった表情で帰ってきた真里亜は、服も着替えずに食卓の恭平と向き合った。

「恭平。聞きたいことがあるの。昨日、お祖父ちゃんに会いに行ったの」

どうしてそれをと思ったが、すぐ耕平が伝えたのだと思い当たった。恭平は不快を覚えたが、取りあえずは認めるしかない。

「行ったよ」

「何をしに」

「別に」

ふて腐れて顔を背ける。真里亜は目を逸らさない。

「父さんから電話があって会ってきたの。昨日、恭平がお祖父ちゃんの部屋にいて、何かしていたようだって言ってた」

「何かって?」

「正直に言ってちょうだい。あんた、お祖父ちゃんに何をしようとしたの」

恭平は真里亜がどこまで知っているのか素早く思い巡らした。父と会ったのなら、聞いたのは最後の場面だけだろう。しかし、父がどう話したのかわからない。

「言いたくない」

時間を稼ぐためにそう言った。真里亜はテーブルの上で拳《こぶし》を握り、興奮のあまり声を震わせた。

「あんた、お祖父ちゃんを死なせようとしたんじゃないの。首を絞めて殺すつもりだったんでしょう。よくも、そんなひどいこと」

「首なんか絞めてない」

「嘘。父さんが見たって言ってた」

「そんなはずないだろ」

「じゃあ、どうしてお祖父ちゃんは息が止まってたの。扉を開けたら、恭平が叫び声を上げて出て行って、お祖父ちゃんは息をしてなかったって父さんが言ってた。でも、すぐに咳き込んで、なんとか息を吹き返したらしいけど」

自己嫌悪がぶり返す。半ば捨て鉢になって言い放った。

「ああ。僕は祖父ちゃんを死なせに行ったんだ。祖父ちゃんのためさ。寝たきりで苦しんでるから、楽にしてやろうと思ったのさ」

「信じられない。楽にするために死なせるなんて、そんなのあり得ない」

真里亜の声が怒りに震え、両目から涙があふれた。顎から流れ落ちる涙が、雨粒を連想させる。

「恭平は悲しくないの。自分で死なせてつらくないの」

「祖父ちゃんはもっとつらいんだよ。つらくて苦しくて、耐えきれないほどなのに、だれも助けてくれなくて、無理やり生かされてるんだ。だから、僕が楽にしてあげようと思ったんだ」

恭平はまくしたてた。「僕だって祖父ちゃんが死んだら悲しい。だけど、あんな身体になって死ぬに死ねないまま苦しんでたら、もっと悲惨なんだ。祖父ちゃんも楽になりたいって、もう生きていたくないって言ってただろ。だったら、望みを叶えてあげるのは身内の務めじゃないか」

真里亜は目を逸らさず、懸命に恭平の言葉を受け止めようとする。

「恭平。父さんは恭平が何をしようとしてたかを見抜いてた。お祖父ちゃんは何も言わなかったけど、そうなのかって聞いたら、否定はしなかったそうよ。その上で父さんは恭平の気持もわかるって言ってた。父さんだって介護の仕事をしてるんだから、悲惨な高齢者の実情を見てるのよ」

　意外な言葉に恭平は戸惑う。真里亜は静かに続けた。

「でもね、父さんはこうも言ってた。苦しんでいる高齢者を無理に生かすのはよくないけれど、無理に死なせるのもよくないって」

「じゃあ、手をこまねいて見てろって言うのか。祖父ちゃんの苦しみに見て見ぬふりをするほうがいいのか。そんなの臆病者《おくびょう》のすることだ。自分で手を下すのが怖いから、祖父ちゃんがほんとうに必要としてることから逃げてるんだ」

「わたしにはできない。お祖父ちゃんが死んだら悲しい。その気持はどうしようもないわ」

「それは自分の感情だろう。祖父ちゃんのことを思ってるんじゃない」

　恭平は身を乗り出して言い募った。必死に真里亜を言いくるめようとする。

「この問題は、今までだれも真剣に考えてこなかったことなんだ。みんな、死なせる選択肢を頭から除外して、現実から目を背けてきた。そのために、多くの老人が人生の最後にとんでもない苦しみを味わわされてる。もし、真里亜が九十五とか百まで生きて、どうしようもない苦しみに苛《さいな》まれてるとき、死んだら悲しいからと言って、家族が生き続けることを強要したらどう。なんで早く楽にしてくれないのって思わないか」

「わからない、そんな先のこと」

　真里亜は肘をついて首を振った。しばらく首《こうべ》を垂れていたが、洟《はな》を啜《すす》ってからつぶやく。

「でも恭平は、結局、お祖父ちゃんを楽にしてあげられなかったんでしょう」

屈辱がよみがえり、頭に血が上る。

「邪魔が入ったからだよ。すべて父さんが悪いんだ。父さんさえ入って来なけりゃうまくいったんだ」

「何でも父さんのせいにするのね。どうしてそんなに父さんを悪く言うの」

「当たり前だろう。あいつは父親の義務も果たさず、自分勝手に家を出たクソ野郎なんだ」

真里亜は深いため息をつき、恭平の無知を嘆くように天井を見上げた。

「恭平。あんたは何も知らない。父さんがどうしてほかの女の人に走ったか。今まで言わなかったけど、わたしは母さんから聞いたの。母さんが父さんを拒み続けてたこと。恭平を産んだあと、どうしても父さんを受け入れられなくなったんだって。父さんはずっと我慢してたけど、つい魔がさして、あんなことになったらしいの。もちろん、だからって許せることじゃないけど、でも、少なくとも母さんは、父さんに恨みがましいことは言わなかったでしょう」

たしかに母は父を悪く言わなかった。思い出すのもいやで口にしないのだと思っていたが、そんな事情があったのか。

「それでも不倫は不倫だろ。僕たちを捨てたことには変わりないじゃないか」

真里亜は動じず、涙に濡れたままの目で恭平を見つめる。

「でも、つらかったはずよ。父さんは恭平が好きだったから」

「嘘だ」

反射的に否定したが、真里亜は静かに首を振った。

「恭平は覚えてないの。子どものころ、父さんがよく自転車で散歩に連れて行ってくれたこと。わたしを後ろに乗せて、恭平は前に座らせて、多摩川のほうまで行ったじゃない。あれは恭平が水辺が好きだったからよ」

そんなことくらいで父を許せるはずもない。真里亜は指で目元を拭い、改めて恭平を見た。

「最近、マスコミが恭平のことをいろいろ言ってるでしょう。父さんは心配してた。恭平がお祖父ちゃんにしたことでも、父さんはずいぶん悩んでた。どうしたらいいのかって。警察に言わなければとも考えたらしいけど、やっぱり通報なんかできないって言ってた。父さんの苦しい気持、わかるでしょう」

恭平は答えない。忘れていた父の記憶がよみがえりかけ、頭が混乱する。真里亜は止まらず話を進める。

「わたしは恭平を信じてる。だけど、ひとつだけ答えてほしいの。恭平はまだ引き返せるところにいるの。それとも、もう取り返しのつかないところまで行ってしまったの」

「どういう意味だよ」

真里亜は黙って答えを待つ。耐えがたい沈黙だ。恭平は考えるのが面倒になり、すべてをぶちまけたい衝動に駆られる。できるだけ露悪的に、実際以上におぞましく告白して、驚く真里亜を突き放し、思い切り嘲笑《ちょうしょう》したい。そんな凶暴な想念が脳裏に渦巻いた。

しかし、口を開く直前、真里亜が自分に言い聞かせるようにつぶやいた。

「わたしは今のままがいい。このまま、恭平といっしょにいたいの」

真里亜は何を望んでいるのか。恭平の胸に新たな疑念が湧く。

「じゃあ、塚本とのことはどうするんだ」

「恭平が賛成してくれないかぎり付き合わない」

「あいつより、僕を選んでくれるんだね。父さんよりも？」

真里亜がうなずく。今度は思い切り真里亜を抱きしめたくなる。身も心もひとつに溶け合いたい衝動を、恭平はかろうじて堪《こら》えた。


木曜日はいつも通り、黒原が診察に来た。

恭平は雑念を消して仕事に集中した。自分ではそのつもりだったが、応接室でコーヒーをいれると、黒原は一人掛けのソファにもたれ、眠そうな半眼で恭平を見た。

「で、今日は何が聞きたい」

すべてお見通しという表情だ。恭平は魅入られたように低く言った。

「実は、祖父のことなんです」

どう話そうか迷ったが、黒原が興味なさそうに刻み煙草をパイプに詰めはじめたので、ありのままを打ち明けた。

「パーキンソン病で寝たきりで、施設に入ってるんです。身体を動かすこともできなくて、仙骨部に大きな床ずれがあって、本人もつらいって言ってるんです。もう生きていたくないとも言ったから、僕が楽にしてあげようと思って」

恭平はそこで言葉を切った。黒原はパイプに火を灯《とも》し、長い煙を吐いてからゆっくりと視線を上げた。

「それで？」

恭平は目を閉じ、高いところから飛び降りる気持で告白した。

「ゴム手袋で口と鼻を押さえたんです。祖父も受け入れてたと思います。なのに最後の最後になって、力が抜けてしまって」

「ふん……。よくないな」

黒原は不首尾を予想していたかのように気怠《けだる》い鼻息を洩らした。恭平は反射的に抗弁した。

「でも、息は止まったんです。そのまま楽になるかと思ったんですが、急に祖父が咳き込んで、僕は何もできず部屋を出てしまったんです」

父のことは言わなかった。黒原には関係ないし、話がややこしくなるからだ。それより肝心のことを訊ねた。

「自分で楽になれない老人には、助けの手を差し伸べるべきだと思います。なのに僕は祖父を楽にできなかった。祖父が身内だからでしょうか。もしそうなら、先生が前におっしゃった情緒的軟弱さじゃないかと思って……」

恭平は屈辱に顔が紅潮するのを感じた。黒原は平然とパイプをくゆらせ、目を細めてコーヒーを啜った。

「情緒的軟弱さか。そうかもしれんし、そうでないかもしれんな」

「どういうことです」

「命が尊いとか、命は平等だとかいうのは幻想なんだ。死の悲しみだって一時的な反応にすぎない。これまで地球上でどれだけの人間が、嘆いたりわめいたりして死んでいった？　いくら悲痛な叫び声を上げたところで、何も残っていない。歴史に刻まれているものもあるが、後世の人間が勝手に納得しているだけだ。それもいずれは消えてしまう。結局のところ、この世に重要なものなど何もないということだ」

「でも、僕は何となく死にたくないです」

「俺もまあ、人並みに命は惜しい。だが、健康に執着したりはしない。快楽にふけるのが俺の主義だからな。こんなに太って酒も煙草も好きなだけのみ、夜も眠らないで不摂生をしてる。不具合があっても、検査も治療も受けない。やるとすれば、せいぜい痛み止めくらいだ」

クックッと籠《こ》もるように笑う。恭平の口から素朴な疑問が洩れた。

「先生は何のために医療をやっているのですか」

「生活のためだ。それと、親切心だろうな」

即答だった。自分が受けない医療を他人にするのが親切心なのか。理解できずにいると、黒原が恭平の顔をのぞき込むように言った。

「君が苦しんでいる老人を〝楽に〟してやろうとしたのも同じだろう」

そうかもしれない。ふと須知のことが思い浮かぶ。あいつのしようとしていることも同じなのか。

「僕はこの前、ある男から老人の大量安楽死を持ちかけられたんです」

恭平は須知から渡された檄文の内容を説明した。黒原の眉が持ち上がる。

「五十五人というのはたしかに大量だな。で、どうやって安楽死させる」

「ナイフです。深夜に施設に忍び込んで、老人の頸動脈を切るそうです」

「ウハハハハ」

黒原は腹を突き出して笑った。

「無理だな。その男は現実がわかってない。実際に人の頸動脈をナイフで切断すると、どうなるか知らないんだ」

「どうなるんです」

「噴き出た血が顔や身体にかかる。血を浴びればそれだけでうろたえる。人間の血は熱いからな。首を狙えるほど目が暗さに慣れていたら、老人の顔も見えるはずだ。ぱっくり開いた傷口には、筋肉や皮下組織、黄色い脂肪なんかも見えるだろう。自分の手には人間の首を刺したおぞましい感触が残る。これまで経験したことのない手応《てごた》えだ。たいていの者はそこで立ちすくむだろう。信じられないほど残虐な場面が、目の前で繰り広げられるんだからな」

口が乾く。黒原はさらに続けた。

「それに全員がおとなしく首を切られるとはかぎらんだろう。抵抗する者、逃げようとする者、攻撃を防ごうとした相手の手のひらを、ナイフが貫通するかもしれん。悲鳴、叫び、うめき声。

もがき苦しむ人間を五十五人も殺し続けることなど、ふつうの神経の持ち主にはとてもできない。絵空事だ。ファンタジーにすぎんよ」

たしかにナイフでの殺害は壮絶だろう。須知がそんなものに慣れているとは思えない。

恭平が震える吐息を洩らすと、黒原が揶揄《やゆ》するように言った。

「それでもまだ心配なら、警察に通報すればいい。檄文があるんだろう。今はテロ等準備罪というけっこうな法律があるから、それで逮捕してくれる。これまではだれかが殺されなければ殺人罪は成立しなかったが、この法律は未然に防いでくれる。大量殺害を阻止すれば、君は警視総監表彰ものだぞ」

「やっぱり口先だけなんだ」

安心したように言うと、黒原は表情を消して恭平を見た。

「そいつはどんなヤツなんだ」

「見るからに変な男ですよ。髪を金色に染めて、クスリでもやってるような目をして」

「まともなヤツじゃないのか」

「ぜんぜんまともじゃないですよ。数日前にも会ったんです。雨が降ってたでしょ。傘もささずに、びしょ濡れになって僕を待ち伏せしてたんです。濡れることを受け入れたら、雨なんかどうってこともないなんて、わけのわからないことを言って」

テーブルの上でコーヒーが冷めている。黒原が低い声で訊ねた。

「その男は傘を忘れたんじゃないのか」

「ちがいますよ。傘をさすのはいじましい弱虫のすることだとか言ってましたから」

さらにむずかしい顔で唸り声を洩らす。

「どうしたんです、先生」

黒原はソファに深く身を沈めたまま、苦々しい声で言った。

「その男なら、やるかもしれんな」

△

出版社の出口に向かいながら、美和は今し方のインタビューを思い出し、首の後ろに粘土が貼りついたような不快を感じた。新刊を出した医師作家に話を聞き、PR誌に記事を書く仕事である。小説は救急医療がテーマで、厳しい現実も描いているが、最後はお約束のハッピーエンドだった。嘘を感じる。小説だから嘘でいいのかもしれないが、実際にはそんなにうまくいくわけがない。

玄関ロビーを出ようとしたら、後ろから声がかかった。

「朝倉さんじゃない。君も来てたの」

別のエレベーターで下りてきた青谷だった。京子と三人で飲んでから、もう三週間ほどがたっている。

「またむずかしい顔をしてるね。例のアミカル蒲田の事件、まだ引きずってるのか」

「そうじゃないです」

否定したものの、やはり小柳のことが心にかかっていた。

「時間あるなら、お茶でもどう」

美和は青谷と出版社を出てすぐのカフェに入った。テーブル席はいっぱいで、窓に向いたカウンター席に案内される。美和はアイスティー、青谷は七月半ばなのにホットコーヒーを注文した。

「あれから、『高齢者施設のあり方』がらみの取材で介護状況を調べてるんだが、やっぱり問題は施設における虐待みたいだな」

青谷は認知症の父親を施設に預けていて、虐待には仕方がない側面もあるというようなことを言っていた。それから何か変化はあったのか。

「いろいろ調べたけど、どこも似たり寄ったりだった。建前では虐待はあり得ないなんて言いながら、有効な対策は何もしていない。だけど、世の中、捨てたもんじゃないな。ここなら虐待はないだろうという施設を二カ所、見つけたよ」

朗報だ。美和が興味を示すと、青谷は熱いコーヒーを冷ましながら言った。

「ひとつは浄土真宗《じょうどしんしゅう》の僧侶《そうりょ》が経営しているグループホームだ。大阪と兵庫の境目にある施設で、寺の近くにある古民家を利用している。専従の職員もいるが、地元のボランティアが協力していて、介護体制が充実している。家族もしょっちゅう面会に来るから、施設に預けているというより、自宅の離れで世話をしてもらっているような感覚だ。関西に行くついでがあったから、見学してきたんだが、庭の出入り口には鍵《かぎ》もないし、古民家をそのまま利用しているから、室内は段差がありまくりで、階段は若い者でも恐いくらい急だった。けれど、開設以来十五年間、階段で怪我をした入所者は一人もいないらしい。急だからこそ、全神経を集中して逆に安全なんだそうだ」

　青谷は新たな発見でもしたようにうなずいた。肝心の虐待についてはこう語った。

「周囲はほとんどが寺の檀家《だんか》で、施設そのものが地域に溶け込んでいる。トラブルもないことはないが、住職の人柄もあって、介護者はみんなある種の宗教的な精神で介護に当たってるんだ。慈悲の心というのかな。そういうところでは虐待は起こりにくいだろう」

「すばらしいですね。でも、段差とか階段とか、よく役所が認可しましたね」

「住職が粘り強く交渉したそうだ」

　住職は大学の教授も兼ねていて、各方面で積極的に活動している人らしい。

「その施設はひとつの成功モデルですね」

　美和が感心すると、青谷は予想に反して声のトーンを落とした。

「だけど、似たような施設は増えていない。このグループホームがうまくいってるのは、ひとえに住職がみんなの精神的な支柱になっているからだ。いわば人徳だな。そういう人はどこにでもいるわけじゃないから、一般的なモデルにはならないんだ」

　つまりは特例ということか。残念だが、高邁《こうまい》な精神性を一般化するのはむずかしいだろう。

「で、もうひとつはどんなところなんです」

期待を込めて聞くと、青谷は情けないような苦笑を浮かべた。

「杉並《すぎなみ》区にあるセレブ向けの超高級有料老人ホームだ。入居一時金が一億円、月額利用料が食費は別で三十万円、食費を入れると百万円を超える人もいる。料理人は高級ホテルのシェフや花板で、居室は全室五十平米以上。最高級の家具を揃え、各部屋にサウナとジャグジーが備えつけられている。広い庭園があり、温水プール、図書室、撞球《どうきゅう》室、映写室、バーにカルチャーセンター、コンサートホールまで完備している。職員の待遇も平均で年収六百万円を超えていて、通常の介護施設では考えられないような高給だから、優秀な人材が集まっている。勤務体制にも余裕があるから、職員は入居者にきめ細かいサービスを提供できるし、突発事に備えた人員配置なので、トラブルが発生してもすぐに対応がとれる。職員に精神的な余裕があって、虐待に走る状況にはならないんだ」

途中から、聞いている美和もあきれて笑いだしそうになる。

「介護士がそれだけ恵まれた状況なら、みんないい人になれるんでしょうね」

「優秀な介護士は仕事ができるだけじゃなく、精神的にも鍛えられているから、忍耐力も強いしね」

「虐待が起こらない施設というのは、そのふたつなんですか。つまり、介護者が高邁な精神に支えられている場合と、超高額な待遇を得ている場合ですね。それって、どちらもぜんぜん一般的じゃないじゃないですか」

「そういうことになるな」

青谷が呻くようにうなずいた。

「逆に言うと、ふつうの精神だったり、安い経費でまかなう介護では、虐待は防げないってことですか。それが青谷さんの結論なんですか」

青谷は答えず、背中を丸めてコーヒーを啜った。バカバカしい。施設の高齢者虐待が簡単になくせないのはわかっているが、あまりに世知辛い。美和は赤裸々すぎる現実に、ため息をつく気にもなれなかった。

腹いせにストローの音を立ててアイスティーを飲み干したとき、前のビル壁に流れる雷光ニュースが目に入った。文字はそれまでも流れていたが、なぜこのニュースが意識を惹《ひ》きつけたのか。

二度繰り返された文字は、こう伝えていた。

『杉並区荻窪《おぎくぼ》の公園で、首を切断された猫や犬の死体が複数見つかる。動物虐待か。警視庁が捜査を開始……』

▼

品川駅中央改札前の広場は、目まぐるしく行き交う人で賑《にぎ》わっていた。

待ち合わせに指定したトライアングルクロックの前で、恭平はいつもの黒いキャップを目深にかぶり、落ち着きなく目線を動かしていた。相手はどこから現れるのか。八月に入って連日の猛暑日で、午後六時になっても外はまだ茹《う》だるように暑い。

先月、須知のことを相談したとき、黒原はなぜ最後に考えを変えたのか。理由を聞くと、彼は半眼をわずかに開き、意外そうに聞き返した。

——君は自分でわからないのか。

まるで、恭平も須知と同じ類《たぐ》いの人間だと言わんばかりだった。瞬きを繰り返すと、黒原は小さく嗤い、自嘲するようにつぶやいた。

——案外、そんなもんかもしれんな。俺だってそうだから。

そのまま説明してくれなかった。

須知はほんとうに実行するつもりなのか。黒原が言った警察への通報はあり得ない。そんなことをすれば自分も調べられる。須知がどれくらい本気なのか、とにかくもう一度、確かめなければならない。

そう思っていると、昨日、黒原が思い出したようにつぶやいた。

——須知という男は、あれからどうなった。

具体的な動きを起こさない恭平への催促だったのかもしれない。いつまでも放置していると取り返しがつかないことになる。そう警告しているようでもあった。それで今日、仕事帰りに呼び出したのだ。

だが、もし本気だったらどうしよう。自分はほんとうに須知を止められるのか。

放心状態になりかけたとき、後ろから声がかかった。

「よう。やっとやる気になったか」

不意を衝《つ》かれ、恭平は身構える。相手がリラックスしているのを見て、改めて平静を装った。

「あんたに聞きたいことがあるんだ。どこか涼しいところで話そう」

熱の塊のような空気が耐えがたかった。須知は恭平の苦痛を見透かしたように、薄笑いを浮かべた。

「ここでいいじゃないか。そこらにいる連中が気になるなら、あっちへ行こう」

須知は主導権を奪うように、円柱の脇に足早に向かった。あとを追いながら聞く。

「あんたは暑くないのか」

「別に」

円柱の前で向き直り、須知は恭平を無視してあたりに視線を飛ばした。

「俺はこういうところで人を見るのが好きなんだ。ここでもし爆弾テロが発生したらどうなる。何の落ち度もない連中がたくさん死ぬよな。想像しただけで楽しくならないか」

何を言いだすのか。恭平が訝《いぶか》ると、須知はさも愉快そうに続けた。

「たまたま現場に居合わせただけで、大勢の人間が命を落とすんだ。まったくもって理不尽だが、現実ってそんなもんだろ。へヘッ」

「あんたが被害者になってもいいのか」

「当たり前じゃねぇか。それどころか俺が巻き込まれたら、知り合いをびっくりさせておもしろいかもな。死んだ人間の名前がテレビとかで流れるだろ。俺の名前を見たヤツが、あ、こいつ知ってるとか言ってさ。だいたいああいう発表は、知り合い以外には何の意味もない単なる名前の羅列だ。なのに、それぞれに家族があり、生活と夢があってとか、メディアはよく言うだろ。バカかってんだ。なんだって揃いも揃って死んだ人間を美化するんだ。くだらないヤツ、飲んだくれ、DV男、こじらせ女子に、性悪女だっているだろうによ」

乾いた笑いを洩らす。恭平は嫌悪しつつも奇妙な戸惑いを感じる。

「ところで、聞きたいことって何だ」

須知が鋭い視線を恭平に当てる。恭平は怯《ひる》まず、正面から見返して言った。

「あんたはナイフで年寄りの首を掻き切ると言ってたけど、ほんとうにやったらどうなるかわかってるのか」

「さあな」

「知り合いの医者が言ってたぞ。すごいことになるって」

恭平は黒原から聞いた話を再現した。できるだけグロテスクに誇張して、須知を動揺させようとした。

「だから、五十五人も死なせることは無理なんだ。実際にはできっこない」

須知は答えない。血走った目で恭平を見つめている。ここでたじろぐわけにはいかない。

「つまり、あんたは口先だけだってことだ」

投げつけるように言うと、須知は一瞬、額に憤激の血管を浮き立たせ、吐息を洩らして脱力した。動揺したのかと思った直後、「ハンッ」と、人を見下げるような笑いを発した。

「口先だけなのはその医者のほうだぜ」

意外な切り返しに、恭平のほうが動揺する。

「どこの医者か知らねぇけど、そいつこそ実際に頸動脈を切ったことがないんだろ。おまえが今言ったのは、ただの理屈だ。だから、俺はちゃんとリハーサルをやってたんだよ」

「もうだれかを殺したのか」

「バーカ。そんなヤバイことするかよ。動物実験さ。近くの公園にホームレスみたいなのがいて、野良猫を手なずけてるんだ。俺もキャットフードを持っていって、腹いっぱい食わせたあとで、猫の首の後ろを持って刺したんだ。首の後ろを持つと猫はおとなしくなるだろ」

そこまで準備しているのか。恭平の驚愕《きょうがく》をよそに須知は続けた。

「頸動脈の位置はネットで調べといたからいっぱつだ。たしかに血は噴き出たが、大したことはない。シュッ、シュッとふた筋ほど出て終わりだ。そりゃそうだろ。血が出るのは心臓が動いてる間だけだからな。即死に近い殺し方をすりゃ、心臓も止まるからチョロっと流れて終わりさ。ついでに首も切断してみたが、ほとんど血なんか出なかったぜ」

須知は眉を八の字に寄せ、楽しすぎて困るというような表情を作った。恭平のこめかみに塩分の濃い汗が流れる。

「練習だからな。三匹くらいやって、次は犬でもやってみた。猫に餌《え》づけをしてたら寄ってきた老いぼれ犬だ。餌を投げてやって、尻尾《しっぽ》を振ってきたところを蹴り上げて、地面に這《は》いつくばらせた。犬ってのは目に表情があるな。卑屈な目だったよ。グサッとやったら、一瞬、悲鳴を上げたけど、それで終わりだ。思ったほど血は出ない。だから、人間も同じだろう。年寄りだったらなおさらだぜ」

汗が目に沁《し》み、恭平は手のひらで顔全体を拭った。ふと気づくと、須知はまったく汗をかいていない。

「あんた、どうして汗をかかないんだ」

「知るかよ。生まれつきだ」

「平気なのか」

「平気じゃねぇよ。いつも苛立ってるよ。世の中のすべてに腹を立ててるんだ」

「だから老人を殺そうっていうのか」

恭平が呻くと、須知は心底あきれたように首を振った。

「おまえ、まったくわかってないな。年寄りは役立たずだから、この世から消えてもらうんじゃないか。日本は人間が増えすぎて、もう養いきれないんだ。甘っちょろいことを言ってる余裕はないんだよ」

「役立たずって、あんたは人の役に立ってるのか。あんたは傲慢《ごうまん》だ」

恭平の言葉に反応して、須知は無気味な目を見開いた。恭平と同じ色の薄い瞳《ひとみ》にどす黒い光が灯る。

「おまえこそ何様のつもりだ。人のことが言えるのか」

「僕はあんたとはちがう」

「ちがわねぇよ。苦しんでる年寄りを〝楽に〟してやるのは、いいことだと思ってんだろ」

須知は恭平を見透かすように目を細めた。恭平は反射的にありったけの憎悪を込めて相手をにらんだ。

「あんたの思い上がりには反吐《へど》が出るよ。役立たずは生きる価値がないなんて、あんたに決めつける権利はないぞ」

須知は狡猾《こうかつ》そうな笑みを浮かべて答える。

「たしかに俺はそう決めつけてる。だがな、世間の連中も似たようなものさ。もし、俺が大量殺人を実行したら、世間の連中は言うんじゃないか。あんな凶悪な人間は死刑にしろって。死刑にしろというのは、生きる価値がないとみんなで決めつけてることじゃないのか」

「ちがう」

「ちがうもんか。それを認められないのは、おまえの弱さだ」

須知は恭平の首根っこを摑《つか》むように言葉を被《かぶ》せた。

「どうやら、俺はおまえを買いかぶってたようだな。おまえもそこらにいる凡人どもと同じ、現実を直視できない甘ったれというわけだ。強者になることを怖れる臆病者だ。時間の無駄だったな」

臆病者。自分が父に向けた言葉を浴びせられ、恭平は屈辱を感じた。このまま引き下がるわけにはいかない。

「あんたは本気で老人を襲撃するつもりか」

「おまえには関係ない。だけど、俺が真の強者であることはもうすぐわかるぜ。八月十五日の未明だ。年寄りは終戦記念日が嫌いだろう。だから、八月十五日の日の出を見ないですむようにしてやるのさ。楽しみにしてな。ハッハッハ」

須知は軽蔑《けいべつ》の一瞥《いちべつ》をくれると、肩の関節をぐいとまわし、恭平を押しのけるように人混みの中へ歩み去った。

………

乗降客で混雑する改札を、短い金髪が通っていく。恭平はその後ろ姿を放心したように眺めていた。

見失いそうになり、慌てて追いかける。まちがいない。決行日まで言ったからにはやるつもりだ。

須知は今日もダガーナイフを背中に隠しているのか。丈の短い白いTシャツが揺れる。須知はサッカー選手のドリブルのように行き交う人をかわし、階段で2番線のホームに下りた。山《やま》手線《のて》だ。檄文の封筒に書かれた住所は荻窪だったから、新宿に向かうのだろう。

恭平は須知の髪を目印に、二十メートルほど離れてついて行った。デイパックを押さえて確認する。中には今朝、台所から持ち出した包丁が入っている。真里亜に気づかれないように、新聞紙に包んで忍ばせてきた。

須知は列に並ばず、スマートホンを操作しながら身体を左右に揺らして前方に進む。電車が入ってきても振り向かず、扉が閉まる直前に車内に入った。恭平もひとつ手前の車両に乗る。

車内を移動し、ガラス越しに須知の姿を確認できるところに立った。二十分足らずで須知はやはり新宿で降りた。ところが中央線のホームには向かわず、そのまま東口の改札を出た。

あとを追って地上に出ると、空気はまだ昼間の熱気を宿したまま蒸していた。立ち止まれば汗が噴き出すにちがいない。須知は軽い足取りで、通行人を避けながら先へ進む。汗をかかなければ、熱が身体に籠もるはずなのに一向にスピードを緩めない。

靖国《やすくに》通りの交差点を渡り、歌舞伎町《かぶきちょう》一番街のアーチをくぐった。金曜日のせいか、大勢の人間がけばけばしいネオンと看板の下を行き交っている。

須知は派手な装飾のビルの前で立ち止まり、「串《くし》揚げ」と書かれた赤提灯《ちょうちん》の店に入った。立ち飲み屋のようだ。恭平の額に滝のような汗が流れる。

ここまで夢中でついてきたが、奇妙な錯覚が渦巻いていた。まるで己の影を追っているような焦燥。認めたくはないが、須知に対する嫌悪だけでなく、羨望《せんぼう》のようなものがうごめいている。楽々と障壁を飛び越えそうな身軽さ。同情のかけらもなく、嬉々《きき》として手を下しそうな強靭《きょうじん》さ。

——その男なら、やるかもしれんな。

黒原の言葉がのしかかる。五十五人を一気に死なせる。それは決然として、峻烈《しゅんれつ》で圧倒的だ。だれもがなし得ない神のような所業だ。あの男にそれをさせるわけにはいかない。恭平はディパックを探り、包丁の柄を確認した。須知は自分と同じだが、まったくちがう。彼の思い通りにさせてはならない。

立ち飲み屋から酔客が出てきた。サラリーマン風の二人連れだ。赤い顔をして、足元がふらついている。そうか。須知も飲めば素面《しらふ》のときより反応は鈍る。それは自分にとって有利なはずだ。

しかし、いきなり刺して、包丁はうまく刺さるのか。須知はTシャツ一枚。どこを刺せば致命傷になるのか。須知が言ったように、頸動脈《けいどうみゃく》を切断すればいいのか。それが安楽死というなら、須知も自分で体験すればいいのだ。だが、実際はどうなる。出血、悲鳴、抵抗、逆襲。

刺し損ねたら、須知はきっと反撃するだろう。ダガーナイフを持っていたら、この前みたいに素早く取り出し、刃を突き出すだろう。野良猫や犬で練習しているなら、刺すことにも躊躇《ちゅうちょ》はしない。だから一撃で倒さなければならない。須知が出て来たら、気づかれないように近づいて、後ろから首を切り裂く。そのあとどうする。うまく逃げおおせるのか。交番もすぐ近くにあるだろう。目撃者もいるだろう。

若者のグループが店に入ると、入れ替わるように須知が出てきた。まだ三十分もたっていない。釣銭を確かめるように手元を見ている。引き返さずに、シネシティ広場のほうに進む。明らかにさっきより身のこなしが鈍くなっている。店の看板を見上げながら、立ち止まり、料金表示を見つめては首を振る。風俗店にでも行くつもりか。

須知は歌舞伎町の路地をぐるぐる歩きまわり、結局、映画館の向かいにあるのぞき部屋に入った。恭平は離れた柱の陰に立ち、店の入口を見た。アニメっぽい女性の裸が描かれている。

――低俗だ。

恭平は舌打ちをした。須知はこんな店に入るヤツなのか。年寄りは役に立たないから殺すと言いながら、自分は風俗店で安っぽい快楽を貪《むさぼ》る。許し難い驕慢《きょうまん》だ。

しかし、自分はどうなのか。何の権利があって須知を止めようとするのか。自分も思い上がっているのではないのか。キャップを脱いで髪を掻《か》きむしる。

そのとき、ふいに声をかけられた。

「ねえ。君はさっきから何をしてるの」

前髪を垂らした三十前くらいの優男が立っていた。細身のズボンに腕まくりしたジャケットを羽織っている。

「別に何も」

「さっきからこのあたりをウロウロしてたじゃん。だれかさがしてるの」

「いえ」

キャップをかぶり直して歩きだすと、男は斜め後ろからついてきた。

「もしよかったら、話を聞いてくれないかな。仕事を手伝ってくれる子をさがしてるんだ。ちょっとしたアルバイトなんだけど」

振り向かずに進むと、男は恭平の肩に手をかけて引きもどした。振りほどこうとすると、通行人の中から二人の男が現れ、恭平の前に立った。ひとりは派手な柄シャツ、もうひとりは襟の開いた黒シャツだ。

ジャケット姿の優男が声の調子を変えて言った。

「君さ、かわいい顔してんじゃん。うちで働いてみない。こういう店なんだけど」

名刺を取り出して、マジシャンのように恭平の前にかざす。黒地にオレンジ色の装飾文字で「BGスポット」と書いてある。

「売り専って知ってるだろ。うちは高級店だから、レベルの高いお客が多いんだ。給料は日払い、手渡しもOKだよ」

派手な柄シャツが、尻《しり》ポケットから長財布を取り出して素早く開いた。一万円札が三十枚くらい入っている。

「昨日もらったボーナス。入店祝いは十万円だよ」

「君ならナンバー・ワンになれるさ。アヒル口でかわいいもん」

黒シャツがのぞき込むように言った。

恭平はデイパックを肩から下ろし、顔を伏せたままチャックを開けた。右手を差し入れ、中で新聞紙の包みを開く。剝《む》き出しになった包丁をつかむと、一気に引き出してジャケット姿の優男に突きつけた。男の顔色が変わり、二人のシャツ男も反射的に身を引いた。

「きゃっ」

気づいた通行人が悲鳴を上げて横へ避ける。恭平は一瞬の隙を衝《つ》いて包丁をデイパックにもどし、ダッシュで逃げた。何人かとぶつかり、怒号が聞こえる。構わず全力で通りを走り抜けた。靖国通りを左折し、区役所前のスクランブル信号を渡って、さらに路地を何度も曲がった。

だれかが追ってくる気配はない。

人気のないビルの入口で、あたりをうかがう。息が上がり、心臓が跳ねるように胸板を打つ。息をつき、JRの東南口に向かった。身体が痺《しび》れたようになり、激しいのどの渇きを覚えた。階段の脇でトイレを見つけ、洗面台で水を飲んだ。胃袋が重くなるのがわかるくらい飲み続けた。ふいに吐き気が突き上げ、今飲んだ水を激しく吐いた。横にいた男が飛びのく。吐き終わると、一気に老人になったような倦怠《けんたい》が全身を覆った。

デイパックを引きずるようにして、駅の改札を抜けた。とうとう須知を刺すことはできなかった。南口コンコースのキオスクの陰で、恭平は包丁を新聞紙で包み直し、デイパックを肩に掛けた。時刻は午後九時すぎ。多くの人が行き交っている。

恭平は壁にもたれてそのままずるずると座り込んだ。帰りに乗る山手線のホームが遠く感じられる。それでも歩いて行くしかない。気力が出ずに、何度も階段口を眺めてはため息をついた。

そのとき、目の前を行き交う人混みの中に奇妙な色が通り過ぎた。短い金髪。丈の短い白いTシャツが階段を下りていく。まちがいない。中央線《ちゆうおう》だ。何というタイミング。これが運命の示唆でなくて何だろう。

恭平は立ち上がり、階段口に走った。人を押しのけ、割り込んで前に進む。ホームに出ると、売店の向こうに金髪の頭が見え隠れした。

須知は品川駅のときと同じように、スマートホンを操作しながら前方へ歩いていく。ホームは乗客で混雑し、スーツケースや大きな手荷物を持った人もいる。ひっきりなしに案内と注意喚起のアナウンスが流れる。階段やエスカレーターが通路を狭め、須知は思うほど速く進めないようだ。恭平は歯を食いしばり、人の間を縫って須知に近づいた。場所もタイミングも構う必要はない。運命が味方しているのだ。デイパックを下ろし、チャックを開けようとしたとき、聞き慣れた低いチャイムが鳴り響いた。耳障りな電車到着の合図。

「間もなく12番線に快速高尾《たかお》行きが参ります。黄色い線までお下がりください」

駅員のアナウンスで乗客が下がる。須知は先を急ごうとしてホームの端に出た。恭平は全身に力の漲《みなぎ》るのを感じた。後ろから銀色にオレンジラインの車体が近づいてくる。金髪の後頭部まで距離二メートル。轟音《ごうおん》が迫る。恭平は顔を伏せ、小走りに前に出た。

追いついた瞬間、須知が振り向いた。無気味な目の瞳孔《どうこう》が、ピンホールのように縮んでいる。恭平の肩が須知の脇腹を斜めに突き上げた。一瞬の衝撃のあと手応《てごた》えが消えた。音が消え、動きが止まり、異次元の空白が恭平を包んだ。恭平はそのまま自然な歩調で前に進んだ。横に並んでいた男性が声も立てず、目と口をいっぱいに開いている。視線はこちらではなく、下の線路に向いている。スローモーションのように動き、指をさしたかと思うと、ゆっくりと目を背けた。中年の女性が口を歪《ゆが》め、顔中を皺《しわ》だらけにして目をつぶった。

一瞬遅れて、耳をつんざくようなブレーキ音が響いた。いや、音はその前だったかもしれない。音と映像がズレている。身体が思うように動かない。恭平は水中を進むように、全身の力を振り絞って進み続けた。急ブレーキでも止まり切れなかった車両が、かなりのスピードで恭平を追い越していった。

やがて音と映像が正常に重なった。振り返ると、ホームの端に人だかりができていた。大声で叫ぶ人、子どもを抱きしめる母親、人垣を押しのけて前に出ようとする若者、しゃがみ込む人、何人かが驚愕《きょうがく》の顔でスマートホンのカメラをかざしている。

恭平はほかの乗客に紛れて、何が起こったのかというようにあたりを見まわした。だれも自分を見ていない。怪しむ者もいない。電光掲示板を見上げ、中央線が不通になったときの路線図を思い浮かべる。

そのとき、だれかが声をひそめて言うのが聞こえた。

「即死だ」

そう。即死は安楽死だ。いつか朝倉に言った言葉を思い出す。ホームから落ちたのなら、ベランダから落ちるよりも、はるかに恐怖の時間は短いはずだ——。

須知は大量殺害を計画していた。凶器を準備し、決行日を決め、猫と犬でリハーサルまでしていた。あのまま放置していたら、多くの老人が殺されたはずだ。

勝手に決めつけたわけではない。須知自身が宣言し、準備もし、それを見せつけさえしたのだ。善意でやったことなのだから、畏《おそ》れる必要はない。

自分にそう言い聞かせながらも、恭平は落ち着くことができなかった。

もう一度、黒原に聞いてみよう。どう言われるかわからないが、認めてくれそうな気がする。次の黒原の診察日まで、須知の件は封印しよう。いったんそう決めると、平静を保つことができた。

翌週火曜日の仕事帰り、京急川崎駅で各停に乗り換えたあと、恭平は吊《つ》り革を持って窓に向かって立った。

走行音が一定になったとき、斜め後ろからささやく声が聞こえた。

「ご無沙汰《ぶさた》ですが、その後、お変わりありませんか」

振り向くと、髪をなでつけた丸顔の男が汗を拭《ふ》きながら微笑んでいた。「週刊現春」の松沢だ。相変わらずカッターシャツにダブダブのズボン姿で、大ぶりのショルダーバッグを掛けている。

恭平が無視していると、松沢はせかせかと横に割り込んできて続けた。

「アミカル蒲田の駐車場で取材させてもらってから、ひと月半ですね。アポなし取材をすると施設長に怒られますから、今日はあくまで偶然、出会ったということで」

何が偶然だ。恭平は場所を移動しようと左右を見たが、混んでいて動きづらい。松沢はそれを見越したように薄笑いを浮かべ、馴《な》れ馴《な》れしく続けた。

「これからしゃべることは、私の独り言だと思ってください。興味があれば聞いてくれても結構ですが」

黙れ。言い返しかけた瞬間、松沢は思いもかけないことをつぶやいた。

「須知智毅さんが死にましたね。四日前の金曜日。ＪＲ新宿駅の中央線のホームから転落して」

新聞の記事に須知の名前は出ていたが、なぜそれを自分に言うのか。松沢は恭平の反応を満足そうに見て、尻ポケットからスマートホンを取り出した。

「体内からはアルコールが検出されましたから、酔っぱらって転落した可能性もあります。だけど、警察が防犯カメラを調べたら、別件でマークしている重要人物が近くに写ってたんですって。それで急遽《きゅうきょ》、詳しい解析が行われましてね。私はたまたまその情報を手に入れたんです」

スマートホンの画面を操作し、低い声で読み上げる。

「あの日、須知さんは午後六時五分に品川駅でその重要人物と会ってます。約二十分後、山手線で新宿に向かうと、重要人物も同じ電車であとを追います。須知さんは新宿駅を出て歌舞伎町に向かい、立ち飲み屋のRに入ったあと、Mというのぞき部屋に入ります。重要人物もあとをつけ、Mの斜め向かいの広場にいたところを、スカウトらしい男に話しかけられました。重要人物はそれを振り切って南へ移動し、そのあといったん画像から消えます。歌舞伎町には五十台の防犯カメラが設置されていますが、死角がまったくないわけではないのでね」

そんなに防犯カメラがあるのか。恭平は自分の行動を思い出して蒼《あお》ざめた。デイパックから包丁を出したところが写っていたら面倒なことになる。そう思ったが、松沢はそのことには触れなかった。

「須知さんがMを出たのは午後九時八分。そのあと、新宿ゴールデン街を冷やかして、新宿駅の東南口から構内に入ったのは午後九時三十分です。一方、重要人物がふたたび防犯カメラに捉《とら》えられたのは午後九時十六分。新宿駅の東南口の改札を通って、南口コンコースに上がり壁際に座り込みます。須知さんが目の前を通って12番ホームへの階段を下りると、重要人物もあとを追うように同じホームに下りました。事故が起きたのは直後の午後九時三十四分です」

松沢はそこで言葉を切り、目だけ恭平のほうに動かした。ふだんとちがう鋭い視線だ。恭平はどう反論すべきかを考えた。人ちがい、偶然、単なる事故。

「ところで、この須知という男はとんでもないヤツみたいですね」

須知を呼び捨てにして薄く笑う。

「ホームから転落したとき、違法な刃物を所持していたから警察が家宅捜索したんです。すると、高齢者を多数殺害する計画を記した文書が出てきました。襲撃用と思われる凶器も複数見つかりました。荻窪の公園で猫や犬の首が切られて、警察が捜査していたニュースをご存じですか。それも須知が犯人であることを示す覚え書きが見つかったんです。四日前、重要人物と会ったのはその襲撃の打ち合わせじゃなかったんですか」

恭平は表情を変えない。

「これは私の想像ですが、重要人物は須知と意見が折り合わなかったんでしょう。彼は案外、正義感の強い人間のようですから、須知の計画に許せないものを感じたんじゃないですか。それであとをつけた。須知がホームから転落する瞬間が映像に記録されているかどうか、私は知りません。重要人物は須知が転落したあと、反対側の中央線に乗り、神田《かんだ》で京浜東北《けいひんとうほく》・根岸線《ねぎし》に乗り換えて新子安で降りました。どうです。思い当たることはありませんか」

恭平が答えずにいると、松沢は先まわりするように付け加えた。

「防犯カメラの映像なんか、当てにならないと思っているかもしれませんが、今は夜でもきれいに写るし、警視庁の捜査支援分析センターには専門の研究員もいて、画像工学を駆使した解析法を使うから、画像はけっこう鮮明になるんです。帽子をかぶっていても、歩調や身体の癖から人物を特定できるらしいですよ」

「どうしてそんなことを言うんです」

「知りたいですか。じゃあ、ゆっくり話しますよ。そろそろ降りる駅でしょう」

電車は京急新子安のホームに入った。松沢が先に降り、恭平は迷いながらついて行く。須知の転落死で警察は自分を疑っているのか。そうだとしても、なぜ松沢はそれを知っているのか。

改札を出て左に曲がると、レトロな感じの喫茶店があった。松沢は店内を見渡して、奥のテーブル席に座った。恭平が向き合うと、松沢はアイスコーヒーを二人分注文して、ショルダーバッグから取材ノートを取り出した。

「君は気づいていないかもしれませんが、警察はアミカル蒲田の件での容疑を解いたわけではありませんよ。君が考えている以上に捜査は進んでいると思っておいたほうがいい」

恭平は目線を逸《そ》らして運ばれてきたコーヒーを飲んだ。

「私は君に注意を促してるんです。油断させるのが警察のやり方ですから」

まるで恭平に味方するような口振りだ。その手には乗らない。厳しい表情を変えずにいると、松沢は改まった調子で言った。

「最近、施設の介護士による虐待や殺人が増えてるのは君も知っているでしょう。もちろん許せないことですが、加害者にも同情すべき状況が認められます。介護は過酷で不条理ですからね。高齢者を無闇に生かそうとすることにも問題がないわけじゃない。アミカル蒲田の連続不審死は、そんな高齢者介護の現状に、警鐘を鳴らす象徴的な事件だと、私は見ているんです」

「だから、何だと言うんです。僕には関係ありません」

「君は単純な介護士ではなく、自覚的に行動する思想的な人間です。いわば確信犯だ。だから、心情を聞きたいんですよ」

「確信犯って何のことです。いい加減にしてください」

恭平が怒鳴ると、松沢は表情を消して静かに言った。

「三人の不審死は、君が手を下したんでしょう」

「冗談じゃない」

精いっぱいの目力を込めてにらみつける。松沢は小さく首を振り、同情の眼差《まなざ》しで恭平を見た。恭平は疑心暗鬼に駆られ、顔を伏せる。

「君の行為はもちろん容認できません。だが、情状酌量の余地はあります。私はそのことを世間に伝えたいんですよ。テレビや雑誌の報道のままでは、君はただの短絡的な殺人者にされてしまいます。そうなれば、せっかく君が開こうとした新しい扉は、閉ざされたままになる。罪は償わなければなりませんが、君がやったことの革新性まで消えてしまうのは惜しい。だから率直な気持を聞かせてほしいんですよ」

答えられない。これが罠《わな》でないと、どうやったらわかるのか。恭平はうつむいたまま首を振った。

「僕は、やってない」

「まだ言うんですか。君にはそんなに時間は残されていない。もっと自分を大事にしなさい。君は改革者なんだ。新しい道を示すものは、常に旧世代から迫害される。だが、私なら君の力になれる。私を信じて打ち明けてくれませんか」

言葉の調子が改まり、声に熱が籠もる。話してしまいたい誘惑に駆られる。松沢の誘いに乗って、自分を高齢者介護の殉教《じゅんきょう》者に祭り上げたい。

ふと、目線の先に取材ノートの文字が見えた。丸で囲った乱暴な書きつけ。

『調査報道』

松沢はやはり正義の皮を被《かぶ》ったマスコミだ。ヤツの書いた記事を思い出せ。恭平は全身の力を抜いて、とぼけるように笑った。

「松沢さん。勘ちがいしてるんじゃないですか。僕は何もやってないし、報道されてることは全部でたらめです。四日前のことだって、僕は何も知らないし、何も関わってませんよ」

席を立って出口に向かうと、松沢も腰を浮かせて甲高い声で怒鳴った。

「いい加減に観念しなさい。警察の力を侮ってると、今に後悔するぞ」

その声は恭平の背中には届かず、虚《むな》しく天井に響いただけだった。

テレビの画面ではおなじみのMCが、怒りを滲《にじ》ませながら、国会議員の不倫疑惑を批判している。

同じMCが、少し前は若いアイドル歌手が卵巣がんで亡くなったと悲痛な面持ちで報じていた。その前はオリンピック代表選手の賭博《とばく》問題だ。世間がそれらの話題に飽きかけたときに発覚した国会議員の不倫疑惑だったので、MCはナイスタイミングとばかりに、不寛容の声を張り上げた。

アミカル蒲田の連続不審死と、小柳の過去をあげつらっていたのは、ほんのひと月半ほど前だ。テレビはさまざまな事件を目新しさだけで切り取り、おもしろおかしく報じて、賞味期限がすぎればオモチャに飽きた子どものように放り出す。そして、またアミカル蒲田がらみで新たな動きがあれば、大挙して群がり、小柳への攻撃一辺倒になるのだろう。それはメディアだけのせいではなく、受け手の世間の問題でもあると、美和は今さらながら苦々しく思う。メディアや世間を批判しても虚しいのはわかっているが、それでも苛立《いらだ》ちを抑えられない。

青谷が言ったように、高齢者介護の問題は、今や座視していられる状況ではない。虐待は施設だけでなく、家庭でも早急な対策が必要だ。アミカル蒲田での不審死が引き金となって、世間がこの問題に本腰を入れて向き合うようになればと思っていたが、小柳がそのためにメディアに濫用され、人身御供《ひとみごくう》のように扱われるのはあまりにも哀れだ。

テレビに腹を立てても仕方がないと、スイッチを切った直後に、ＬＩＮＥのメッセージが入った。ほぼ二カ月ぶりの小柳からの連絡だ。

〈今日、帰りにまた「週刊現春」の松沢が来ました。警察の情報を知りすぎてる気がするんですが〉

〈どういうこと？〉

〈先週の金曜の夜、須知という男が新宿駅で中央線に轢《ひ》かれて死んだ記事、朝倉さんは知ってますか〉

ベタ記事だったが、美和は見た覚えがあった。

〈新聞に出てたね。小柳君と関係あるの？〉

〈ないですけど、僕にちょっかい出してきてたヤツなんです。松沢は須知の事故死も僕のせいみたいなことを言って〉

美和は〈電話していい？〉とメッセージを送って、ＬＩＮＥの無料通話でかけた。小柳は、松沢が警察の捜査状況を具体的に知っているのが腑《ふ》に落ちないと早口に説明した。

「最初の記事のときから、情報源がわからなかったんです。もしかして、松沢は警察から直接情報をもらってるんでしょうか」

まさかという口調だったが、美和には心当たりがあった。京子の知り合いの新聞記者からの情報で、警察には特定の記者と持ちつ持たれつの関係になっている捜査員がいるというのだ。

情報をリークすることで、メディアスクラムを発生させ、容疑者を追い詰めることがときに水面下で行われるらしい。松沢はああ見えて東大卒の辣腕《らつわん》記者で、警察とのパイプも太い、だからスクープを連発するのだと、京子は話していた。

しかし、それを小柳に話していいのか。美和は曖昧《あいまい》な形で答えた。

「いろいろ手管を使って、聞き出す記者もいるみたいよ」

「まったくハイエナみたいなヤツですね。でも、決定的な証拠はないから、どうせ何も書けないでしょうけど」

小柳は苛立ち半分に強がって見せた。

「アミカル蒲田の件では、その後、動きはないの」

「ありませんよ。あるわけないでしょう」

「松沢さんは何も言ってなかった？」

「何かって？」

小柳の声のトーンが少し落ちる。

「だから、警察の捜査のこととか」

「警察を侮るなみたいなことを言ってましたが、ハッタリに決まってますよ。だって、もう何カ月もたってるんですよ。今さら証拠とか見つかるはずないじゃないですか」

あくまで強気を装っている。小柳は何も知らないのだ。美和は京子から聞いた話を思い出し、胸苦しいものを感じた。

数日前、彼女は声をひそめて美和にこう言ったのだ。

――近々、警察が動くみたいよ。いよいよ包囲網が狭まったらしい。

▼

昼食に職員控え室に下りると、食事を終えた羽田と鉢合わせになった。慌てたように目を逸らす。何かあったのか。そう言えば、先週また警察に呼ばれたらしい。羽田も疑われているのか。

昼食を終えて持ち場にもどるとき、久本が下りてきたので軽い気持で確認した。

「明日は黒原先生の診察ですね」

久本は沈鬱《ちんうつ》な表情で立ち止まり、首を振った。キャンセルか。黒原が診察をすっぽかすことはこれまでにもあった。せっかく須知の計画を阻止したことを伝えようと思ったのにと、恭平は拍子抜けした。しかし、二週続けて休むことはないから、来週には話せるだろう。

居室に行きかけると、久本が深刻な声で言った。

「今、あすなろクリニックから連絡があったの。黒原先生はもういらっしゃらない。一昨日《おととい》、ご自宅で亡くなったから」

「えっ」

悲鳴のような声が出た。瞬くこともできず訊《たず》ねる。

「病気ですか。でも、先週まではお元気でしたよね」

「詳しいことは聞いてない。病気とかではないようだけど」

久本はそのまま職員控え室に歩いていった。

もしかして自殺か。しかし、自分も人並みに命は惜しいと言ってたじゃないか。それなら突然死か。自宅でなら交通事故などではないだろう。

その日の午後、恭平はいつも通りの業務をこなした。心は空虚なままで、頭もまったく働かない。定時に仕事を終えると、恭平は京急蒲田の東口からバスに乗った。黒原が勤めていたあすなろクリニックは、たしか東糀谷《ひがしこうじや》二丁目のバス停からすぐのはずだ。クリニックに行って、話が聞けるかどうかもわからない。それでも、恭平は呪文《じゅもん》に操られるように、黒原の勤務先に向かわずにはいられなかった。

あすなろクリニックは在宅医療がメインなので、診察時間は午後六時で終わりだ。恭平がクリニックに着いたのは受付終了の直前で、外来患者の姿はなく、事務室のスタッフも帰り支度をしていた。

「アミカル蒲田で、黒原先生の診察の助手をしていた者ですが」

受付で言うと、通りかかった看護師が気づき、「小柳さん？」と立ち止まってくれた。

「黒原先生があなたのことをときどき話してたわ。アミカル蒲田におもしろい介護士がいるって。こちらへどうぞ」

四十代前半らしい看護師が、控えめな笑顔で迎え入れてくれた。通されたのは器材室の一部をパーティションで区切ったような部屋だった。

「黒原先生のこと、驚いたでしょう。わたしたちも未《いま》だに信じられない気持よ。でも、先生には予定の行動だったのかも。ご自宅はきちんと片付けられていて、発作的にやった気配はなかったようだから」

「まさか、それって自殺ですか」

看護師がうなずく。

黒原は出勤日の火曜日にクリニックに現れず、連絡もつかなかったために、午後に事務長が自宅のマンションにようすを見に行って、遺体を発見したのだという。

「遺書はあったんですか」

「いいえ。でも、電子カルテには担当していた患者の紹介状が、全員分、保存されていたわ。あんなふうに見えても、医師としての責任はきっちり果たしてらしたのよ」

看護師は黒原を思い出すように、淋《さび》しげな笑みを浮かべた。

「方法は?」

「黒原先生らしいやり方よ。自分で点滴のセットを組んで、麻酔導入剤で意識をなくしてから、タイマーでインフュージョンポンプから塩化カリウムが流れるようにしてあったの。先生オリジナルの安楽死装置ね」

「じゃあ、最後の苦しみはなかったんですね」

看護師は「たぶん」とうなずく。

「最後にクリニックに来たのはいつですか。何か兆候のようなものはなかったんですか」

「先生の勤務は火、木、金の週三日なの。金曜日はいつもと変わらなかった。木曜日はアミカル蒲田に行ったはずよ。小柳さんは何か感じなかった？」

思いつかない。いや、金曜日に須知を呼び出したのは、前日に黒原が彼の名をつぶやいたからだ。取り返しがつかないことになると感じたのは、須知ではなく黒原自身の行動を暗示していたのか。

看護師が思い出したように言い添えた。

「そう言えば、診察が終わったあと、黒原先生はこんなことを言ってらした。俺もそろそろ引退して、アメリカにでも行こうかって。本気ですかって聞いたら、返事せずに笑ってた。単に遠いところへ行くっていう意味だったのかもしれないわね」

黒原らしい諧謔《かいぎゃく》なのか。この狭い部屋もきちんと片付いていて、いつでも後任に明け渡せる状態だった。

――結局のところ、この世に重要なものなど何もないということだ。

黒原のうなるような声がよみがえる。自殺はまさにその言葉を実践したのも同然だった。

恭平は全身に透明なガスしか入っていないような空虚感に襲われた。黒原の有言実行。自分の行為も善意も葛藤《かっとう》も、すべては消え去り、何の意味もなく霧散するという実感が、巨大な壁のようにそそり立つ。

恭平は打ちひしがれ、立ち上がる気力も湧かなかった。

△

小柳から連絡があったあと、美和は新聞で須知という男の死亡記事を調べた。「新宿駅で男性転落」と題されたベタ記事で、特に事件性があるようには書かれていない。もちろん、小柳との関わりにも触れていない。

もしやと思って京子に連絡してみたが、彼女も須知の転落死については特別な情報はないようだった。小柳に対する警察の捜査状況に関しては、一部の新聞が遠からぬXデーに備えて、取材態勢を整えているとのことだった。

美和は藁《わら》にもすがる思いで、真里亜の交際相手の塚本秀典に電話をかけた。小柳といっしょに会いに行ったとき、マスコミに顔が利くようなことを言っていたからだ。

塚本も小柳に警察の手が伸びていることは知らなかった。あれから真里亜とは連絡をとっていないらしく、美和の話にショックを受けたようすだったが、冷静に応じた。

「恭平君に万一のことがあれば、私はできるかぎりのことをしますよ。真里亜さんのためにもなることですから」

その言葉は信用できる気がした。

もしも小柳が逮捕されたら、殺人罪で起訴されるだろう。少しでも情状酌量に役立つ情報を集めておいたほうがいい。美和は医師の黒原にも連絡してみることにした。彼なら小柳が高齢者に手をかけていたとしても、単純な殺害でないことを証言してくれるだろう。

だが、あすなろクリニックに電話して聞かされたのは、黒原が数日前に亡くなったという事実だった。看護師に確かめると、小柳もすでに知っているとのことだったので、美和はその場で小柳に電話をかけた。彼は精神的に黒原に依存しているふしがあったから、動揺しているのではないかと思ったからだ。

「黒原先生が亡くなったと聞いたけど、小柳君は大丈夫？」

二秒ほど沈黙があり、冷ややかな声が返ってきた。

「朝倉さんはどうして知ってるんですか」

「今、あすなろクリニックに電話したのよ。そこで看護師さんから聞いて」

「なんでクリニックに電話したんです」

答えに詰まった。小柳に警察の捜査のことは言えない。とっさに嘘の理由を考えた。

「黒原先生に聞きたいことがあったの。高齢者の虐待問題についての取材で」

小柳が黙っているので、美和は言葉を重ねた。

「それより、あなたは落ち込んでない？」

「どうして僕が落ち込むんです」

「あなたは黒原先生を慕っていたようだし、いろいろ影響も受けたでしょう」

「いいえ」

「だってあなた、自分で言ってたじゃない、黒原先生から介護の現実を直視するよう教わったって」

「言ってませんよ」

平静な声だった。たしかにそう聞いたはずだが、美和の記憶も完全ではない。戸惑っていると、逆に小柳が聞いてきた。

「高齢者の虐待問題って、雑誌か何かの取材ですか」

「そうよ。介護専門誌の『ジョイン』よ。前にあなたにも取材させてもらったでしょ」

とっさに言い繕う。

「なんで黒原先生に取材しようとしたんですか」

「黒原先生は高齢者介護にも詳しいって、あすなろクリニックのHPにも出てたから」

「へえ」

信じていないのが丸わかりの応答だ。話を変えようとすると、小柳は見透かすように言葉を被せた。

「朝倉さん。何か隠してますね」

「そんなことない」

スマートホンを持ったまま首を振る。小柳は美和の返事を無視してさらに聞いた。

「それは僕にとって困ることですか」

「何も隠してないって言ってるでしょ。あなたこそ黒原先生に影響を受けてないみたいなことを言って、どうして隠すの」

「別に。朝倉さんが何も隠してないのなら、それでいいです」

通話は小柳のほうから切れた。美和は軽はずみに電話をかけたことを後悔した。

▼

黒原の死を知ったあと、恭平は腑抜けたようになって、決められた仕事だけをこなしていた。衝撃が大きすぎて、理由も黒原の心情も考えられない。ときおり、黒原の言葉が去来する。

――人の死にいいも悪いもないんだ。……すべては時間に流されて、消えてしまうことだからな。

――知的強靭さを持てば、闇は闇として怖れもなく見つめられる。

――健康に執着したりはしない。快楽にふけるのが俺の主義だからな。

黒原には死も快楽だったのか。

朝倉から電話があったのは、オフでアパートにいるときだった。彼女が黒原の死を知っていたのは意外だったが、とっさに興味がないふりをした。そのほうが朝倉が混乱すると思ったからだ。何か隠しているようだったが、警察の動きだろうか。用心したほうがいい。そう思って通話を終えた。

月曜日の朝、出勤しようといつもの道を行くと、アミカル蒲田の前に見覚えのある二人が立っていた。恭平の姿を認めると、すっと動いて右手を挙げた。

「小柳さん。うかがいたいことがあるので、蒲田署まで同行していただけますか」

刑事の安東だ。後ろに島も控えている。

「急に言われても困りますよ。仕事もあるし」

「職場のほうは大丈夫です。施設長さんにお断りしてますから」

安東が振り向くと、玄関から不安そうな久本が出てきた。

「これって任意同行でしょう。任意だから拒否できますよね」

「拒否はできます。しかし、結局は来てもらうことになります。我々も、はいそうですかと引き下がるわけにはいかないんでね」

「小柳君。行ってきなさい。こっちは大丈夫だから」

久本がか細い声でうなずいた。

安東は駐車場のほうに歩き出し、島が顎《あご》で恭平を促した。車はパトカーではなくふつうの乗用車だった。島が運転席に座り、恭平は後部座席の安東のとなりに座らされた。

アミカル蒲田から蒲田署までは、車ならほんの十分足らずの距離だ。窓の外を見ると、知っているはずの街並みが一変し、見覚えのない街を走っているような錯覚に襲われた。これが警察に連行されるということか。恭平はふとこのまま消えてしまいたい衝動に駆られた。

蒲田署に着くと、駐車場の奥にある通用口のようなところから署内に入った。エレベーターで二階の取調室に連れて行かれる。奥の席に座らされると、安東が向かいに座った。島は入口横の机でノート型のパソコンを開いた。

「突然で悪かったね。君もずいぶん気を揉《も》んでたんじゃないか」

黙っていると、安東は本腰を据えるように両肘《ひじ》をついて両手を組み合わせた。

「八月四日の夜、須知智毅さんがJR新宿駅で中央線の電車に轢かれて、死亡したときのことを聞かせてもらえるかな」

そっちかと、恭平はかすかに眉《まゆ》を動かしたが、すぐ平静を取りもどした。安東が確認するように聞く。

「須知さんのことは知っているね。彼が亡くなったあと、部屋を捜索したら、君のことを書いた覚え書きが見つかった」

「あの人は一方的に近づいてきただけで、僕は知り合いとは思ってません」

「いつ、話しかけられたの」

恭平は須知に会った場所と回数、話の内容を事実の通り答えた。安東は恭平が駅などの防犯カメラに写っていることを告げて訊ねた。

「須知さんが亡くなった夜、君はなぜ新宿まで彼のあとを追ったの」

「彼が恐ろしいことを考えていたから、やめさせようと思って」

「恐ろしいこと？」

「知ってるんでしょう。要介護の高齢者を大量殺害する計画ですよ」

安東は恭平の苛立ちを無視して続けた。

「君は歌舞伎町で須知さんを待ってる間に、スカウトらしい男に声をかけられて逃げたよね。

それはどうして」

「いやだったからです」

「かなりしつこかったようだけど、どうやって追い払ったの」

「走って振り切りました。走りには自信があるので」

「それだけ？」

「ええ」

デイパックに包丁が入っていたことは知られていないはずだ。そう思った瞬間、安東は首を横に振り、言葉に圧力を込めて言った。

「嘘はよくないな。君がデイパックから包丁を取り出したところが防犯カメラに写ってる。刃体の長さが六センチを超える刃物を持ち歩いたら、銃砲刀剣類所持等取締法違反になる可能性がある。須知のアパートを調べたのも、彼がダガーナイフを持ってたからだ。君はあの日、須知の殺害を目論《もくろ》んでたんじゃないのか」

いきなり恭平の目の奥をのぞき込む。こういうときとっさに弁解を思いつくのは、彼には苦もないことだ。

「包丁はたまたま持ってただけです。うちで使っていたのが切れなくなったので、職場の調理場の砥石《といし》で研がせてもらおうと思って」

「証言してくれる人はいる？」

「こっそり使わせてもらったから、だれも見てないと思います。でも、だれも見ていないからと言って、やっていないとは言い切れないでしょう」

答えながら、恭平は松沢の情報が当てにならないことに留意した。松沢は須知がホームから転落した瞬間の映像があるかどうかは知らないと言ったが、あると覚悟したほうがいい。

安東が須知の行動を細かく説明しだしたので、恭平は途中でそれを遮った。

「知ってますよ。『週刊現春』の松沢という記者から全部聞きました。警察はずいぶん気前よく週刊誌の記者に情報を流すんですね」

「何のことかな」

安東がとぼけるので、恭平は激昂《げきこう》して叫んだ。

「須知がホームから転落したところも防犯カメラに写ってるんでしょう。僕がそこにいたことも。だったらはっきり言ったらどうです。おまえが須知を突き落としたんだろうって」

「そうなのか？」

安東は声を低め、上目遣いに恭平を見た。別の机では、島がせわしなげにキーを叩《たた》いている。

「そんなわけないでしょう」

かろうじて自分を抑えた。危うく挑発に乗るところだった。あのとき、ホームは混雑していて死角も多かったはずだ。須知を突き落としはしたが、手で突き飛ばしたりしたわけではない。それなら言い逃れはできる。

「たしかに僕は須知に近づきました。電車がホームに入ってきて、急がないと逃げられると思ったから。そしたら何かに引っかかって、つまずいた拍子にぶつかったんです。もちろんわざとじゃありません。彼がどうなったか、怖くて見ることができなくて、その場を離れました。大騒ぎになったのはわかりましたが、須知が怪我をしたのか、うまくホームの下に隠れたのか、わかりませんでした。その場を離れたのは悪かったかもしれませんが、あれは不可抗力の事故です。たまたまぶつかっただけなのに、それでも殺人になるんですか」

恭平は一気にまくしたてた。安東は机の上で両手を重ね、苦々しい表情で聞いていた。おそらく、有力な目撃証言や映像はないのだろう。恭平は余裕を取りもどしたが、まだ興奮が収まらない素振りで続けた。

「須知には申し訳ないと思います。でも、彼はほんとうに恐ろしい計画を立てていたんです。あの日、彼は僕に言ってました。老人を安楽死させるための練習として、近くの公園で野良猫や犬の首をナイフで切ったりしたって。完全に本気だったから、なんとかやめさせようと思って、声をかけるタイミングをはかってたんです。だから、電車が来たとき慌ててしまって……」

今度は安東が恭平を遮るように、右手のひらを前に出した。

「その件はわかりました。今日はここまでにしましょう」

ゆっくり身体を引いたので、取り調べが終わるのかと思った直後、ふたたび身を乗り出して言葉を突きつけた。

「もうひとつ聞きたいんですが、今年の三月九日、アミカル蒲田で入居者の岡下寿美子さんが、自室のベランダから転落して亡くなりましたね。その件について聞かせてもらえますか」

恭平の苛立ちをよそに、安東は当夜の状況を時間をかけて逐一確認したあと奇妙なことを言った。

「あの日の夕方、306号室の堂之本さんの部屋で、君は時計の電池を交換したそうだね」

「覚えてませんけど」

「翌朝、堂之本さんがいつもより十分早く朝食に下りてきたのは、前にも話したね」

「そうでしたっけ」

「堂之本さんが朝食に下りている間に、君が306号室に入ったところを見ている職員がいるんだけど、何の用事で入ったのかな」

どう答えるべきか。覚えていないばかりでは疑われるだろう。しかし、五カ月も前なのだから、覚えているほうが不自然か。

「通常の訪室じゃないですか。どの部屋で何をしたかなんて、いちいち覚えてませんよ」

「堂之本さんは、君が時計の電池を替えたときおかしいと思ったそうだ。少し前に自分が交換したばかりだったからね。だが、親切でやってくれてるのだからと思って、何も言わなかったそうだ。思い当たることはあるかい」

小さく首を振る。取り調べがはじまってすでに二時間近くがたっていた。安東は疲れも見せず、むしろ余裕の笑みを浮かべて言った。

「これは仮説だが、君が電池を交換したとき、すなわち岡下さんが転落死する日の夕方、時計を十分進めたならどうだろう。その夜、306号室で君が堂之本さんに転落音を聞いたと言ったとき、時計の時刻は実際より十分早くなる。そのあと407号室に上がり、十分後に岡下さんをベランダから投げ落とすと、その時刻には君は306号室にいたというアリバイが成立する。堂之本さんは耳が遠いから、岡下さんが落ちた音は聞いていない。翌朝、306号室に入ったのは、進めた時計をもとにもどすためだったんじゃないか」

恭平は首を振り、小さなため息で応じた。

「バカバカしくて、反論する気にもなりませんよ」

「それなら、君が堂之本さんの部屋で時計の電池を替えた理由を説明してもらおうか」

「電池を替えたのなら、時計が止まってたんでしょう。堂之本さんはしっかりしているようでも、物忘れや勘ちがいもあります。電池を交換したのもずいぶん前だったかもしれないじゃないですか。あるいは、切れかけの電池を新品とまちがえて入れたとか」

「307号室の入居者が、岡下さんの転落音を聞いたのは、306号室からだれかが出ていったあとだったと証言していることも前に話したね」

「だから、それもおかしいと言ったじゃないですか」

高齢者の証言などだれが信用するものか。恭平は強気に構えたが、内心ではかなり苛立っていた。

安東が壁の時計に目線を上げ、慇懃《いんぎん》な口調で言った。

「今日はここまでにしましょう。ひとつ忠告しておきますが、嘘を言ったり、事実を隠したりすると、印象が悪くなります。君の供述はすべて記録されるから、裁判官の心証も悪くなるでしょう。正直に答えるのがもっとも利益になるのです。また、話を聞かせてもらいます」

安東は威圧するような目線を向けた。そんなものに負けてたまるかと、恭平は傲然《ごうぜん》と相手を見返した。


次の聴取は二日後の午後だった。久本には連絡が入っていたようで、入居者やほかの職員に目立たないよう、裏の出入り口から出るように言われた。

安東は前回と同じ取調室で待っていて、この日は山辺春江の転落死に関することを詳しく訊ねた。田所乙作の死に関しては何も聞かれない。当然だろう。田所が亡くなった夜は、恭平は夜勤ではなかったのだから。

そのあとも取り調べは断続的に続いた。数日、間が空くこともあったが、二日連続で呼ばれることもあった。取り調べでは日常の業務とか、ほかの介護士との関わりなども話すよう求められた。三人の不審死についてもしつこく聞かれたが、当然ながら恭平はすべての関与を否定した。警察は供述の矛盾を衝こうとしているようだったが、記憶力のいい恭平には通用しなかった。

六回目の任意聴取は、一回目から二週間後の八月二十八日に行われた。この日、安東はいつになく親し気なようすで、取り調べというより雑談のような形で恭平に語りかけた。

「高齢者介護の過酷さは、想像をはるかに超えているようだね。特に夜勤は大変みたいだな。状況を調べた捜査員が驚いていたよ。忙しいときにあっちこっちから呼ばれたら、アタマに来るのも当然だとね」

　恭平は答えない。安東は恭平に断ってからゆっくりと煙草をくゆらせた。

「実は、私の母親も認知症でね。自宅で介護できなくて施設に入れてる。会いに行くと喜んでくれるが、そのたびにいつになったら家に帰れるのと聞かれるのがつらくてな。この前、面会に行ったら、手首に紫色の痣《あざ》ができていたよ。どうしたんだと聞いても、知らないとしか言わない。自分でぶつけたのかもしれないが、だれかにきつく握られた可能性もあると思ってな。君はどう思う」

「その場にいないとわかりませんよ」

「そうだな。今度、母親の部屋にこっそりビデオカメラでも仕掛けてみるか。アミカル蒲田でそんなことをした家族がいただろう」

「らしいですね」

「母親は七十九歳なんだが、あんまり長生きさせるのもかわいそうに思うよ。だからと言って、須知のように抹殺を考えるのは論外だが」

　久しぶりに須知の名前が出て、恭平は緊張した。安東は何食わぬ顔で続ける。

「須知という男は、実際、ひどいヤツだったみたいだな。自宅には危険ドラッグや大麻が隠されていた。アメリカのＫ　Ｋ　Ｋ《クー・クラックス・クラン》やナチス関連の本もごっそりあった。部屋中ゴミだらけで、とてもまともな神経の持ち主じゃなかったみたいだ。ヤツなら実際、高齢者施設で大量殺人を犯したかもしれん」

安東は苦笑しながら言い、卑下するように後頭部を叩いた。

「ところが、警察はそういうヤツを見つけても、手も足も出せないんだ。実際に罪を犯さないと逮捕できない。被害者が出てからでないと、取り締まれないなんておかしいだろう。今はテロ等準備罪ができたが、あれで検挙することもむずかしい。共謀罪といわれる通り、複数の人間が関わっていないと適用できんからな。檄文くらいじゃ身柄を押さえられないんだ。その男が〝事故〟で死んでくれて、大量殺人が未然に防げたというわけだ。警視総監表彰ものだよ。まあ、〝事故〟を表彰するわけにもいかんがね」

何が言いたいのか。もしかして、安東は須知の死に関して恭平を免罪するつもりなのか。

黙っていると、安東は二本目の煙草に火をつけ、さらに雑談口調で続けた。

「アミカル蒲田でいろいろ話を聞いたんだが、君はずいぶん仕事熱心らしいな。食事の介助に時間がかかる人にも、根気よく付き合うそうじゃないか。入居者がのどを詰まらせたとき、とっさの機転で救ったとも聞いた。なかなかできることじゃないよ」

今さらおだてられて油断するとでも思っているのか。恭平が白けた顔をすると、安東はそれを無視して言った。

「しかし、はじめは君も戸惑いがあったようだな。浦さんといったか。君が勤めだしてから最初に亡くなった入居者」

浦八洋子のことだ。警察はそんなことまで調べたのか。三人の不審死とは何の関係もないのに。

「そうとうショックだったようだな。しかし、あんまり長生きをしても、つらいことばかりだろう。アミカル蒲田のような施設じゃあ、実際、死にたいと訴える高齢者も少なくないと聞いている。それを見て平気な介護士もいるようだが、善意の介護士ほど心を痛めるんじゃないか」

恭平は答えない。安東はさらに続ける。

「あまりに気の毒な高齢者は、そのまま生かしておくより、楽になる手伝いをしてあげたほうがいいと思うこともあるだろうな」

一呼吸置いて、安東が上目遣いの視線を向けた。

「君はどうだ」

「僕もそう思いますよ。でも、ただ思うだけです」

「死にたくても死ねない高齢者は、君のような優しい介護士に頼みたくなるんじゃないか。楽にしてくれと」

恭平は無言で見つめ返す。安東はじわじわと追い詰めるつもりのようだ。

「今、高齢者の虐待は、認定されたものだけで年に一万六千件を超えている。介護関連の殺人や心中も多い。それは法的な整備が不十分だからだ。法律は現実を後追いする形でしか制定されない。ストーカー規制法のきっかけとなった桶川《おけがわ》事件、アメリカにはミーガン法と呼ばれる性犯罪者情報公開法なんかもある。アミカル蒲田の連続不審死も、新たな法律制定のきっかけになるんじゃないかと、私は思っている。君が潔く関与を認めたなら、それは社会に大きなインパクトを与えると思うんだがな」

非難するのではなく、称賛するような口振りだった。だから、自白しろと言うのか。くだらない。恭平はわざと失笑して見せた。

「僕は何もやってませんよ。二人が転落したとき、たまたま夜勤だっただけです。それを法律制定がどうのこうのなんて大げさすぎますよ」

警察は自白以外に有力な証拠がないのだ。恭平が余裕を見せると、安東は未練がましい口調で訊ねた。

「念のために聞くんだが、田所氏が亡くなったことにも君は関与はしていない？」

「当然ですよ。その日はずっとアパートにいたんだから」

胸を反らすと、安東は横の机でパソコンを打っている島に声をかけた。

「じゃあ、あれを」

島が引き出しから何かを取り出して、安東に手渡した。ビニールの小袋に入ったピンバッジだ。赤地に黒のコウモリのデザイン。

「何かわかるな。君が黒いキャップにつけていたピンバッジだ」

恭平の唇がかすかに震える。そんなピンバッジは知らない、そう言いかけたとき、安東が遮った。

「誤魔化そうとしても無駄だ。このピンバッジはどこにあったと思う？　田所乙作氏の部屋だ。しかも、田所氏が生きているときにはなくて、亡くなったあとで見つかった」

黙っていると、安東がひとつ咳払《せきばら》いをして言った。

「順序立てて話してやろう。田所氏が亡くなる前、夜勤の職員が午前一時すぎにトイレ介助で部屋に入った。田所氏は睡眠薬をのんでいるから、転倒防止のために職員は床につまずくようなものはないか調べたらしい。そのあと、同じ職員が午前四時十五分ごろに見まわりに行って、田所氏が亡くなっているのを発見した。そのとき、トイレのドア近くにこのピンバッジが落ちていたのを見つけたんだ」

第一発見者は羽田だ。恭平は瞬きも忘れて安東を見つめる。

「その職員はこのピンバッジに見覚えがあった。少し前、君のキャップにオリンピックのピンバッジをつけようとしたときに見たそうだ。バットマンのエンブレムみたいだなと思ったから、まちがいないと言っている」

あのときかと、恭平は思い当たる。

「おそらく、田所氏が抵抗したときにはずみで取れたんだろう。君はそれに気づかず田所氏の部屋をあとにした。言っておくが、このピンバッジからは指紋が検出されてる。今の段階ではだれのものかわからないが、君が逮捕されたら指紋を採らせてもらう。一致すれば紛れもなく君のものということになる。さらに私たちが君のアパートを訪ねたとき、柱にかかっていた黒いキャップに、これと同じピンバッジがなかったのを島が確認している」

どう弁解すべきか。恭平は目まぐるしく考えを巡らせた。ピンバッジが落ちていたというだけでは、田所に手をかけた証拠にはならない。そう言おうとしたとき、またも安東が言葉を被せた。

「もちろん、これで君を田所氏殺害の犯人だと決めつけるわけにはいかない。しかし、君が午前一時すぎから午前四時十五分ごろまでの間に、田所氏の部屋にいたことは立証される。君はそこで何をしていたのか、説明してもらえるかな」

答えられない。苦し紛れの抵抗をするように問うた。

「でも、出入り口の防犯カメラに僕が写っているんですか。あの日、僕は夕方、アミカル蒲田を出たんです。夜中に田所さんの部屋にいたというなら、もどるところが防犯カメラに写るはずじゃないですか」

「カメラには写っていない。だがな、だからと言って施設に出入りしなかったとは言い切れないだろ。現場を見たが、一階の廊下側の窓の鍵《かぎ》を開けておけば、夜中に侵入することは可能だからな。もちろん、侵入者は手袋をはめていただろうから、指紋は検出できなかったが」

安東はすべてを見通したように笑った。

「君が納得のいく説明をしてくれればいい。でなければ申し訳ないが、君の姉さんにも話を聞かせてもらうことになる。田所氏が亡くなった夜のことを聞いたとき、なぜ君が外出しなかったと嘘を言ったのか。今度はアパートではなく、署に出向いてもらうことになるな。場合によっては、裁判で証言台に立ってもらうことになる」

真里亜を巻き込むことはできない。神経の細い彼女は、弟の殺人罪が裁かれる裁判になど耐えられるはずがない。

安東がピンバッジを入れたビニールの小袋を前に押しやる。恭平はそれを見つめる。こんなもので追い詰められるのか。言い逃れの道はまだあるはずだ。そう考えようとするが、金属のピンバッジは動かぬ証拠として、ひっくり返すことのできない巨大な重しのように、恭平の心を圧迫した。

「どうなんだ、小柳」

呼び捨てにされ、恭平は顔を伏せて呻《うめ》いた。

「少し、考えさせてください。気持が落ち着いたら、ほんとうのことをお話しします」

アパートにもどると、真里亜はすでに銀行から帰っていて、重症のうつ病のような顔で食卓の向こうに座っていた。「ただいま」と言っても返事はない。もともと細身だった彼女は、この二週間でさらにやせ、目の下には青い隈《くま》が浮き出ていた。

「晩ご飯、どうする」

恭平が聞いても答えない。恭平も食べる気がしなかった。

警察の取り調べを受けていることは、真里亜には知られたくなかったが、三度目の聴取のあとアミカル蒲田は休職扱いになり、勘の鋭い真里亜に問い詰められて、打ち明けざるを得なくなった。真里亜は取り乱して、激しく恭平を追及した。無実に決まってると繰り返したが、真里亜は簡単には納得しなかった。

長時間の取り調べが続くに従い、彼女は思い詰めたように無表情になり、ほとんど食事を摂《と》らなくなった。銀行の勤務はかろうじて続けているが、このままではいつ倒れるかわからない。いよいよ限界かと、恭平は追い詰められたのを感じた。

しかし、刑事にどう話すべきか。恭平の気持は定まらず、とてもひとりでは決められなかった。だれかに相談したいが、黒原が亡くなった今、話を聴いてくれそうなのはだれか。

思い浮かんだのは朝倉だった。彼女には特別な思いがある。何か隠している素振りもあったが、黒原に連絡を取ろうとしていたから、その真意も知りたい。

連絡すると、予想通り、いつでも相談に乗ると言ってくれた。できるだけ早くと頼むと、明朝、恭平のアパートに行くと言ってくれた。取り調べのことを告げると、驚いたようすだったが、あらかじめ予測していたようでもあった。

段取りをつけたあと、恭平は真里亜に伝えた。

「明日、朝倉さんと会うことにしたよ。どうすればいいか、相談してみる」

「そう」

真里亜は食卓に目線を落としたまま、無表情に応えた。

翌日、朝倉は約束した午前十時にアパートにやってきた。真里亜はすでに出勤していて、恭平だけが食卓で彼女を迎えた。

取り調べの内容を聞かれて、恭平は田所の部屋でピンバッジが見つかったことを打ち明けた。

「それって、小柳君のものにまちがいないの。夜中じゃなくて、昼間に落としたということはないの？」

恭平は不愉快さを隠さず首を振った。朝倉がうわべだけで可能性を探っているのはミエミエだった。

「言い逃れはできないみたいなんです。このままだと真里亜まで取り調べを受けそうで」

朝倉はいかにも親身な表情を浮かべて言った。

「警察があなたの逮捕に向けて、いろいろ情報を集めていることは聞いていたの。隠していてごめんなさい。でも、具体的なことは知らなかった。たぶん、そのピンバッジが決め手になったのね」

「警察をなんとか納得させないといけないんです。だけど、どう言えばいいのかわからなくて」

「事実をありのまま言うしかないでしょう」

あまりにありきたりな答えに、恭平は失望した。

「それでわかってもらえるんですか。警察は介護のことも、お年寄りの気持も何も知らないんですよ。僕がほんとうのことを言っても納得するとは思えない」

「ほんとうのこと？」

朝倉が真剣そのものという顔を向けるので、恭平はうんざりした。バカらしくて、わざと混ぜ返すように言った。

「やめてください よ。そんなマジな顔で見るの」

「小柳君。はぐらかさないで。わたしは本気よ。できるかぎりあなたの力になりたい。あなたが悪い人間じゃないことは十分わかってる。それどころかあなたは稀有《けう》なくらい純粋で、思いやりのある人だわ。あなたが恐れる気持もわかる。でも、いつまでも事実から目を背けていても、何も変わらないのよ」

情緒的軟弱さ。そう言われている気がした。自分は今、そのぎりぎりのところに立っているのか。恭平は追い詰められていることを改めて意識した。

勇気を出して。

朝倉の目が恭平を促す。黒原ならどうするか。いや、黒原はもういない。

「朝倉さん。僕の言うことを信じてくれますか」

恭平は視線を上げ、朝倉を正面から見つめた。

「もちろんよ」

表情を動かさずにうなずく。恭平はふたたび不快を感じる。警察や松沢と同じように、朝倉も有罪と決めつけている。それに反することを言っても、信じるだろうか。無理だ。正直に言え、ほんとうのことを話せとせっつくだけだ。

視線を逸らして首を振ると、朝倉はふいに食卓に手を伸ばして、恭平の手を握った。そして胸の底から絞り出すように声を震わせた。

「かわいそうな小柳君。どうしてあなたはそんなに苦しまなければならないの。なんとかしてあげたい。でも、わたしは何もできない」

見つめる目から涙がこぼれた。この人はなぜ僕のために泣く？　恭平は戸惑い、激しい動揺に襲われた。今、じっとしているわけにはいかない。

「じゃあ……話します」

恭平は肩を落とし、椅子から崩れ落ちそうになるのをこらえながら、言葉を絞り出した。

「岡下さんも、山辺さんも、僕がベランダから投げ落としました。田所さんも、僕が首をベッド柵《さく》に挟み込んで、窒息させました」

空気が凍り、刃物のように尖《とが》って首筋を切り裂く錯覚に見舞われた。自分はいったい何を話しているのか。朝倉は身じろぎもせず、恭平を見つめている。

どうして？

無言で問う。

答えようとしたとき、恭平の目からも涙があふれた。大粒の涙があとからあとから頬を伝う。言葉に詰まる。それでも言わなければならない。恭平は歯を食いしばり、必死に声を押し出した。

「岡下さんは、僕が巡回に行ったとき、自分でベランダから飛び降りようとしてたんです。生きてるのがつらいと言って、自分で鉢植えの台を動かして、そこから飛び降りようとしてました。慌てて止めると、僕に抱きついてきて、お願い、死なせてって、狂ったみたいに泣いたんです。自分で飛び降りようとしたけど、柵が高くて身体が持ち上げられないって、か細い声で泣き続けるから、あんまりかわいそうで、ほんとうにいいんですかと聞いたら、お願いお願いと繰り返したから、目をつぶって柵の向こうに投げ落としたんです」

言い終えて、恭平は大きく息をついた。自分が今どこにいるのか、茫然《ぼうぜん》としてわからない。自分が自分でないような奇妙な感覚に包まれる。

「それなら殺害じゃなくて、自殺ほう助じゃないの」

「いいえ。殺したんです」

きっぱりと言い切った。「よかれと思ってやったんです。岡下さんは前から死にたがってたし、ほんとうに生きるのがつらそうだったから。自殺を手伝ったんじゃなくて、僕が死なせてあげたんです」

自殺ほう助などと言われたくない。信念に基づいた行動だと思いたい。そんな気持がどこからともなく胸に突き上げた。

「山辺さんのときもそうです。あの人は岡下さんの死を心底、羨《うらや》ましがってました。訪室するたびに言うんです。あんなふうに一瞬で死ねたらどれほどいいだろうって。でも、自分ひとりじゃベランダの柵は越えられない、椅子も運べないって嘆いてました。ほんとうに死にたいんですかって聞いたら、もちろんよって、怒ったように言って、手伝ってと拝むように頼むんです。引き出しから白い封筒を出して、僕に押しつけました。中には新券の一万円札が三枚入ってました。前から用意してたんです。もちろん封筒は返しました。でも、それで山辺さんが本気なんだとわかったので、次の夜勤のとき、段取りをつけたんです。部屋に行くと、山辺さんはもうすっかり覚悟を決めて、笑顔で待っていました。ベランダに連れて行くと、自分から柵の外に腕を伸ばし、ありがとう、これで楽になれるって、晴れ晴れした声で言ったんです。最後は自分から飛び降りるように落ちていきました」

涙はすでに止まっていた。恭平は夢見るような表情で、自分も深夜のベランダの空気を吸っているような気分に浸った。

「田所さんも同じなの？」

朝倉の問いに、放心したようにうなずく。

「田所さんの部屋は三階だから、ベランダからは無理だったんです。それで、ベッド柵に首を挟むのがいちばん楽かなと思って」

「でも、田所さんはすぐ医者に診てもらいたがるくらいだから、死にたがってはいなかったでしょう」

「田所さんは、たしかに病気を恐れてたけど、あの人が怖がってたのは、死ぬ瞬間の苦しみです。苦しみながら死にたくない、自分でも気づかないうちに死にたいとよく言ってました。田所さんは家族との折り合いが悪くて、息子さんが面会に来たとき、眠ってる田所さんを見て、このまま逝ってくれたら我々も助かるし、本人も幸せだろうって言ったんです。親に死んでほしいと思うのはひどいけれど、他人にはわからない苦労もあるでしょう。だけど、家族が死なせたら一生悔いが残る。だから、僕が手を貸したんです。眠っている間に窒息死すれば、田所さんも楽だし、家族もつらい思いをせずにすむだろうって」

「そんなことをしたら、目を覚ますんじゃないの」

「いいえ。田所さんは睡眠薬をのんでるから、夜中は熟睡してるんです。トイレに起きても、横になればすぐ眠り込んでしまいますから」

朝倉は何と答えたらいいのかわからないようすで唇を嚙《か》んでいた。恭平は反応をうかがうように声を低めた。

「田所さんのケースは、納得がいかないんでしょう。本人の意思をしっかり確認していないから。でも、本気で死にたいかどうか、面と向かって確かめるのって残酷じゃないですか。自分の知らないうちに死ねたらいいと思ってるお年寄りは、少なくないと思いますよ」

「かもしれないわね。むずかしいところだけど」

朝倉はまだ十分に納得しないようすだった。恭平はもう一押しした。

「朝倉さんは、死なせたほうがいい高齢者がいるという考えが受け入れられないんでしょう。他人が勝手に決めたら、恐ろしいことになるって。だけど、それは年老いていない人の発想です。年老いて苦しんでいる人は、早くお迎えが来てくれないかと待ち焦がれてるんです」

「つまり、あなたは善意で三人に手を下したというわけね。あなたの気持はよくわかった。三人を死なせたのは善意からで、慈悲の行為だったことも理解できる。それなら情状酌量の余地は十分あるわ。世間に訴えることもできると思う。だけど、罪はやっぱり償わなければいけないわ」

「いいことをしたのに、償わなければならないんですか。だいたい罪って何ですか。正当防衛だって、死刑の執行だって、人を殺しても罪にならないことはあるでしょう。医者がやる安楽死もそうです。僕のやったことだって、罪じゃない」

「それなら裁判で堂々とそう主張すればいい。あなたの言い分は、社会に大きな影響を与えるものよ。黒原先生だってきっとそう言うと思う」

黒原の名前を聞いて、恭平は自分の疑問を思い出した。

「朝倉さんはどうして黒原先生に会いに行こうとしたんですか。取材だと言ってたけど、ちがうでしょう」

「ごめんなさい。黒原先生からあなたの考えを聞いて、もし裁判になったとき、少しでも有利になる情報を集めようと思ったの。でも、あのとき、あなたも嘘を言ったでしょう。黒原先生から影響を受けていないみたいなふうに」

「それは朝倉さんが正直に言わなかったからですよ」

朝倉は一瞬、鼻白んだが、気を取り直すように言葉に力を込めた。

「警察の取り調べには、ありのままを答えたほうがいい。わたしも精いっぱい支援するし、『週刊現春』の松沢さんもきっと味方してくれるわ。あなたの考えは日本の高齢者介護に新しい一歩を刻むことになるものだから。世間の風が吹けば、警察だって検察だって、それを無視することはできないはずよ」

そう言われても、恭平はまだ決断できずにいた。おためごかしのように言う朝倉に、激しい怒りと憎悪が湧いた。それに気づかないようすの朝倉は、諭すように言い募った。

「あなたのことをいちばん心配しているのは真里亜さんよ。わたしは一度、相談を受けたの。

彼女はあなたのことでいろいろ板挟みになって苦しんでた。塚本さんのこと、お父さまのこと。お祖父《じい》さまのことでも心配をかけたんでしょう。でも、彼女はあなたを責めなかった。逆にかばってた。あなたは優しすぎるから、いろいろなトラブルに巻き込まれるのかもって」

そんなことを言っていたのか。かわいそうな真里亜。この世でたったひとり、心から慕っているのに、心配をかけ、つらい思いをさせた。自分は何をやっているのか。黒原はもうこの世にはおらず、自分を理解してくれる者はだれもいない。

恭平の中である種の自暴自棄と、奇妙な誘惑がうごめいた。

「わかりました。これから警察に行きます。すべてを話します。きっと警察も待ってるでしょうから」

「そんなことをしたら、そのまま逮捕されるかもしれないわよ。せめて真里亜さんに会ってから行けば」

「いいです。もうどちらでも同じことですから。真里亜によろしく伝えてください。これからお世話になると思いますが、どうぞよろしく」

恭平は背筋を伸ばし、朝倉に頭を下げた。自分でも理解しがたい放心に操られている気がした。自分は何をしているのか。顔を上げ、思いついたように付け加えた。

「塚本さんとも父とも、自由に会っていいと、真里亜に伝えてもらえますか。僕のことはもう気にしなくていいからって」

警察に行くなら付き添うという美和の申し出を断って、小柳はその日の午後、ひとりで蒲田署に出頭した。そのまま警察署内に留め置かれ、夜遅くに逮捕状が執行された。

△

美和は真里亜の帰宅を待って、もう一度小柳のアパートに行き、午前中の話を彼女に伝えた。真里亜はある程度、覚悟していたようで、逮捕の報《しら》せを聞いても取り乱さなかった。取り乱す気力さえ失っていたのかもしれない。美和は真里亜を慰めながら、これからは法廷闘争だと気持を引き締めた。

新聞に小柳逮捕の記事が出たのは、翌日の夕刊だった。写真入りで五段抜き。その見出しを見て、美和は自分の目を疑った。

『蒲田老人ホーム　３人殺害　介護職員逮捕／「厄介な人」と供述』

厄介な人？　小柳はそんなことは言っていないはずだ。記事の詳細を読んで、美和はさらに愕然とした。

『警視庁の調べに対し小柳は「認知症の人は介護に手がかかり、腹が立った」という趣旨の供述をしていることが、捜査関係者への取材でわかった』

ネットで他紙の記事を調べたが、いずれも似たような内容だった。善意の動機、慈悲の思いについては、何も触れられていない。

翌日の朝刊にはもっとひどいことが書かれていた。

『小柳容疑者　人命軽視　卑劣な犯行』『高齢者蔑視《べっし》　以前から』

社説には『高齢者は懸命に生きている』と題して、高齢者の人権を擁護し、小柳の行為を徹底的に非難する記事が出ていた。

警察は自分たちに都合のいい供述だけを公表したのか。だとしたら許せない。

美和はすぐに蒲田署に向かい、小柳への面会を申し込んだ。だが、取り調べ中で許可されなかった。総務課に問い合わせると、記者会見での発表はすべて容疑者の供述に基づくものだと言われた。いつ面会が可能になるのかと聞くと、おそらく送検後だろうとのことだった。

テレビのワイドショーは、各局とも競うように小柳の殺害状況を事細かに報じた。MCもアナウンサーもコメンテーターも、一様に小柳の行為に不快感を露《あら》わにし、ある者は言語道断と怒り、ある者は亡くなった三人を悼んで涙を浮かべた。

事件の夜に小柳と同じ夜勤だったという介護士がインタビューに登場し、小柳が得体の知れない動きをしていたと証言した。顔モザイクで声も変えられていたが、竹上勇次にちがいない。その口調は、あたかもまじめな介護士という雰囲気だった。前に美和と京子が話を聞いたときとはまるでちがう。本人を知らない視聴者は、彼の証言を公正なものと受け取るだろう。

美和はできるだけ多くの情報をチェックしたが、小柳の行為に慈悲の側面があることを報じたメディアはひとつもなかった。メディアと世間が結託して、小柳を理解不能のモンスターと決めつけているかのようだ。

それでもひとつだけ喜ばしい報《しら》せがあった。塚本が小柳のために一流の弁護士を頼んでくれたというのだ。真里亜が小柳の許可を得て塚本に連絡を取ると、すぐに動いてくれたらしい。

逮捕から六日後、ようやく蒲田署内での面会が認められた。

待っていると、アクリル板の向こうに灰色のジャージ姿の小柳が現れた。髪は乱れ、目は虚《うつ》ろで、唇も以前の血色を失っていた。

「小柳君。あなた新聞の報道は知ってるの」

目を伏せたまま首を振る。美和はアクリル板にぶつかりそうになりながらまくしたてた。

「新聞もテレビも、あなたの言い分をまったく取り上げていないのよ。岡下さんと山辺さんが死にたがっていたことも、田所さんが死ぬ瞬間を恐れていたことも」

「だって、それは言ってませんから」

小柳は消え入るような声で言った。

「言ってないってどういうこと。わたしにはあれだけはっきり説明したじゃない」

「警察は聞いてくれないんです。何を言っても否定されて、よけいなことはしゃべるなって怒鳴られて、警察の筋書き通りのことを言わされたんです。三人が手のかかる人で、腹が立ったから、無理やり突き落としたとか、首を挟んだとか」

「そんな、許せない。弁護士さんにすぐ相談するわ」

警察はそこまでするのか。立ち会いの警察官をにらんだが、相手は無表情のままだった。

「小柳君、心配いらない。塚本さんが一流の弁護士さんを頼んでくれたから、きっと不正を糺《ただ》してくれるわ」

塚本の名前を聞いて、小柳はわずかに表情を動かしたが、すぐ沈痛な面持ちにもどって声を低めた。

「もういいです。弁護士もいらないです。僕はこのまま死刑になりますから」

「何言ってるの。こんなときにふざけないで」

「ふざけてなんかいません。僕はいなくなったほうがいいんです。真里亜のためにも」

「あなたがいなくなったら、いちばん悲しむのは真里亜さんよ」

「いいえ。僕が生きていたら問題ばかり起こるんです。これからも真里亜を困らせ、つらい思いをさせるだけです。それならいっそ消えたほうがいい」

「小柳君。警察に何を言われたの。脅されて気力を失ってしまったの」

「そんなんじゃないです。もう何もかもがいやになったんです。早く死刑になって、すべてを終わらせたい」

美和はすがるように身を乗り出した。

「あなたは医学部に行きたかったんじゃないの。医者になって多くの患者さんを救いたかったんでしょう」

なんとか初心に返らせられないか。そう思って言うと、小柳は一瞬、息を詰めた。細めた目に凶暴な光が走った。

「ちがいます。僕がなぜ医学部に行こうと思ったのか。今ならわかります。死ぬ以外に苦しみから逃れられない患者さんを、楽に死なせてあげるためです」

「嘘よ」

美和は思わず顔を背けた。そんな話は聞きたくない。それでもこのまま引き下がれない。美和は懸命に気持を奮い立たせ、もう一度、小柳に向き合った。

「あなたは精神が弱っているのよ。逮捕されて、警察の厳しい取り調べで生きる気力を失いかけているだけよ。しっかりしなさい。顔を上げてこっちを見て」

小柳はうなだれたまま、しばらく動かずにいた。美和がさらに声をかけようとしたとき、口元に薄ら笑いを浮かべた。

「朝倉さん。信じられないかもしれませんが、僕はほんとうは岡下さんをベランダから落としてないんです。あの人は自分で植木鉢の台に上って飛び降りたんです」

「どういうこと」

「岡下さんは自分で死んだんですよ。僕は何もしてません」

「だってあなた自分が落としたって言ったじゃない。やってもいないことを、どうして自白なんかしたの」

「確実に死刑になるためです。二人だと情状酌量とかあったりするけど、三人ならいくら善意でもまちがいなく死刑になるでしょ」

「信じられない……」

美和は目の前の小柳を、まるで見知らぬ人間のように感じた。

「僕は黒原先生みたいに自分では楽に死ねないし、飛び降りたりするのも怖いから、死刑で死なせてもらうのがいいんです」

「そんなのおかしい。真実を明らかにして、正しい裁きを受けるべきよ」

「正しい裁き？　そんなものがあるんですか。どんな裁判でも洩《も》れていることがあるでしょう。でも、もういいです。死ねばすべては消え去るんですから。冤罪《えんざい》も、遺恨も、不条理も、偽善も、残酷も」

美和は自分の思考が舵《かじ》のない船のように迷走するのを感じた。

「わからない。わたしはあなたがわからない」

「それでいいんですよ。だれだって、ほんとうのことなどわかるはずがない。わかったつもりになってるだけだ」

深い絶望に駆られた声だった。小柳は孤独だ。自分が手を差し伸べなければ、彼を救う者はだれもいない。そう思って美和はもう一度言った。

「わたしはあなたをわかりたい。あなたの純粋で潔癖な人間性を知ってるから。わたしにとってあなたはかけがえのない人よ。これまで出会った中でいちばん心を揺さぶられた人だわ」

「……そうなんですか」

小柳は脱力し、ゆっくり天井を見上げた。そのまま弱々しく笑う。その目はたとえようもなく悲しげだった。

▼

留置場に同室者はいなかった。
恭平はあぐらをかいて座り、白い壁を見つめた。
口元の筋肉がわずかにけいれんする。
朝倉はわかりたいと言った。
浅はかなことだ。
嫌悪と憎しみが湧き上がる。
朝倉は確実にまちがっている。なんとかそれを思い知らせてやりたい。
ふたたび得体の知れない放心に支配される。
真里亜、黒原先生、松沢、須知……。
浦さん、コックリさん、インテリさん、激怒さん、煮干しさん、教諭さん……。
母さん、父さん、祖父《じい》ちゃん……。
恭平は目を閉じる。なぜ、自分はこんな人間なのか。わからない。
自分でもわからない……。

小柳の記事は日を追うごとに減っていった。逮捕の時点で彼は三人の殺害を認めていたが、以後は黙秘に転じたようだ。

△

蒲田署での面会のあと、美和は小柳と距離を置くことにした。彼は逮捕のショックで動転し、思考の視野狭窄《きょうさく》を起こしているのだ。否定的な考えに取り憑《つ》かれ、自分で自分がわからなくなっている。だが、根は優しくて純粋なはずだ。真摯《しんし》に向き合えば、きっと立ち直ってくれると、美和は信じていた。

小柳が死刑を望んでいることは、真里亜には伝えなかった。彼女はひどく憔悴《しょうすい》していて、これ以上の不安には耐えられそうになかったからだ。

「大丈夫。小柳君はしっかりしてる」

面会に行く気力もない真里亜を、美和は親身になって励ました。

塚本も真里亜を強力にサポートしてくれた。自分の仕事をほっぽり出してまで真里亜に付き添い、小柳の裁判にも協力を惜しまなかった。

美和は、塚本が依頼してくれた谷本《たにもと》弁護士と何度か会い、裁判に向けての準備を進めた。小柳が頑《かたく》なに接見を拒んでいるので、直接の情報は得られなかったが、美和が逮捕の前に聞いた話をもとに、小柳の行為に情状酌量を求める方針を固めた。

小柳の身柄は蒲田署から東京拘置所に移され、美和がそろそろ面会に行こうかと思っていた九月の半ば、マンションに見知らぬ訪問者が現れた。

「弁護士の片桐要一《かたぎりよういち》と申します。小柳恭平氏の件で少々お話をうかがいたいのですが」

インターホンのモニターに、スキンヘッドの男性が映っていた。黒シャツに黒いジャケットという弁護士らしからぬ出《い》で立《た》ちだ。用件を聞くと、「小柳恭平君を支援する会」を発足させたので、美和にも協力してほしいとのことだった。不審に思いながらロックを解除すると、長身の男性が入ってきた。

片桐は三十代の後半で、目と眉《まゆ》の間が迫り、猛禽《もうきん》類のようなキツい目をしていた。剃《そ》り上げた頭は大きく、いかにも優秀そうな風貌《ふうぼう》だ。取りあえずリビングに招き入れ、美和はソファで向き合った。

「小柳君の弁護は谷本先生が担当してくださるはずですが」

「谷本先生は小柳氏によって解任されました。代わりに、我々のグループが小柳氏から弁護の依頼を受けたんです」

そんな話は聞いていない。眉をひそめると、片桐はさらに驚くべきことを言った。

「小柳氏はアミカル蒲田の入居者連続不審死について、完全無罪を主張しています。当然、我々もその線で闘うので、朝倉さんにも協力していただきたいのです」

「完全無罪って、岡下さんの件だけじゃないんですか」

「三件ともです」

そんなはずはない。彼は自ら死刑を望んでいたのだ。あれほど具体的に状況も説明したのに、全部やってないと言うのか。美和は小柳から聞いた内容を詳しく片桐に話した。

片桐は黙って聞いていたが、説明が終わると軽侮するようにフンと鼻を鳴らした。

「朝倉さんは小柳氏の話をそのまま鵜《う》吞《の》みにしたんですね」

「当然でしょう。小柳君は涙ながらに語ったんですよ」

「その前に、朝倉さんも涙をこぼしませんでしたか。小柳氏はあなたの涙を見て感動してしまい、とっさに自分が手を下したようなストーリーを作ったと言っています」

そんな。あれが作り話だったなんて。美和はピンバッジのことを思い出して反論した。あれこそ動かぬ証拠ではないか。

ところが、片桐はあらかじめ予測していたかのように言い返した。

「その件は小柳氏もはじめは戸惑ったそうです。しかし、よく考えるとおかしい。ピンバッジのことを警察に話したのは、羽田さんというチーフヘルパーですね。彼女は午前一時すぎに田所氏の部屋に行き、そのときにはピンバッジがなくて、死体を発見したときに見つけたと証言したそうです。しかし、先の訪室では単に見落としていただけかもしれません。その可能性はあるでしょう。ところが彼女は、午前一時すぎの訪室はトイレ介助で、田所氏に転倒の危険があるから、床につまずくものがないか調べたと言ったそうです。だから、見落としの可能性はきわめて少ないと。よくできた説明です。まるで、あらかじめ準備していたかのように」

「何が言いたいんです」

「仮に彼女の証言通りだったとしても、それが必ずしも小柳氏が夜中に田所氏の部屋にいたという証拠にはならないということですよ」

ほかにどんな可能性があるのか。沈黙で応じると、片桐は薄い笑みで答えた。

「小柳氏はあの日の夕方、勤務を終えて帰るときに、キャップに例のピンバッジがなかったような気がすると言っています。つまり、何者かがあらかじめ小柳氏のキャップからピンバッジをはずして、田所氏を殺害したあとで、小柳氏に罪を着せるために、部屋に放置した可能性もあるということです」

「羽田さんが田所さんを殺したと言うんですか。あり得ない。あの羽田さんがそんなことをするはずがない」

片桐は冷静に微笑んで見せた。

「朝倉さん。あなたは羽田さんをご存じかもしれませんが、私は存じ上げないのでね。可能性として無視するわけにはいかないんです。それに、小柳氏はさらに重大な証言をしていますので」

不吉な予感に息を呑むと、片桐はもったいをつけるような間を取って語った。

「田所乙作という人は、きわめて評判のよくない入居者だったようですね。昼休みに介護士が集まると、彼の悪口が飛び交うこともあったそうです。横柄で我儘《わがまま》で、セクハラ行為まであったそうじゃないですか。職員控え室でみんなが苦情を言い合っていたとき、チーフヘルパーの羽田さんがつぶやいたそうです。田所さんさえいなければ、みんなもっと楽に仕事ができるのにねと」

「そんなこと羽田さんが言うわけがない」

「いえ。これはウラが取れています。同席していた複数の介護士が認めてるんです。小柳氏はそのとき、たまたま用事があってロッカースペースにいて、その発言を聞いたと言っています」

「羽田さんが田所氏を殺《あや》めたなんて、飛躍もいいところよ。警察だって信じるもんですか」

「そうでしょうか。警察は常に第一発見者を疑います。私が申し上げたのは、羽田さんにも動機があったということです。もっと調べれば、羽田さんが田所氏に個人的に腹を立てていたことが見つかるかもしれません。もし、彼女が田所氏の殺害を企て、だれかに罪を着せようと考えたなら、前の二件の転落死で関与を疑われている小柳氏が最適と判断するのも自然でしょう」

「そんなことはあり得ない。もしも小柳君にアリバイがあったらどうするんです。偽装工作は無意味になるじゃない」

「その通り。ですが、小柳氏はあの日、翌日がオフなのでＤＶＤを借りて見ようと、羽田さんのいるところで話したそうです。借りに行くのは姉が寝たあとにするということも。もちろん、羽田さんは否定するでしょうね。しかし、実際あの夜、小柳氏はＤＶＤを借りるため、何軒かのレンタルショップをまわりました。その一軒で、黒いキャップをかぶった客を見たという店員を、我々は苦労の末見つけ出したんです。その客が小柳氏だと断定するところまではいってません。それでも有力な証言です。どうです、これでもピンバッジが動かぬ証拠と言えますか」

美和は混乱し、これまで事実だと思っていたことが風に吹かれた砂絵のように曖昧《あいまい》になるのを感じた。

片桐はソファの背もたれに身体を預け、自信にあふれた調子で言った。

「そもそも三人の不審死については、だれも何も見ていないのですよ。あるのは小柳氏の自白だけです。それを本人が否定している今、彼の関与を証明するのは困難でしょう」

「じゃあ聞きますが、小柳君はどうしてあんなことを言ったんですか。彼は自分から警察に出頭したんですよ。何もしていないのなら、自白などする必要はまったくないじゃないですか」

片桐は射るような目で美和を見つめ、上体を彼女に傾けて言った。

「警察で自白したのは、朝倉さん、あなたにそそのかされたからだと、小柳氏は言っています」

何ということか。信じられない。

全身が硬直したようになった美和に、片桐はさらに顔を近づけてささやいた。

「あなたは、彼を稀有《けう》なくらい純粋で思いやりがあるなどと持ち上げて、徐々に誘導していったのでしょう。彼は知らず知らずその口車に乗せられた。自分の言い分が社会に大きな影響を与えるとか、日本の高齢者介護に新しい一歩を刻むことになるとか言われて、小柳氏はヒロイズムが刺激されたと、私に打ち明けてくれました」

「嘘よ。デタラメよ。あり得ない」

美和は震える声で否定した。自分は小柳のことを心配し、救いの手を伸べようとしたのに、なぜ恩を仇《あだ》で返すようなことをするのか。

そのとき、小柳のアヒル口が思い浮かび、はたと気づいた。そうか、そういうことか。美和は気を取り直し決然と反論した。

「片桐先生はご存じないでしょうが、小柳君には虚言癖があるのです。今、おっしゃったこともすべて嘘です」

「虚言癖ね。そのことも本人から聞いています。朝倉さんがたぶんそう言い返すだろうということもね」

片桐は余裕の表情で笑い、反問した。「朝倉さんには、虚言癖はないんですか」

「あるわけないでしょう」

「嘘ですね。虚言癖のない人間など、ひとりもいませんよ」

「冗談言わないで」

鼻先であしらおうとすると、片桐は片頰にだけ皺《しわ》を寄せて確信犯的に笑った。

「たとえば、あなたは行きたくない飲み会に誘われたとき、予定がないのに、先約があると断ったりしませんか。仕事の催促をされたとき、まだ手を着けていないのに、今やってますと弁解したりしませんか。あるいは、都合の悪いことを聞かれたとき、出任せで言い繕ったり、知っているのに知らないと答えたりしませんか。財布に千円札があるのに、これしかないと言って一万円札を出したり、隠し事をしているのに隠してないと言ったり、まずい料理をおいしいとほめたり、いやいや参加しているのに、楽しいと言ったりしないですか。ほかにも、だめだとわかっている人に、頑張ればチャンスはあると励ましたり、治らない病気の人を大丈夫と元気づけたり、家族を亡くして悲しんでいる人に、きっと故人も喜んでるなどと言って慰めたり。それってみんな嘘でしょう」

「そんなの、些細《ささい》なことじゃない。虚言癖だなんて大袈裟《おおげさ》だわ」

「些細なことならいいんですか。それはだれが決めるんです。自分たちで都合よく線引きしてるだけじゃないですか。些細なことでなくても、嘘を言うことはあるでしょう。ひどい目にあったとき、被害を大袈裟に説明したり、腹を立てたとき、実際以上に相手を悪く言ったり、自分のミスなのに、不可抗力だったようにごまかしたり」

「あなたが言ってるのは、どれも必要があってのその場しのぎよ。小柳君の嘘とは次元がちがうわ」

「小柳氏の主張が仮に嘘だとしても、それは彼に必要あってのことかもしれないじゃないですか。自分たちの必要は認めるけれど、小柳氏の必要は許さないんですか。勝手ですね」

「それは詭弁《きべん》よ。理屈にすぎない」

「あなたたちはそうやって、いつも自分たちに都合の悪い人間を排除するんだ。正義を笠《かさ》に着て頭ごなしにね。私は排除される人間の側に立って、彼らを支援したいんですよ」

片桐は皮肉っぽい表情で美和を見た。いやらしい邪悪の微笑みだ。美和は腹立たしさを堪《こら》えて、なんとか一矢報いようと訊《たず》ねた。

「でも、わたしがどうして小柳君をそそのかす必要があるの。そんなことをして、何のメリットがあると言うの」

「メリットなら大いにあるでしょう。小柳氏は見抜いてましたよ。朝倉さんはこの件を本にするつもりなんだと。小柳氏を高齢者虐待問題の人身御供《ひとみごくう》に仕立てて、それを本に書いて名を挙げようとしているんだとね」

そんなことはしない、とは言えなかった。自分もジャーナリストの端くれだ。いずれ形にしたいとは思っていた。それでも小柳を思い、憂え、心ない報道に胸を痛めていたのも事実だ。彼のために怒り、彼を護《まも》ろうとし、世間の誤解から救おうとしたのに、真逆の受け止め方をされていたなんて。

美和は深い絶望に沈み、虚脱した。

片桐はふたたびソファの背もたれに身を預け、鷹揚《おうよう》に脚を組んだ。

「朝倉さん。裁判では今お話しした線で証言をお願いしますよ。そんなに落ち込むことはありませんよ。あなたは法に触れることをしたわけでもないし、義にもとることをしたわけでもない。ルポライターとして、自分の利益を追求しただけです。我々も同じです。我々も利益があるからこそ、小柳氏にアプローチしたんです。そこで小柳氏と利害が一致した。だから弁護を引き受けたのです。どんな利害かは申し上げられませんが」

ふたたび悪意に満ちた笑みを浮かべる。無反応の美和を見て片桐は肩をすくめ、諭すように言った。

「気にしなくてもいいですよ。多くの人にとってそうであるように、小柳氏のことは、所詮《しょせん》、他人事《ひとごと》なんですから。あなたは真剣に取り組んだつもりかもしれないが、真実の奥底には立ち入らず、微細な事情には耳を貸さず、一方的な思い込みで、自分のわかる範囲だけで理解しようとしただけでしょう。結局は対岸の火事なんです。それ以外にはあり得ない。あなたは当事者のふりをすることはできても、小柳氏自身にはなり代われないのだから」

無機質な声が耳を通り過ぎる。視界が歪《ゆが》み、片桐の姿が流れる。自分は何をしてきたのか。小柳恭平とはいったい自分にとって何だったのか。

涙の向こうで、アヒル口の小柳が無邪気に笑うのが見える気がする。

その色の薄い瞳《ひとみ》は、果てしない空無だった。

【初出】

本書は『小説 野性時代』
二〇一七年五月号〜二〇一八年四月号に連載された
「老園の仔」を改題したものです。
単行本化に当たって加筆・修正しています。

本書はフィクションであり、実在の個人・団体とは
無関係であることをお断りいたします。

久坂部 羊（くさかべ　よう）
1955年大阪府生まれ。大阪大学医学部卒業。作家・医師。2003年、小説『廃用身』でデビュー。小説に『破裂』『無痛』『悪医』『芥川症』『院長選挙』『祝葬』『虚栄』『反社会品』など、エッセイに『大学病院のウラは墓場』『日本人の死に時』など、医療分野を中心に執筆を続ける。

介護士《かいごし》K

2018年11月29日　初版発行

著者／久坂部《くさかべ》 羊《よう》

発行者／郡司 聡

発行／株式会社KADOKAWA
〒102-8177　東京都千代田区富士見2-13-3
電話 0570-002-301（ナビダイヤル）

印刷所／大日本印刷株式会社

製本所／本間製本株式会社


ISBN 978-4-04-107323-0　C0093